도림천 연가·하

이윤수 장편소설

도림천연가 · 하

타임
라인

1986

52. 우연

병역판정 신체검사에서 1급을 받은 그 무덥던 여름날, 나는 내가 지독하게 불운하다고 생각하기 시작했다. 내게는 아무런 질병도 이상도 없었다. 시력도 체력도 평균을 웃돌았다. 고등학교 동창들은 놀렸다. 니 그러다 특전사로 차출되는 거 아니냐?

나는 운이 좋았다. 본고사를 준비하느라 고액과외를 받을 필요도 없었다. 낮은 경쟁률 덕분에 쉬이 서울대학교에 입학할 수 있었다. 간단한 의사표현을 하는 것조차 버거운 내 영어로도 카투사 시험에 합격했다. 군대갈 아이들이 남아돌던 탓에 휴학계를 내고 보통 네다섯 달, 길게는 일 년가까이 대기하면서 시간을 낭비하는 경우가 흔하던 때, 카투사 시험에 합격하자마자 한 달도 채 되지 않아 입영통지서를 받았다.

입대하자마자 나는 내 행운을 까맣게 잊었다. 그리고 서울대학교에 그렇게 많던 다른 더 운 좋은 아이들, 특별한 병이 있거나 시력이 좋지 않아서, 혹은 대수롭지 않은 신체이상을 부풀리고 과장할 수 있을 만큼 권력이나 배경이 막강한 아버지를 가진 덕에 군 면제를 받거나 방위로 단기복무를 하게 된 내 세대의 그 많은 아이들을 나는 질투하기 시작했다. 그 질투심은 군복무를 하던 27개월 동안 점점 더 자라나 커다란 종기라도 되는 양 거슬리고 심지어 아프기까지 했다. 서울대학교라는 좁은 세상에서 나는 운이 없거나 혹은 못난 아이였다. 석사장교제도나 병역특례업체 취업으로 군복무를 면제받다시피 하던 아이들 이야기를 들을 때마다 나 자신이 한없이 한심하게 느껴졌다.

꽤나 성적이 좋은데도 상업고등학교나 공업고등학교에 진학해야 했던 내 동창들, 고등학교를 간신히 졸업한 후 서울, 구미, 마산으로 일자리를 찾아 흩어진 내 동년배들의 존재는 까맣게 잊었다. 그런 아이들은 나와 같은 세계 아이들이 아니었다. 그 애들에게서 상대적 우월감을 느낄 이유가 없었다.

내 주관적 불운을 더더욱 증폭시켜서 한없이 자기 연민에 빠지게 된 건 결정적으로 미현 때문이었다. 군복무 내내 미현에 대한 추억이 떠오를 때마다 끊임없이 떠오르는 나쁜 생각들을 억누르기 힘들었다. 남은 동기들, 혹은 이미 군복무를 마친 선배들이 미현에게 손을 대리라는 상상이었다. 너무도 불온해서 차마 입 밖으로 낼 수 없었던 그 '손댄다'는 말은 내 어머니가 늘 입에 올리던 '여자가 예쁘면 손탄다'는 말과 함께 내 머릿속에 흉한 상처처럼 깊게 새겨져 있었다. 그 상처는 흉한 만큼 고통스러웠다. 군복에 갇혀, 내무반에 갇혀, 트레일러 화물차 캐빈에 갇혀 고인 물처럼 정체된 내 욕망이 부글부글 끓어오를 때마다 함께 끓어오르던 그 무용한 질투심과 소유욕에 내 마음은 날마다 떼쓰고 뒹구는 어린애처럼 퇴행했다.

내게는 미현을 되찾겠다는 용기도, 미현을 잊을 결기도 없었다. 심지어 '되찾는다'는 말이 적절한지도 알 수 없었다. 내 욕망이 부끄럽다는 이유로 그 애를 먼저 밀쳐낸 건 나였다. 스무 살 안팎 사내애와 여자애가 서로에 대해 갖는 그 당연한 욕망이 수치스러워 시대의 아픔이니 학우의 고통이니 하는 걸리적거리는 낱말을 끌어와 그 수치를 덮으려고 하던 미현에게 동조하는 척했던 것도 나였다.

나는 그 애를 되찾고 싶어서 그 애 집에 전화를 한 것이 아니었다. 그저 다시 한 번 내 실연을 확인하고, 그 실연의 아픔에 고통스럽고 불운한 나 자신을 연민하고 동정하고 싶었을 뿐이다. 미현을 되찾기 위해 기울여야 할 그 감정적 노력과 시간을 나는 감내할 자신이 없었다. 차라리 아주 어쩌다 빈 시간이 날 때 부대 화장실로 숨어 들어가 잠깐 스쳐 본 잡지 화보의 여자들을 생각하며 급히 아랫도리를 열고 허겁지겁 자폐적인 수음을 하는 편이 더 위안이 됐다. 내 의지와 무관하게 제멋대로 생각하고 움직이는 미현보다는 색색의 망점(網點)을 하나하나 다 구분할 수 있을 만큼 엉성하고 조악한 인쇄물 안에 갇혀 내 머리 안에서 다시 구성되던, 그 실재하지 않는 여자들이 더 편했다. 상상 속 여자들은 곤란한 질문 같은 건 던지지 않았다. 언제나 내 생각대로 말하고 행동했다. 그리고 이렇게, 맥없이 무방비상태에 놓인 내 등 뒤에 말없이 서 있다가 기습하지도 않았다.

공중전화 부스 안에서 몸을 돌려 나오는 순간 눈이 마주친 그 여자가, 자기 차례를 기다리는 듯 조용히 서 있던 그 여자가 내 불운의 상징이 되어버린 미현인 걸 알았을 때, 나는 그래서 그 뜻밖의 행운에 기뻐하기 전에 놀라고 당황했다.

그 애는 많이 변했다.

나와 헤어진 후 잘랐던 머리칼은 여전히 짧았다. 농익어서 건드리면 당장이라도 터져 향기로운 과즙을 흘릴 것 같던 뺨은 마르고 창백했다. 산뜻한 색깔의 모직코트 대신 두텁고 무거워 보이는 어두운 남색 겨울 누빔 점퍼로 몸을 가리고, 어깨에는 커다란 싸구려 헝겊 가방을 메고 있었다. 미현은 나와 눈이 마주치는 순간 허옇게 말라붙은 입술 사이로 탄성인지 한숨인지 모를 하얀 입김을 내뿜었다.

길어진 2월의 저녁 해가 그 애 얼굴에 푸르스름한 그림자를 드리우고 있었다.

"성식아."

미현이 입에서, 우리가 단 둘이 있을 때 그러듯 성을 뺀 내 이름이 튀어 나왔다. 순간 나는 놀라움도 당황함도 다 잊었다. 나도 모르게 성큼 그 애 앞으로 다가갔다. 그러나 미현은 반사적으로 한 걸음 뒤로 물러섰다. 그리곤 아마도 몹시 낯설어 보일 내 군모와 군복을, 계급장과 부대표식을, 그리고 이름표를 복장점검이라도 하듯 훑어보았다. 미현이 콧잔등을 찌푸리지 않는 억지웃음을 지으며 물었다.

"휴가 나왔어?"

"어, 응."

"응… 그래…. 제대할 때 다 됐겠다."

"아, 응."

미현 앞에 선 나는 예전에 그랬던 것처럼 또 다시 어눌한 어린아이가 되어버렸다. 그렇게 묻는 말에만 응, 응, 하는 내 모습이 한심했다. 별안간 나 자신에 대한 혐오감이 치밀어 올랐다. 그 혐오감을 흩기라도 하듯 나는 손을 뻗어 미현의 한 손을 움켜잡았다. 미현의 손은 건조하고 차가웠다. 차갑게 굳어 있던 미현의 표정이 한순간 따뜻해졌다. 뒤로 물러서지도 않았다. 먼지 때문인지 매연 때문인지 그 애 눈자위가 젖어 들었다.

"어디 들어가 앉아서 얘기하자."

말을 뱉은 나는 어디로 향하는지도 모르면서 미현을 잡아끌었다.

끼익.

경유 냄새 지독한 버스 한 대가 브레이크에서 굉음을 내며 우리 앞에 멈춰 섰다. 나는 미현을 버스에 밀어 넣고 따라 올랐다. 어쩌면 영영 다시 찾아오지 않을지도 모르는 내 좋은 우연을 허투루 낭비할 수는 없었다. 부대 복귀까지 꼭 24시간을 남겨두고 있었다.

53. 벙어리

신림사거리에는 그저 시장을 옆에 낀 신작로에 동네 사람들을 위한 상점들이 줄지어 있을 뿐, 학생들이 갈 만한 곳이 그리 많지 않았다. 더욱이 여자 친구, 혹은 여자와 함께 갈 만한 곳은 더더욱 드물었다. '학사주점'이라는 간판을 단 몇 군데 술집들은 시끄럽거나 더러웠다. '다방'이라는 곳은 대개 중년 혹은 노인들이 자기들 딸 또래의 젊은 여자 종업원들을 희롱하며 시간을 때우는 곳이었다.

버스에서 내린 나는 지하철역 쪽으로 걸으며 미현의 손을 잡아끌었다. 이전 같았으면 누가 볼까 두렵다며 당장 손을 뺐을 텐데, 미현은 손목을 잡힌 채 나를 따라오기만 했다. 이따금 내가 잡은 손이 정말 미현의 손인지 믿기지 않았다. 나는 의심 많은 오르페우스처럼 몇 번을 돌아보았다. 찬바람에 얼굴이 발갛게 상기된 미현은 무슨 생각을 하는지 알 수 없는 표정으로 말없이 나를 따랐다. 나는 짐짓 기운 없는 목소리를 꾸며가며 말했다.

"나 배고파서 도저히 고속터미널까지 못 갈 것 같다. 같이 밥 좀 먹어

줘."

미현이 되물었다.

"고속터미널?"

"내일 18시까지 부대에 복귀해야 돼."

대답하며 나는 다시 미현을 돌아보았다. 미현의 표정이 어두웠다.

"밥 먹고, 같이 반포 쪽 버스 타자. 너희 아직 반포에서 살지?"

미현은 대답하지 않았다.

남부순환도로 바로 옆 황갈색 타일 치장이 된 건물 모퉁이에 입대하기 전 한 번 가봤던 경양식집 간판이 보였다. 그 사이 간판도 바뀌고 이름도 바뀌었다. 나는 미현을 앞세워 좁은 계단을 올랐다. 개강 전이어서 그런지 아직 이른 시간이어서 그런지 손님은 거의 없었다. 나는 되도록이면 입구와 카운터에서 멀리 떨어진 곳에 자리 잡았다.

그 자리는 마치 작은 상자 같았다. 나무로 짠 가리개가 좌석과 테이블을 완전히 감싸고 있었다. 작정하고 틈을 찾지 않는 이상 옆자리도 볼 수 없었다. 드나드는 자리에는 헝겊으로 된 휘장이 드리워져 있었고, 테이블 위에는 노란 불빛이 나오는 램프가 맞은편에 앉은 미현의 얼굴이 겨우 보일 만큼 낮게 드리워져 있었다. 그리고, 음악. 그 칸칸이 나눠진 어두운 공간을 처음 듣는 한국 가요가 가득 채웠다.

노래는 마치 절룩대는 사람의 춤을 지켜보는 것처럼 듣기 어색했다. 사랑이니 이별이니 도드라져야 할 명사는 나지막하게 읊조리면서, 조사나 어미에서는 음절을 하나하나 강조하며 길게 끌었다. 나는 배가 고프지 않다는 미현의 말을 무시하고 '함박스테이크 정식' 둘을 시켰다. 주문을 받은 종업원은 휘장을 다시 잘 닫고 나갔다. 노래가 끝나더니 이윽고 새로운 노래가 시작됐다. 새로 시작된 노래도 절뚝거리긴 매한가지였다. 나는 비로소 미현의 얼굴을 똑바로 바라보았다. 눈이 마주치자 미현이 민망한 듯 피식 웃었다. 미현이 입을 열었다.

"체격 좋아졌네."

살이 쪘다는 뜻일까, 아니면 정말 체격이 좋아졌다는 뜻일까? 나는 무슨 뜻인지 묻는 대신 그저 머쓱히 웃었다. 음식은 곧 나왔다. 말이 양식이지 따지고 들자면 서양식이 일본을 거쳐 완전히 변형된, 국적이 불분명한 요리였다. 수프는 그냥 밀가루에 버터를 섞어 후추를 뿌린 맛이었고, 고기보다 채소와 밀가루가 더 많이 든 것 같은 고기 완자는 어린아이 주먹을 눌러 놓은 것보다 작았다. 미군 부대 배식보다 나은 게 하나도 없었다.

그러나 불평은 마음뿐, 하루 종일 아무것도 제대로 먹지 못한 나는 미현이 보고 있다는 것도 잠시 잊은 채 순식간에 내 몫을 모두 먹어치웠다. 그릇들을 모두 비우는 순간 미현과 눈이 마주쳤다. 아직 절반도 비우지 못한 미현이 눈을 동그랗게 뜨고 나를 바라보더니 자기 고깃덩어리를 포크와 나이프로 집어 내 그릇에 옮겨주면서 배시시 웃었다.

"더 먹어. 나 배 안 고파."

순간 흉통 같은 슬픔이 밀려왔다. 매일 저녁 함께 공부하다 깡통식당에 같이 갈 때마다, 미현이 먹기 전에 자기 그릇에서 절반을 내게 덜어주곤 했던 기억이 났다. 식당 안에서는 남자 듀엣이 부르는 청승맞도록 서정적인 노래가 쨍쨍대는 어쿠스틱 기타 반주와 함께 연신 흘러나왔다. 사랑, 이별, 아픔, 그리움…. 노래하는 그들이 누구를, 어떤 사람을, 어떤 이유로 사랑하는지 알 수 없었다. 자기들 마음이 아프고 외롭다는 말만 거듭됐다. 내가 다시 입을 열었다.

"며칠만 더 일찍 휴가 나왔더라면 네 졸업식 봤을 텐데, 못 가서 미안하다."

나는 솔직하지 못했다. 군에 가지 않거나 면제받은 동기들이, 그리고 미현이 먼저 졸업하는 걸 보고 싶지 않았다고 말하지 못했다. 내가 우물우물하는 사이 종업원이 빈 그릇을 내가더니 멀겋고 향기마저 다 날아간 듯 보리차보다 더 묽은 커피를 내왔다. 미현은 찻잔을 두 손으로 잡고 씁쓸한 미소를 희미하게 짓더니 입을 열었다.

"졸업식에 나 없었어."

"아니, 왜?"

미현은 대답하지 않았다.

"그래도 서울대 졸업식인데, 부모님들이 서운해하셨겠다."

미현이 살짝 얼굴을 찌푸렸다.

"서울대 졸업식은 꼭 가야 된다는 법이라도 있어? 그리고, 우린 뭐 부모 위해서 사는 거야?"

나는 얼버무렸다.

"내가 이렇게 서운한데, 부모님께서는 더 서운하시겠다 싶은 거지, 뭐."

미현이 내 눈길을 피하며 쑥스러운 듯, 미안한 듯 웃었다. 나는 다시 물었다.

"앞으로 뭐 할 거야?"

미현은 말없이 찻잔만 내려다보았다. 내가 재차 묻자 미현이 웃으며 대답했다.

"글쎄, 뭐 하지? 운동?"

뭐라고 대답할지 어떤 표정을 지어야 하는지 알 수 없었다. 운동은 곧

학생운동이나 노동운동을 말했다. 미현이 민망한 듯 웃으며 덧붙였다.

"나, 야학 해."

미현은 고개를 들며 이마로 쏟아져 내린 짧은 단발머리를 귀 뒤로 넘겼다.

"무, 무슨 야학? 어디서?"

"대림역 근처에서."

"그, 그럼, 공활 하는 거야?"

공활이란 게 그저 일부 골수 운동권 애들 이야기인 줄만 알고 있었던 나는 적잖이 당황했다. 내 표정을 읽었는지 미현이 코를 찡긋하면서 웃었다.

"내 주제에 공활은 무슨. 그냥 노동자들 검정고시 준비하는 거 도와주는 것뿐이야."

말을 마친 미현이 쑥스러운 미소를 지으며 고갯짓을 하더니 칸막이 휘장을 걷고 나갔다. 머리도 잘랐고, 운동화인지 구두인지 애매한 낡은 신발을 신고, 외투와 팬츠, 셔츠 그 어디에도 예전에 입고 다니던 리바이스나 조다쉬, 나이키 같은 유명 브랜드 로고 하나 박히지 않은 옷차림이 낯설게 느껴졌다. 이따금 보일 듯 말듯 가까이서 보는 사람만 알아볼 수 있던 옅은 화장기도 전혀 찾아볼 수 없었다. 그래도 그 습관만은 여전했다. 미현은 늘 그랬다. 화장실을 갈 때마다 마치 부끄럽다는 듯한 표정을 짓고 살짝 미소 지으며 화장실 쪽을 향해 고개를 까딱하고 조용히 다녀왔다.

미현이 돌아오자 자리에 앉자마자 나도 똑같이 미현처럼 고갯짓을 했다. 미현이 고개를 끄덕였다. 함께 도서관을 다니던 그 한 달 남짓한 시간, 우리에게는 열람실에서 쓰는 우리 둘만의 수화가 있었다. 배에 손을 대고 울상을 지으면 배가 고프다는 뜻이었다. 오른손 검지로 왼손의 손목시계를 가리키면 다음 수업시간이 다가온다는 의미였다. 창 쪽을 향해 엄지손가락을 치켜세우는 것은 잠깐 나가서 바람을 쐬자는 신호였다. 약속한 적도 없지만 우리는 서로의 눈짓과 손짓을 다 알아들었다. 우리는 그렇게 아무런 말이 필요하지 않을 만큼 아주 단순하게, 어린 강아지들처럼 서로 사랑했었다.

화장실은 2층과 3층 사이 계단참에 있었다. 물이 얼어붙지 않는 게 이상하리 만큼 춥고 축축했다. 소변을 본 나는 세면대 앞에 걸린 낡은 거울을 들여다보았다. 언제 봐도 낯선 군복을 입은 남자가 보였다. 거무튀튀한 얼굴, 구겨진 군복, 거울에는 비치지 않지만 지난밤 갈아입지 못한 속옷… 미현과 만나던 건 불과 3년 전이었는데, 거울 속의 내 모습은 10년도 더 지난 듯 늙어 보였다. 나는 얼음장같이 찬물로 얼굴을 씻은 후 카운터에서 건네준 두루마리 휴지를 풀어 대충 물기를 닦고 미현이 앉은 칸막이로 돌아왔다. 그리고 내가 앉았던 자리 대신 미현의 옆자리에 앉았다.

미현은 잠깐 당황한 듯했지만 선뜻 벽 쪽으로 물러나 내게 자리를 내주었다. 내가 손을 잡자 고개를 숙인 채 부끄럽게 웃었다. 내가 다른 한 손을 무릎에 손을 얹자 화급히 고개를 들고 내 눈을 바라보았다. 하지만 내 손을 밀어내지 않았다. 미현이 벌어진 입술 사이로 나직이 한숨을 내쉬었다. 그리고 곧, 누가 먼저라고 할 것도 없이 우리는 서로를 끌어안고 마치 시간이 정지한 것처럼 한동안 움직이지 않았다. 잠시 후 나는 크게 한숨을 쉬고 미현에게 입맞췄다. 잠깐 굳은 듯 저항하던 미현의 입술이 벌어졌다.

아주 잠깐, 시간이 되돌아갔다. 멀리서 최루탄 발사되는 소리와 아이들 함성소리가 들려오던 그 오월, 천문대가 시야를 가리던 그 작은 그늘

진 공터에서 느꼈던 그 감정, 금방이라도 내 몸을 터뜨리기라도 할 듯, 서글퍼 눈물이 날 정도로 강렬한 욕망이 되살아났다. 그러나 아주 금방, 너무 금방 나는 알아차렸다.

그 애는 바뀌었다. 언제나 따뜻하던 입술은 차갑고 건조했다. 머리칼에선 언제나 나던 그 샴푸 냄새에 버스 매연 냄새, 그리고 담배 냄새가 섞여 있었다. 미현의 머리칼을 어루만지자 따닥하는 소리와 함께 손등에 정전기가 느껴졌다. 잠시 숨을 고르기 위해 그 애 입술에서 떨어져 목덜미에 얼굴을 묻는 순간 고통스러울 정도로 강렬한 욕망이 나를 습격했다. 나도 모르게 그 애의 목덜미에 이를 댔다. 이가 시큰했다. 등골에 오한이 느껴졌다. 눈물이 날 것 같았다.

그 순간 미현이 나를 밀어냈다. 밀어내는 손길이 너무 낯설어 나는 당황했다. 예전에 그랬던, 어리둥절하고 당황한, 부끄럽고 수줍어서 자기도 모르게 밀어내는 소녀의 손길이 아니었다. 주저하지도 망설이지도 않는 단호한 어른 여자의 손길이었다.

나를 밀어낸 미현은 크게 한숨을 쉬더니 내가 탁자 위에 두었던 솔 담뱃갑을 끌어왔다. 그리곤 담뱃갑에서 한 개비를 반쯤 빼더니 내게 내밀었다. 당황했으면서도, 습관적으로 담배 한 개비를 받아 물었다. 미현은 웃지도 않았다. 성냥을 찾아 주머니에 손을 넣는 순간 어느새 한 개비를 입에 문 미현이 자기 주머니에서 성냥을 꺼내 아주 익숙하게 불을 붙이더니 내게 불을 내밀었다. 테이블 위에 올려놓은 성냥갑에 낯익은 그림이 인쇄된 게 보였다. 오윤의 판화였다. 학사주점 새벽이라는 상호, 그리고 신림동이나 봉천동으로 추정되는, 8로 시작되는 전화번호도 언뜻 보였다.

미현이 아주 익숙하게 담배연기를 내뱉는 걸 보고 나는 불현듯 서글

퍼졌다.

"담배는 언제 배웠냐?"

미현이 한쪽 입꼬리를 추켜올리며 웃었다.

"왜? 여자가 담배 피우는 거 보니 정 떨어져?"

"아, 아니, 그게 아니고…."

"하긴, 작년엔 미학과 여자애가 담배 피우는 거 보고 길 가던 사회학과 애가 달려와서 귀싸대기 날린 일도 있었는데, 뭐."

"아, 정말? 아, 누군진 몰라도 심했네…."

미현이 어깨를 으쓱하더니 말을 이었다.

"너도 막상 나 담배 피우는 거 보니 당황스럽지?"

"아, 아냐!"

나도 모르게 큰 소리를 내며 부정하자 미현이 또 웃었다. 그러더니 크게 한숨을 쉬고, 작정했다는 듯 내뱉었다.

"우리 이러면 안 돼."

그러더니 재떨이에 담뱃재를 털며 덧붙였다.

"나, 만나는 사람 있어."

나는 잠시 말문을 잃었다. 예상하던, 아니 늘 상상하던 일이었다. 그러나 정작 그럴 때 내가 어떻게 해야 할지는 한 번도 생각해본 적이 없었다. 아니, 생각하고 싶지 않았다. 내겐 여전히 내 눈에 보이는 게 세상의 전부였다. 내가 보지 못하는 건, 내 시야에 들어오지 않는 건, 혹은 내가 돌아보지 않는 건 내 세상이 아니었다. 내 세상이 아닌 건 보지도 상상하지도 못했다. 미현은 내 세상에서 떨어져 나가고 있었다. 아니, 이미 떨어져 나갔는데, 나만 알지 못했다.

미현이 재떨이에 담배를 비벼 껐다. 나는 담배가 다 타 들어가 손가락이 뜨거울 때까지 재가 달린 꽁초를 쥔 채 멍하니 맞은편 빈자리 칸막이만 바라보다 비로소 재를 떨었다. 나는 미현을 쳐다보지도 않고 물었다.

"뭐 하는 사람이냐?"

미현은 대답 없이 물잔만 어루만졌다.

"결혼할 거냐?"

미현이 숨을 크게 몰아쉬더니 내뱉듯 말했다.

"넌 여전하구나. 어떻게 바뀐 게 하나도 없니?"

여전하다니, 그게 무슨 뜻이냐고 물어야 했지만 나는 묻지 못했다. 미현이 다시 한 번 한숨을 내쉬며 말했다.

"일어나자. 나, 가야 해."

나는 자리에서 일어났다. 그리고 카운터를 향해 앞서 짐짓 성큼성큼 걸었다. 계산을 마치고 계단을 반쯤 내려가는데 이미 어두워진 거리에서 찬 바람이 몰아쳤다. 2월 말 같지 않은 날씨였다. 미현이 계단을 내려왔다. 내가 물었다.

"집에 갈 거지?"

미현은 고개를 저었다.

"아니, 갈 데가 있어."

"이 시간에? 어딜?"

미현은 대답 없이 언짢은 얼굴로 나를 쳐다보았다. 나는 하릴없이 중얼댔다.

"그래, 알았다."

미현이 바로 옆 지하철역 입구 쪽으로 발을 내딛는 순간 나는 황급히 그 애의 소맷자락을 잡았다.

"미현아!"

미현이 발걸음을 멈추고 나를 돌아보았다.

"어쩌다 한 번 전화는 해도…. 되지?"

옆 상가 쇼윈도에 걸린, 두 달이 지나도록 거두지 않은 크리스마스 장신구가 반짝이며 미현의 얼굴에 얼룩을 그리고 있었다. 미현은 입술을 앙 다물고 어깨를 으쓱하더니 말없이 다시 계단을 내려갔다.

54. 세이렌

이젠 굳이 강남고속버스터미널까지 갈 필요가 없었다. 미현을 바래다 준다는 핑계가 사라졌다. 미현이 사라진 지하철입구 앞에서 찬 바람을 쐬 며 나는 잠시 멍하니 서 있었다. 마치 소금기둥처럼 그 자리에 굳어 있던 나는 그 애 모습이 사라지고 나서야 비로소 계단을 달려 내려가 그 애를 잡지 않은 것을, 어디로 가는지 묻지 않은 것을 후회했다. 한동안 멍하니 서서 찬 바람을 맞았다. 겨우 정신을 추스르고 버스정류장으로 향했다. 시장 앞에는 용산시외버스터미널로 향하는 노선 버스가 많았다.

버스정류장 앞에 채 멈춰 서기도 전에 95번 버스가 도착했다. 무언가 아직도 나를 뒤로 끌어당기고 있는 느낌을 애써 떨쳐버리며 훌쩍 버스에 올라탔다.

저녁 시간에 도심 쪽으로 향하는 버스는 언제나 그렇듯 거의 비어 있었 다. 맨 뒷자리에 여자고등학생들 몇 명이 앉아 있을 뿐이었다. 그 아이들 마저도 두어 정거장만에 모두 내렸다. 버스기사는 사람이 별로 없는 틈을 타서 시간을 벌고 싶은 모양인지 거칠고 빠르게 운전했다. 버스는 덜컹거리며 개울을 건너고, 언덕을 올랐다 다시 내리더니 이윽고 노량진에 도착했다. 노량진에서 사람 두어 명을 실은 버스는 제1한강교를 향해 질주하기 시작했다. 그리고 마침내 트러스교를 향해 진입했다.

대학 신입생 시절 신촌에 미팅을 가던 날 처음 봤던 거대한 골조와 높이는 이제 많이 낯익었다. 그러나 그때와 달리 나는 내게 갈 길이 정해져 있지 않다는 걸 알고 있었다. 사명이니, 의무니 하는 명에로 속박될 때가 차라리 편했다. 언제나 남들이 정해준 길을 걸어온 내게, 심지어 군대에서마저 정해진 화물을 싣고 정해진 길만 다니던 내게, 아무것도 정해지지 않은 채 완전히 열린 미래는 두렵고 버거웠다.

지금 당장 마칠 수 있는 것은 하나도 없는데, 무엇을 시작하려 해도 너무 늦었다는 생각만 들었다. 어쨌든 내 나이 만 스물두 살은 그 때까지 내가 살아본 나이 중에서 가장 많은 나이였다. 장차 살아갈 나이 중 가장 젊은 나이라는 것은 생각하지 못했다. 내 인생은 정말 사르트르의 오후 세 시 같았다. 무엇을 끝마치기에는 너무 이른, 무엇을 시작하기에는 너무 늦은 시간. 27개월의 그 지루하고 길던 군생활은 나를 오후 세 시같이 어정쩡한 자리에 내려놓고 저 멀리 과거로 사라지고 있었다.

확실하게 정해진 건 하나밖에 없었다. 어쨌든 나는 다음날 18시까지 평택으로 돌아갈 것이었다. 그리고 이틀 뒤 정식으로 군복무를 마치고 예비군으로 전역할 것이었다.

버스가 용산시외버스터미널에 도착했다. 시외버스터미널로 가려면 육교를 건너야 했다. 육교 쪽으로 서둘러 걷는데, 그 차가운 밤거리에 다리와 가슴을 드러낸 옷차림의 여자 한 명이 내게 다가왔다.

"오빠!"

나를 오빠라고 부른 그 여자는 어둠 속에서도 나보다 대여섯 살 더 많아 보였다. 크고작은 역 부근에는 언제나 그렇게 창녀들이 들끓었다. 이따금 경찰이 순찰을 돌 때면 그녀들은 마법처럼 사라졌다가 이내 또 나타나 남자들을 붙들고 유혹했다. 마치 고속터미널이나 기차역의 휴가 나온 군인들 같았다. 헌병이 순찰을 돌면 어디론가 감쪽같이 사라졌다가 이내 나타나곤 하던.

나는 여자를 물리치고 육교를 오르기 시작했다. 육교 아래서 담배를 피우던, 내 눈에 마흔은 족히 돼 보이는 여자가 내게 손짓했다. 유혹하는 세이렌들 사이를 뚫고 가는 오디세우스가 된 기분이었다. 찬바람 때문인지, 아니면 경찰을 피하기 쉽지 않아서인지 육교 위에는 여자들이 보이지 않았다. 그리고 이내 육교에서 내려 터미널 쪽으로 발걸음을 옮기려는 순간 또 한 명의 여자가 내게 다가왔다.

"오빠!"

여자의 얼굴이 바로 내 턱 아래에 바짝 다가왔다. 얼마나 화장을 두텁게 했는지, 하얗다 못해 푸르스름한 가로수 조명 아래서 그 여자의 얼굴은 꼭 가부키 가면처럼 보였다. 나이를 가늠하기도 힘들 정도였다. 짙은 화장에도 불구하고 여자의 얼굴은 한창 유행하는 호스티스 영화나 창녀 영화 포스터에 등장하던 배우들처럼 아름답지 않았다. 버스들이 지나가며 남긴 디젤연료 냄새가 상점에서 흘러나오는 연탄 난로 냄새와 뒤섞여 온통 길거리를 메우고 있었어도 여자에게서 나는 싸구려 향수냄새를 놓칠 수는 없었다. 무언가 지저분하고 불쾌한 냄새를 숨기고 있을 것만 같은 가면의 냄새였다. 내 팔을 붙잡는 그 싸구려 향수를 뿌리치고 급히 발걸음을 옮기는데, 또 다른 한 여자가 길모퉁이에 서있다가 내게 다가왔다.

아주 깡마른 몸집의 여자애였다. 그 애 뒤에 어수선하게 밝혀진 노란 조명이 몸집과 다리의 윤곽을 그대로 드러내어 여자애는 마치 발가벗은 것처럼 보였다. 미니스커트에 꼭 맞는 상의를 입은 그 애는 몹시 추워 보였다. 여자애는 팔짱을 낀 채 오들오들 떨고 있었다. 여자애가 내게 말을 걸었다.

"군인 오빠, 어디 가요?"

생각하지도 못했던 질문에 나는 얼떨결에 대답을 하고 말았다.

"집."

"휴가예요?"

나는 비로소 내가 그 애와 말을 섞은 걸 깨닫고 고개만 끄덕이며 성급히 지나가려 했다. 여자애가 또 물었다.

"오빠 집이 어디예요? 막차들 곧 끊어지는데…."

별안간 콧등이 시큰해졌다. 그 말이 왜 그렇게 슬프게 느껴졌는지 알 수 없었다. 나는 여전히 발걸음을 멈추지 않았다. 나를 따라 걸으며 여자애가 덧붙였다.

"오늘 너무 추워요."

나는 못 들은 체 부지런히 발걸음만 재촉했다.

"나랑 같이 있다 가요."

2년 반 전, 입대를 이틀 앞두고 청주역 근처를 배회하다 충동적으로 나이 많은 창녀와 함께 보냈던 누추하고 비참한 반 시간을 기억했다.

"잘해 드릴게요."

생애 첫 경험을 나보다 거의 스무 살은 더 많아 보이는, 얼굴도 기억하지 못하는 늙은 여자와 치르고 얼마나 후회했는지, 얼마나 수치스러웠는지 나는 애써 돌이켰다.

"진짜 싸게 해드릴게요."

여자애가 고개를 꺾어 나와 눈을 마주치려 애쓰며 말했다.

"그러면 안 되는데, 오늘 너무 추워서…"

청주의 그 늙은 창녀는 오늘도 길거리에 나와 있을까? 나도 모르게 걸음 속도를 늦췄다. 여자애가 내 소매를 잡아 끌며 흥정했다.

"세 장… 네?"

나는 어느 사이 여자애가 이끄는 어두침침한 골목길로 따라 들어가고 있었다. 나는 영웅이 아니었다. 나에게는 세이렌의 유혹에 굴복할 핑계가 있었다. 그건 내가 나 자신에게 허용하는 위무(慰撫)였다. 저지르고, 후회하고, 그리곤 남들에게 용인해주기를 요구하는 게 내가 지켜본 거의 모든 어른들의 일상이었다. 남자들은 아내에게 손찌검하고, 과음하고, 외도했다. 여자들은 자녀들에게 해서는 안 될 말을 하고, 이웃들과 고함을 지르며 싸우고, 남편을 모욕했다. 그러면 사람들이 말해줬다.

괜찮아. 사람이 살다 보면 그럴 수도 있지. 술 마시면 그럴 수도 있지. 화가 나면 그럴 수도 있지.

나이를 아무리 먹어도 모든 이들은 서로를 마치 소년범처럼 대우했다. 언제든 자신들도 저지를 일이기에, 사람들은 서로 보험이라도 들 듯 관대함으로 포장해 서로를 용인했다.

그래서, 스물두 살, 무엇을 새로 시작하기에 너무 늦은 나이라고 자기연민에 빠졌던 나는, 나 자신에게 관대하기로 했다. 술에 취하지 않았을 때는 보기만 해도 민망할 그 골목을 창녀 손에 이끌려 걸으며 나는 생각했다. 그래, 살다 보면 창녀랑 잘 수도 있는 거지. 오늘같이 당장 죽을 것처럼 외로운 날에는 더더욱 그럴 수도 있는 거지.

나는 성인 사내의 몸 안에 숨은 채 울고 떼쓰는 내 속의 철부지를 달래야 했다. 그것으로 그 어두침침하고 지저분한 골목 안, 뭇 남자들의 체액이 여기저기 뿌려졌을 더러운 방에 들어갈 구실이 충분했다.

55. 회귀

뜻하지 않게 말년휴가 말미에 감행한 이틀의 외박은 내 인생 최초의 일탈다운 일탈이었다. 어머니는 나를 먹이겠다고 하루 종일 빚은 만두를 고스란히 냉동실에 처박았다며 울먹이며 불평했지만, 아버지는 의외로 별말이 없었다. 나는 27개월의 군복무, 만 스물두 살이라는 나이가 그 일탈행위를 정당화시켜 준다고 믿었다.

그게 내 한계였다. 내게 자유라는 건 고작해야 일탈할 자유 정도의 의미밖에 없었다. 전역을 하고 청주에 돌아가 군복을 벗고 나서야 나는 비로소 깨달았다. 27개월이라는 시간이 흐른 뒤 나는 한 치도 더 나아가지 않고 그대로 제자리에 돌아왔다는 것을.

개강을 하루 앞두고 급히 서울로 올라가는 바로 그날 아침, 어머니는 대수롭지 않다는 듯 지나가는 듯한 말투로 내게 말했다.

"아, 그리고 너 거기 있는 동안 은정이 수학이랑 영어 매일 한 시간씩 봐줘야 한다."

"네?"

놀라 되묻는 나에게 어머니는 말했다.

"은정이 고1이잖아."

나도 모르게 격앙했다.

"아니, 그걸 왜 이제야 말씀하세요? 고등학생 수학을 제가 어떻게 가르쳐요?"

나는 나도 모르게 퉁명스레 내뱉으며 들고 있던 짐을 바닥에 내던지듯 내려놓았다. 어머니는 분연히 쏘아붙였다.

"아니, 얘 좀 봐? 어디 어른 앞에서 물건을 탕탕 내려놓고 그래? 아니, 그리고, 묻고 말고 할 게 뭐가 있니? 서울대 다니면서 그깟 수학 뭐가 어렵다고 그러니? 그냥 다 아는 거 좀 가르쳐주고 시간 때우는 게 뭐가 그렇게 힘들다는 거니?"

내가 돌아온 민간 세계의 위계질서는 군대의 그것보다 훨씬 더 영속적이고 강력했다. 나는 그저 나를 사로잡고 있던 그 영원한 위계질서로 돌아갔을 뿐, 내 전역은 결코 해방도 자유도 의미하지 않았다. 게다가 내 어머니는 세상에 대한 무지와 편견으로 단단히 무장하고 있어서 내가 무슨 말을 해도 결코 알아들으려 애쓰지 않을 게 분명했다. 나도 모르게 긴 한숨을 내쉬었다.

"보자보자 하니까, 어디 어른 앞에서 땅이 꺼져라 한숨을 팍팍 쉬니?"

"최소한 미리 말씀이라도 하셨어야죠."

"얘 좀 봐? 너 지금 에미 가르치려 드는 거니?"

어머니는 기가 차다는 듯 한숨을 쉬면서, 서울에서 비싼 배달비를 치르며 가져왔다는 가죽 소파 위에 털썩 주저앉았다. 나는 풀이 죽어 웅얼댔다.

"그게 아니라…."

"그게 아니긴 뭐가 아니야? 너 옛날엔 안 그랬잖니? 너, 서울대 다닌다고 고졸 에미가 우스워 보이는 거지?"

숨이 턱 막혀 왔다. 또 시작이다. 저 고졸 타령. 차라리 정말로 어머니를 얕잡아보고 싶었다. 그렇다면 그렇게 답답하고 기가 막히진 않을 것 같았다. 나는 말문을 돌렸다.

"전에 과외 몰래 하다가 걸려서 제적된 영문학과 여학생 뉴스에 난 거 못 보셨어요?"

어머니는 입을 삐죽거리며 내 눈길을 외면했다.

"전에도 말씀드렸잖아요. 아버지가 공무원인데, 걸리기라도 하면….."

어머니가 버럭 소리쳤다.

"아니, 이모네 집에 조카가 살면서 사촌한테 모르는 것 좀 가르쳐주고 그럴 수 있는 거지. 너는 애가 왜 그렇게 융통성이 없는 거니?"

말문이 막혔다. 외숙모가 사는 집에 나를 들여보낼 땐 더없이 당당하던 어머니의 이율배반을 지적하고 싶었지만 그러지는 못했다. 따지고 보면 그저 어머니가 정해주는 대로 다른 어른들의 보살핌만을 기대했던 내 잘못도 컸다. 개강을 코앞에 두고 전역하면서도 어머니가 알아서 해주리라 믿고 아무런 계획도 대책도 세울 생각이 없었다. 아버지 한 달 월급보다 더 비싸다는 소파 위에 파묻혀 앉았던 어머니가 자세를 고쳐 앉으며 또다시 쏘아붙였다.

"하숙하면 용돈이며 학비며 해서 한 달에 너한테 얼마가 들어가는지 알아?"

나는 애써 한숨을 삼켰다. 서울대학교 학비는 사립대학교 학비의 거의 절반으로, 인문대의 경우 50만 원 정도였다. 정부에서는 공무원 자녀들에게 그 학비를 전액 지원해주었다. 그러나 어머니에게는 아직도 가난한 시절의 이상한 습관이 남아 있었다. 남들에게 과시하지 못하는 일에는 절대 돈을 쓰지 않는 거였다. 하숙이니 자취에 돈을 쓰는 건 그래서 어머니에겐 큰 낭비로 보였다.

반면 압구정동 사는 이모에게 나를 맡기는 건 어머니가 보기에 완벽한 전략이었다. 하숙비나 방세를 아끼는 건 물론이고, 서울대 다니는 아들을 365일 자기 동생에게 과시할 더도 없는 기회였다. 내게 '별 것도 아닌' 영어와 수학을 사촌동생들에게 가르치라고 지시한 것도 같은 맥락이었다. 무엇보다도 어머니에게는 교습에 대한 기초적인 개념조차 없었다. 어머니는 자신의 자매에게 '서울대생의 과외'라는 매우 진귀하고 구하기 힘든 서비스를 제공함으로써, 공짜로 자기 자식을 떠맡긴다는 부채의식을 버리고 오직 우월감만 즐기고 싶었을 뿐이다.

나는 더 이상 아무 말도 하지 않기로 했다. 군복무를 마치고도 여전히 부모에게 모든 것을 의지하고 있던 내 탓이라고 생각하기로 했다. 내 세대 많은 아이들이 철저히 부모에게 의지해 살았다. 70년대까지 명문대 다니던 아이들의 돈줄 역할을 하던 과외가 금지된 결과이기도 했다. 아이들은 경제적으로 독립하지 못한 탓에 더더욱 부모에게 종속됐다. 반면 부모 세대들은 우리 조부모 세대보다 경제적으로 풍요로워졌고, 그 경제력은 자녀들을 손아귀에 넣고 주무르는 데 더할 나위 없이 좋은 수단이었다.

경제적으로 부모들로부터 독립한 아이들이 없었던 건 아니다. 이따금 방학 동안 건설현장에서 일하는 아이들 이야기가 무용담처럼 전해지긴 했다. '몰래바이트'라 불리던 비밀과외를 해서 꽤나 큰 돈을 번다는 아이들의 이야기도 떠돌았다. 하지만 그런 과외는 적발되는 경우 형사처벌까지 받을 수 있는 범죄행위였다.

"어여 안 나와?"

한 시간째 밖에서 차를 털고 닦던 아버지가 현관문을 열고 고함을 질렀다. 벼르고 벼르다 석 달 전 장만했다는 스텔라 승용차였다. 나는 바닥에 던졌던 짐을 다시 들고 하릴없이 현관문을 나섰다. 새벽 일찍 동네 미용실에 가서 곱게 머리를 단장한 어머니가 내 뒤를 따랐다. 나는 그렇게 대학 입학식 전날과 별로 다르지 않게, 부모를 모두 대동하고 서울을 향해 출발했다. 1982년 3월에 그랬던 것처럼 나는 그저 내 부모가 성공적인 삶을 살고 있다는 산 증거에 지나지 않았다.

56. 반전반핵 양키 고 홈

고등학교 시절, 3월 신학기부터는 외투나 장갑이 금지됐다. 제 아무리 심한 꽃샘추위에 기온이 영하로 떨어졌어도 3월에 외투를 입고 등교하는 것은 교칙 위반이었다. 학교 다니던 내내 불평했던 그 이상한 규칙은 언젠가부터 내 무의식에 깊게 뿌리내리고 있었다. 3월이 되면 날씨가 어떻든 봄이었고, 따라서 외투와 장갑을 벗어야 했다.

사소한 구속과 규율에 얽매이듯 복종하는 태도는 군생활을 통해 더 굳어졌을지도 모른다. 나는 그 온갖 구속과 제약에 넌더리를 내며 하루바삐 자유를 찾고 싶어 안달했다. 그러나 막상 제대를 한 후에도 달라진 것은 없었다. 먹고 자고 입는 일 하나하나를 모두 스스로 선택하는 건 생각처럼 즐겁거나 유쾌하지 않았다. 내 선택의 결과는 언제나 내가 감내해야 했다.

개강하고 일주일쯤 지났을 때였다. 그날도 나는 잘못된 판단으로 플란넬 셔츠 위에 얇은 점퍼 한 겹 만 걸치고 집을 나섰다. 그리고 교문 앞에 도착해 버스에서 내리는 순간 관악캠퍼스가 서울시내에 비해 3도 이상 낮게 느껴진다는 속설을 기억했다. 산에서 계곡으로 쏟아지는 바람이 마치 한겨울처럼 매서웠다. 버스에서 내린 아이들은 저마다 한 번씩 부르르 떨곤 달음박질쳐 순환도로를 뛰어올라가기 시작했다. 나 역시 최대한 빨리 바람을 피해 건물 안으로 들어가려고 인문대 쪽을 향해 달리기 시작했다.

군에 있는 사이 캠퍼스는 많이 변했다. 나는 한 치 어김없이 제자리에 돌아왔다고 생각했는데, 학교뿐 아니라 사람들 모두 다들 성큼 저만치 앞서 가는 것처럼 보였다. 인문대로 향하는 길은 특히나 많이 변했다. 사회대와 법대 사이에는 어느 사이 새로 지은 건물들이 보였다. 변하지 않은 것은 인문대 부근뿐이었다.

학기초인데도 벌써 여기저기 걸린 플래카드와 격문이 잔뜩 붙은 것도 생소했다. 전에도 개강 직후부터 그렇게 플래카드와 격문이 잔뜩 붙었던가? 플래카드의 구호도 과거와는 바뀌었다.

'반전반핵 양키 고 홈'

어리둥절했다. 내가 모르는 사이 미군부대에서 무슨 사고라도 있었나 하고 짐작할 뿐, 무슨 계기로 사방에 그런 격문이 붙었는지 알 수 없었다. 아이들끼리 서로 나누는 소식이라는 건 '관제'나 '어용'이라는 접두어가 붙은 신문이나 방송에서 다루지 않는, 확인할 수 없는 소문인 경우가 많았다.

조금 더 걷자 한 건물 외벽 게시판에 붙은 대자보 제목이 언뜻 보였다.

'양키의 용병교육이 분단을 고착한다'

나는 영문도 모르고 머리를 한 대 얻어맞은 기분이었다. 발길을 멈추고 읽어볼까 말까 망설이는데 차가운 바람이 다시 몰아쳤다. 나는 다시 내달리기 시작했다. 멀리 계단 위에 인문대 건물이 보였다.

　"이성식!"

　여자애들 서너 명 사이를 뚫고 지나가는 순간 그 중 한 여자애가 내 뒤에 대고 외쳤다. 뒤를 돌아보았다. 선영이었다. 선영은 얼굴이 핼쑥한 채 숨을 헐떡이며 경사로를 오르고 있었다.

　"어, 누나! 몸은 좀 어때요?"

　"네 덕에 안 죽고 살았지."

　나는 그제야 내가 선영을 까맣게 잊고 있었음을 깨닫고 머뭇대며 말했다.

　"죄송해요, 찾아가봤어야 했는데."

　"아니다, 네 몸도 성치 않았을 텐데 병원까지 날 업고 뛰어줬잖아."

　경사로가 평평해지는 곳에서 멈춘 선영이 크게 숨을 몰아 쉬며 덧붙였다.

　"내 생명의 은인이다, 네가. 그날 나 혼자 자고 있었어 봐라. 어휴."

　나는 그냥 머쓱하게 웃기만 했다. 선영이 나를 위아래로 훑어보더니 물었다.

　"춥지 않아? 좀 단디 입고 오지…."

　"이렇게 추울지 몰랐죠."

　"열한 시 수업?"

　"아, 예."

　"어디? 인문대?"

내가 고개를 끄덕이자 선영이 말했다.

"거진 15분이나 남았네? 우리 연구실에 잠깐 들어갔다 가. 따끈한 커피 타 줄게."

선영은 마치 친누나라도 되는 양 싹싹한 태도로 내 팔을 잡아끌었다. 나는 무언가 불편하고 어색했지만 거절하지 못하고 선영을 따라갔다.

대학원 연구실은 따뜻했다. 82학번 동기 여자애들이 벌써 와서 전열기를 켜놓고 주위에 둘러앉아 있었다. 내가 선영과 함께 들어서는 순간, 현숙이 뒤돌아보더니 큰 소리로 외쳤다.

"이야! 이성식!"

희정과 현숙이 수선스레 반기며 얼른 전기주전자에 물을 끓이더니 작은 종이잔에 인스턴트커피를 타 내 손에 쥐어주었다. 이미 대학원생 여자애들 사이에 내가 선영을 병원에 데리고 갔다는 소문이 파다한 것 같았다. 여자애들은 내가 선영과 만나기 시작했다고 지레짐작하는 것 같았다. 어쩌면 같이 잤다고 생각하는 것도 같았다. 문득 미현이 학교를 떠나 이런 뜬소문을 듣지 않아 다행이라는 생각이 들었다.

얼른 커피를 들이킨 나는 곧 1층을 향해 내려갔다. 정각 열한 시였지만 19세기 프랑스문학 교수는 아직 도착하지 않았다. 뒷문으로 들어서는 순간 교수가 앞문으로 들어서는 모습이 보였다. 나는 서둘러 햇볕이 조금이라도 드는 창가로 달려가 빈자리에 털썩 앉았다. 공공건물들은 3월이 되면 난방을 멈춘다는 국가 규정 때문에 강의실은 물론 목재 책상과 걸상마저도 얼음장 같았다. 교수가 출석을 부르기 시작했다. 내 이름이 불렸다. 반사적으로 '병장 이성식'이 튀어나오려는 걸 간신히 목으로 삼키며 나는 대답했다.

"네."

57. 친구

교수는 계속해서 출석을 불렀다. 84학번을 모두 부르곤 마지막으로 며칠 전 추가로 등록한 아이들을 호명하기 시작했다.

"주철우."

맨 앞줄에서 즉각 대답이 나왔다.

"예, 상병 주철우."

아이들, 그 중에서도 여자애들이 왁자하게 웃음을 터뜨렸다. 교수도 맨 앞자리에 앉은 까까머리 남학생을 바라보며 웃었다.

"아주 군기가 바짝 들어 제대했구먼."

여자애들이 다시 한 번 웃음을 터뜨렸다. 나도 웃었다. 그러나 그것은 비웃음이 아닌 기쁨의 웃음이었다. 다른 여자애들이 앞자리를 모두 차지하고 있지 않았더라면 나는 당장이라도 달려가 철우 옆자리로 옮겼을 것이다.

철우가 돌아왔다니.

어수룩하고 미욱한 촌놈이던 나를 포니에 태워 데리고 다니면서 강남역 주변을 구경시켜주고, 아버지 정육점에서 운영하는 고깃집에서 배가 터지도록 고기를 먹여주고, 첫 미팅을 시켜주고, 무엇보다도 미현에 대해 수많은 정보를 알려주던 철우가 돌아왔다. 급히 마신 술에 체해 냄새 지독한 술집 화장실 변기 앞에 쭈그려앉아 방금 마신 술을 게워낼 때 와서 등을 두들겨 주던, 기타 스케일 연습이 지겨워져 도서관 주변을 배회하다 보면 인문대 쪽 그늘에서 우유팩을 차고 있다가 내게 우유팩을 패스해주던, 내 친구 철우가.

철우는 고등학교를 졸업하고, 대학에 입학하고, 군복무를 마치면서도 영영 익숙해지지 않았던 외로움을 견디게 해준 유일한 대학 친구였다. 말년휴가 때 서울에 올라와 그의 집에 전화했을 때 나는 그의 집 전화번호가 바뀐 것을 알았다. 나는 철우가 3월 초 전역한다는 것만 알고 있었을 뿐이었다. 그런 일은 당시에 흔했다. 특히나 나같이 기숙사나 친척집, 하숙, 혹은 자취방을 떠돌며 살아야 했던 지방 출신 아이들은 군복무를 마치면서 서로의 연락처를 잃어버리기 일쑤였다.

그런 느슨한 친구 관계는 고등학교를 졸업할 때까지 언제나 탄탄하게 다른 아이들과 연결되어 살던 나를 때로 몹시 외롭게 했다. 내게는 고등학교를 졸업하기 전까지 혼자서 지내는 법을 배울 기회가 없었다. 어릴 때부터 대학에 들어오는 순간까지 언제나 나는 누군가와 함께 있었다. 학교가 끝나면 친구들과 함께 공을 찼고, 공을 찬 후에도 누군가의 집에 서너 명이 모여 함께 공부를 한다며 모여 앉았다. 심지어 도색잡지나 만화 혹은 외설적인 비디오테이프마저 함께 둘러앉아서 봤다. 남동생과 한 방을 썼으니, 잠을 자는 순간까지도 제대로 혼자가 아니었다. 방학 때조차 혼자 있는 적이 드물었다. 나뿐 아니라 대부분 아이들이 적게는 서너 명, 많게는 예닐곱 명씩 늘 몰려다녔고, 또 그래야만 했다. 그러지 못하는 아이들은 무언가 성격에 문제가 있는 것으로 보았고, 본인들 스스로도 그렇게 생각했다.

고등학교 시절 내게도 삼총사라 불리던 세 친구들이 있었다. 나는 그 삼총사의 구색을 맞춰주는 다르타냥이었다. 삼총사들은 공부보다는 바둑이나 장기, 당구 같은 잡기에 능했다. 전교 10등 안에 드는 모범생이었을 뿐 별다른 장기가 없었던 나는 용케 그 무리에 끼었다. 그 친구 중 둘은 청주에 있는 대학에 진학했고, 또 한 명은 대전에 있는 의대에 합격했다. 진학 후 첫 여름방학에는 그 애들을 모두 다시 만났다. 부모님들 몰래 방으로 숨겨 들여간 소주를 새우깡과 함께 마시면서 자기가 좋아하는 여자애들 이야기나 군대 갈 이야기, 각자의 꿈에 대해 이야기하곤 했다.

한 친구가 2학기를 채 마치기도 전에 입대하고, 또 그 다음에 다른 아이가 입대하면서 삼총사들은 뿔뿔이 흩어졌다. 의대를 졸업한 후 공중보건의사로 군복무를 대체할 요량이었던 의대생 윤호만 남았다. 나는 언제나 윤호에게 호감을 갖고 있었지만 우리는 서로 많이 달랐고 너무 멀리 떨어져 살았다.

나는 삼총사들과 서서히 멀어졌다. 이따금 공중전화부스에 줄 선 사람이 없고 주머니에 남은 동전이 있으면 그 중 한 명의 집에 전화를 걸어보곤 했다. 대개 전화는 어머니나 누이들이 받았다. 통화가 이뤄지는 일은 드물었고, 내가 전역할 무렵에는 그나마 모두 다 군부대에 있었다. 어쩌다 기회가 닿아 만난다 해도 고등학교 다닐 때처럼 같이 무얼 먹거나 만화책만 봐도 느끼던 그런 흥분과 즐거움은 결코 느낄 수 없었다.

대학 동기들의 경우는 더 상황이 좋지 않았다. 고만고만한 동네 출신의 고만고만한 아이들이 모여 있던 고등학교 때와 달리 우리는 서로 너무나 달랐다. 여자아이들은 남자아이들과 달랐고, 수도권 아이들과 지방 아이들이 달랐다. 경남 아이들과 전남 아이들이 달랐고, 충북 아이들과 충남 아이들이 달랐다. 그리고 그 다름을 서로 이해할 기회조차 그다지 많지 않았다. 아직 전공을 정하기 전 1학년 때 같은 반 아이들이 조금 익숙해지려는 차에 2학년이 되어 각자 전공을 선택하면서 모두 흩어졌다. 그리고 불어불문학과에 누가 있는지 채 다 기억하기도 전에 입대했다.

그렇게 기억조차 제대로 못 하는 아이들 대부분은 아직도 돌아오지 않았다. 현역 입대한 애들은 물론이고, 18개월 방위, 즉 단기사병으로 복무하던 아이들조차 아직 돌아오지 않은 경우가 있었다. 그 연령대 인구가 많아 대기자가 적체되면서 운이 나쁘면 한 학기 이상 시간을 낭비하는 일이 허다했기 때문이다.

나는 수업을 마치고 클래식 기타 동호회에 가보려던 계획을 까맣게 잊고 흥분에 겨워 휴식시간만 기다렸다. 그리고 마침내 교수가 10분 휴식을 선언하던 순간 나는 철우 뒤로 달려갔다. 그리고 등 뒤에서 그를 불렀다. 27개월 전이었더라면 그의 등 뒤에서 팔로 목을 조르면서 쓰러뜨렸을 텐데, 어쩌면 바닥에 쓰러뜨리고 강아지처럼 뒹굴며 낄낄댔을 텐데, 그러지는 못했다. 철우가 활짝 웃으면서 자리에서 일어나 오른손으로 내 팔을 두들겼다. 나도 내 오른손으로 그의 왼팔을 두들겼다. 그게 우리식 포옹이었다.

19세기 프랑스문학은 본래 세 시간 연강이었지만, 교수는 두 시간 만에 수업을 마쳤다. 나는 철우와 함께 사회과학대학 쪽에 새로 생긴 식당으로 내려갔다. 식당 줄은 그다지 길지 않았다. 건물은 깨끗했다. 찢어진 의자도 보이지 않았고 테이블도 모두 말끔했다. 식당 너머에 밝고 깨끗한 구내서점도 보였다. 오직 음식만 학생회관 식당과 비교해 별로 나을 게 없었다. 내가 먼저 말을 꺼냈다.

"니네 전화번호 바뀌었다고 해서 얼마나 놀랐는지 아냐?"

"아, 미안하다. 미리 말해야 했는데…. 우리 개포동으로 이사했다."

"아니, 그 먼 데로 왜 갔냐? 너 살던 방배동 좋기만 하던데."

철우는 난감한 표정을 짓더니, 곧 자기 어머니의 부동산 투자에 대해 설명했다. 그의 어머니는 새로 아파트를 짓는다는 소문이 도는 지역을 찾아다니며 헐값에 허름한 집을 사들이는 취미 아닌 취미가 있었다. 때로는 공사계획이 발표되자마자 큰 시세차익을 남기고 되팔았고, 또 어떤 때는 완공될 때까지 기다리다 팔기도 한다고 했다.

사람들은 철우의 어머니와 같은 사람들을 복부인이라 불렀다. 신문이나 방송은 그런 사적 이익추구행위가 부도덕하다고 질타했다. 개포동의 아파트는 한참 전에 헐값에 매입했던 농지가 개발된 것이라 거저 들어가 사는 기분이라며 집에서 갑작스레 이사를 결정했다고 철우는 변명했다. 그렇게 해서 대개 얼마나 시세차익을 남기는지 묻자 철우는 쑥스러운 듯 웃기만 하고 대답하지 않았다. 정말로 잘 몰라서 대답하지 않았는지, 복부인인 어머니가 부끄러워서 그랬는지, 아니면 숫자나 액수를 구체적으로 밝히는 걸 민망하게 여기기 때문인지는 알 수 없었다.

"이야, 어머니 대단하시다. 그런데 어떻게 그런 정보를 입수하신대?"

철우가 내 앞으로 상체를 내밀며 수군댔다.

"우리 외삼촌이 일간지 기자잖아."

그러면서 철우는 부끄럽다는 듯 눈을 끔벅대며 그 이야기를 그만하자는 신호를 보냈다. 다시 숟가락을 들며 나는 몇 년 전 어머니가 구입한 농지가 2년 전 택지개발구역으로 편입되면서 스무 배 가까이 시세차익을 남긴 것을 기억했다. 어머니는 주변 사람들에게 이렇게 변명하곤 했다.

"아니, 누가 이렇게까지 오를 줄 알았나? 그냥 성식이 아버지 은퇴하면 농사나 짓고 살려고 사둔 거지."

그때 내 아버지는 청주시청에서 도시개발국장으로 일하고 있었다.

58. 대림동과 압구정동

새학기를 맞으며 시간이 정신없이 지나갔다. 개강 첫날 나를 위축시키던 추위도 곧 누그러졌다. 어느 날 수업을 마치고 모처럼 따뜻해진 캠퍼스 화단 옆 벤치에 앉아 인스턴트커피를 홀짝거리는 내게 철우가 물었다.

"제대하고 미현이 안 봤냐?"

나는 말없이 철우의 눈길을 피하며 담배를 꺼내 물었다.

"봤구나. 다시 만나는 거야?"

나는 담배연기를 내뿜는 척하면서 길게 한숨을 내쉬곤 고개를 저었다. 철우가 고개를 끄덕이더니 말을 이었다.

"미현이 어머니 걱정이 이만저만이 아닌 것 같더라."

나는 비로소 고개를 돌리고 철우에게 물었다.

"왜?"

"왜긴. 몰라서 묻냐?"

"몰라. 무슨 일인데?"

그렇게 물으면서 나는 순간 초라한 기분이 들었다. 한때 내 여자친구였던 미현의 안부를 그에게 묻는다는 게 부끄러웠다. 나는 여전히 철우에게 묘한 자격지심을 갖고 있었다. 철우는 언제나 나보다 앞서 갔고 나보다 똘똘해 보였다. 나보다 적은 시간 공부해도 비슷한 점수를 받을 만큼 공부하는 요령도 집중력도 뛰어났다. 넉살이 좋아서 여자애들과 스스럼없이 지냈으며, 무엇보다도 소소한 인간사를 단번에 파악하고 이해할 수 있을 만큼 눈치가 빨랐다.

처음 나는 그게 철우의 나이 때문이라고 생각했다. 철우는 국민학교를 한 해 일찍 입학했던 나보다 거의 한 살이 더 많았기 때문이다. 철우에 대해 좀 더 알게 된 후엔 그의 집안 환경 때문이라고 생각했다. 서울 강남 8학군에서 학교를 다닌 덕도 있으리라 생각했다. 앞으로 시간이 지나면 차이가 좁혀질 거라고 생각했다. 하지만 2년 반 사이 차이는 더 벌어져 있었다. 방위병으로 상병 계급에서 군 복무를 마친 철우는 이전보다 더 눈치와 감각이 좋아 보였다.

철우가 머뭇대며 대답했다.

"그게, 미현이 이번에 졸업 못 했잖아."

나는 머리를 한 대 얻어맞은 기분이 들었다. 미현이 졸업식에 가지 않았다는 뜻을 그제야 알 것 같았다.

"아니, 어떻게?"

"전공학점이 부족했다나, 나도 잘 몰라."

"걔 1, 2학년 때 학점 좋았잖아? 어쩌다가?"

"자세한 거야 나도 모르지. 나도 학교에 없었으니. 운동하느라 수업 자주 빼먹어서 그렇다는 소문도 있고, 남자 문제 때문이란 소문도 있고…. 아무도 몰라."

"남자 문제?"

"이건 아무에게도 하지 않은 말인데…."

철우의 이 말에 나는 한껏 긴장해서 필터까지 탄 담배를 입에 물고 한껏 빨았다. 손가락이 뜨거웠다.

"미현이 언젠가부터 집에서 나가 지내는 모양이더라."

놀라 입이 딱 벌어진 내게, 철우는 미현이 대림동 어딘가에서 여공들이 지내는 닭장집에서 자취를 한다는 소문이 있다고만 전했다. 닭장집은 구로공단 부근에 공원들이 지내는 아주 허름하고 볼품없는 숙소를 일컫는 속칭이었다. 나는 비로소 미현이 그토록 변한 이유를 깨달았다. 허름한 옷차림, 짧은 머리칼…. 그리고 그 늦은 저녁 갈 데가 있다며 지하철역으로 사라지던 모습.

미현은 부모님을 떠나 산다고 털어놓기가 힘들었는지도 모른다. 사람들은 미혼의 젊은 여자가 부모 곁을 떠나 지내는 걸 극도로 터부시했다. 때로는 유학(遊學)이나 취업조차 충분한 핑계가 되지 못했다. 시부모가 될 사람들이 며느리 후보의 타향살이 경력을 대단한 흠집처럼 여기는 풍조도 만연했다. 그리고 그런 내 부모세대의 인식은 내게도 모르는 사이 영향을 끼쳤다. 나는 마음속의 편견을 나 자신이나 남들에게 들킬 때마다 스스로에게 변명했다. 내 생각이 아니라 사회인식이 그렇다고. 막상 미현이 집을 나와 휴학을 하고 이런저런 소문의 주인공이 된 것을 다시 한 번 확인하자 내 머릿속은 뭐라고 설명할 수 없이 복잡해졌다.

내가 한참을 멍하니 있다 새로 담배를 꺼내자 철우가 물었다.

"몰랐어?"

선태와 미현이 사귄다는 소문에 대해 묻고 싶었지만 차마 입이 떨어지지 않았다. 나는 잠시 망설이다 미현과 녹두거리에서 우연히 마주쳤다고 실토했다. 내가 말을 마치자 잠자코 듣고 있던 철우가 마침내 크게 한숨을 쉬며 내 등을 두들겼다.

"야, 불 난데 부채질하는 것 같지만."

내가 고개를 돌리자 철우가 핀잔했다.

"넌 어떻게 그렇게 센스가 없냐?"

나는 한숨을 쉬며 되물었다.

"아니, 그럼 그 상황에서 어떻게 했어야 된다는 거냐?"

"붙잡아야지. 어떻게 그렇게 허무하게 그냥 보내냐?"

"간다는 애를 어떻게 잡냐?"

철우는 들고 있던 빈 종이컵을 구기더니 저만치 떨어진 쓰레기통을 향해 던졌다. 종이컵은 쓰레기통 옆구리에 맞고 튀어나갔다. 철우가 구시렁대며 일어나 종이컵을 주워 쓰레기통에 넣더니 다가와 내 어깨를 툭 치며 말했다.

"수업 끝나고 한 잔 하러 가자. 너 아직 화곡동에서 다니냐?"

"아, 아니, 나 이모네 있다. 근데 일찍 들어가야 한다."

"이모댁이 어딘데?"

"압구정동."

59. 백정의 자본주의

나는 철우와 함께 방배동으로 향하는 버스에 올라탔다. 버스가 느릿느릿 낙성대 입구를 지나고 사당사거리 신호등에 멈췄다. 군복무 내내 트레일러를 운전한 후로는 그 디젤엔진의 찌든 기름 냄새가 견딜 만했다. 새삼스레 남이 운전하는 차에 실려 다녀야 한다는 게 답답하게 느껴질 뿐이었다.

버스가 사당사거리에서 좌회전을 하는 순간, 미현이 살던 구반포에서 방배동이 그리 멀지 않다는 걸 깨닫곤 불현듯 가슴이 아려왔다. 철우가 물었다.

"방배동 카페골목 가봤냐?"

고개를 저었다. 내게 카페라는 말은 여전히 생소했다. 80년대 중반까지도 카페라 불리는 곳이 그리 흔하지 않았다. 사람들은 거의 비슷한 의미와 기능을 가진 찻집, 다방(茶房), 커피숍, 카페라는 네 가지 용어를 구분해 사용함으로써 업소의 분위기와 가격을 암시했다. 그 중 가장 비싼 곳은 대개 카페라는 이름을 갖고 있었다.

"아니."

사당동 사거리를 돌아 두어 정류장 더 간 후 우리는 버스에서 내렸다. 내가 물었다.

"근데, 카페랑 다방이랑 뭐가 다르냐?"

"아, 그거, 카페는 일반음식점이고, 다방은 간이음식점."

철우는 마침 잘 물어봤다는 듯 흥이 나서 장황히 설명하기 시작했다. 카페는 일반음식점으로 분류되어 조리한 음식을 팔 수 있지만 다방이나 커피숍은 간이음식점이라 조리한 음식을 팔 수 없다는 거였다. 그러면서 철우는, 많은 사람들이 카페(café)라는 말이 본래 커피를 의미한다는 이유로 커피숍이라고 생각하지만 그건 오해라고 했다. 실제 프랑스의 카페들은 간단한 음식이나 심지어 주류를 판매하는 간이식당이라고 했다.

철우의 말은 그럴 듯하게 들렸다. 하긴, 카페라는 이름을 내건 업소에서 제대로 된 커피를 전문적으로 다루는 걸 보기는 힘들었다. 카페라는 건 그저 우리에게 '비싼 실내장식을 하고 간단한 식사와 음료와 술을 비교적 높은 가격에 판매하는 곳'으로 현지화된 것뿐이었다. 내가 물었다.

"어떻게 그런 걸 다 아냐?"

철우가 쑥스럽다는 듯 나를 외면하며 털어놓았다.

"아버지 도와드리느라 식품위생법 공부 좀 했다."

골목을 지나 카페거리로 들어가 몇 발자국 걷지 않아 나는 말문을 잃고 사방을 둘러보았다. 바로 근처의 사당대로를 지나다니면서도 그런 별천지가 존재하는지 까맣게 몰랐다. 끝이 보이지 않는 긴 2차선 도로에 이국적이고 독특한 디자인의 간판들이 끊임없이 줄지어 있었다. 철우가 내 팔을 슬쩍 치며 물었다.

"걔네 집이 코앞인데… 진짜 여기 같이 한 번도 안 왔냐?"

"이런 데가 있는지도 몰랐다."

아직 채 어둡지도 않은데 벌써부터 간판조명이 들어온 곳도 제법 많았다. 그 중에는 네온사인도 있었다. 부대에서 보던 텔레비전 뉴스에서 툭하면 네온사인 조명이 큰 위법행위라는 듯 설레발치던 기억이 났다. 분명, 그곳은 딴 세상이었다. 나도 모르게 어수룩한 질문을 던지고 말았다.

"와, 여기가 명동보다 더 좋은 데냐?"

철우가 멈칫하더니 되물었다.

"명동 안 가봤냐?"

"가, 가봤지!"

"백화점 있는 큰길 말고. 미도파 백화점 뒤쪽 안 가봤냐?"

나는 잠자코 있었다.

"이태원은?"

나는 우물쭈물했다. 철우가 내 등을 치며 웃기 시작했다.

"야, 넌 무슨 미군용병이 이태원도 여태 안 가봤냐?"

"뭐야, 어디서 상병이 병장한테…."

군대에서 늘 듣고 하던 그 말이 내 입에서 나오니 그렇게 낯설고 어색할 수 없었다. 다행히 철우는 농담으로 받아준 듯, 별안간 도망치듯 내달리며 우스꽝스럽도록 진지하게 외쳤다.

"죄송합니다, 이 병장님! 시정하겠습니다!"

나는 철우를 쫓아 뛰어갔다. 철우는 채 30미터도 달리지 못하고 내게 붙잡혔다. 내게 팔을 붙잡히는 순간 철우가 낄낄대기 시작했다. 나는 이미 쫓아갈 때부터 웃고 있었다. 철우가 웃음을 채 거두지 못하고 한 카페를 가리켰다.

"저기, 저기 들어가자."

철우가 가리키는 곳은 다른 곳과 확연히 달랐다. 적벽돌이나 회색 테라조 일색인 다른 건물들 사이에, 거칠게 쌓은 벽돌 벽에 흰 페인트가 두텁게 발린 이국적인 느낌의 외벽이 눈길을 사로잡았다. 간판 역시 독특했다. 되도록이면 큰 간판에 마치 악을 쓰듯 간판 면을 꽉 채우는 울긋불긋하고 네모 반듯한 서체 대신, 하얀 아크릴 판에 낡은 타이프라이터 서체를 연상시키는 오밀조밀한 검정 글자들이 돋보였다. 간판에는 '메종 드 마망'이라고 적혀 있었다. 그리고 마치 일제시대 낡은 건물에서 가져온 듯 구불구불하고 예스러운 철공 골조가 돌출간판을 떠받치고 있었다.

내부 역시 다른 곳과 사뭇 달랐다. 어두컴컴하고 틀에 짜맞춘 듯한 테이블과 의자들을 규격화된 칸막이들로 어두컴컴하게 막아 놓은 다른 경양식 식당들과 모든 게 반대였다. 크고작은 테이블들이 열 개 남짓 놓여 있는데, 그 주변에 놓인 의자들은 여염집 거실에 있어도 어색하지 않을 진짜 안락의자들이었고, 색깔도 모양이 서로 조화되면서도 조금씩 달랐다. 벽에 걸린 그림이나 벽지도 자연스럽고 밝아 보였다. 철우는 마치 아는 집에 놀러 가기라도 한 듯 카운터에 있던 여자에게 자연스레 인사하며 업소 안에 들어갔다. 그리고 길이 바라보이는 창가 자리에 가방을 내려놓고 털썩 자리에 앉았다.

"여기 되게 아늑하지 않냐?"

나도 그의 앞에 앉았다. 땅거미가 내리기 시작한 듯 창 밖이 잿빛으로 보였다. 철우가 메뉴를 내밀며 말했다.

"우리 늘 선배들이 가자는 대로 끌려만 다니지 않았냐?"

나는 메뉴를 건성으로 내려다보며 피식 웃었다.

"우리도 이제 어른들 말마따나 군대 다녀와서 사람도 됐으니까 적어도 우리끼린 구질구질한 덴 가지 말자."

"학생이 무슨 돈이 있냐…."

"돈을 펑펑 쓰자는 게 아니라 단 한 번을 가도 좋은 데, 가고 싶은 델 가자 이거지."

철우는 내 말문을 막곤 메뉴를 펼쳤다.

"일단 밥부터 먹자."

"비쌀 것 같은데…"

"밥 종류는 별로 안 비싸."

잠시 메뉴를 들여다보다 내가 말했다.

"난 김치볶음밥."

달리 뾰족한 선택안도 없었다. 간판의 상호가 내는 소리는 프랑스 어를 모르는 사람에겐 언뜻 그럴 듯하게 들릴지 몰라도, 그 의미는 고작해야 '엄마의 집'이었다. 메뉴 대부분은 일본에서 한 번 현지화를 거친 음식이 한국에 또 다시 들어와 한 번 더 변형되어 정체를 알 수 없는 경양식집과 비교해 크게 나을 게 없었다. 밥을 먹지 않으면 끼니를 때우지 않은 것처럼 느끼던 나에게 다른 음식들은 식사보다 안주로 더 적합해 보였다. 우리는 메뉴를 들여다보며 수군대기 시작했다. 왜 사람들은 이런 평범한 밥집에 프랑스 어로 간판을 다는 걸까? 소리 때문일까, 음율 때문일까? 혹시 낯선 어휘에서는 아무런 부정적 선입견도 없기 때문 아닐까?

30세 남짓 되어 보이는 여종업원이 주문을 받으러 다가왔다.

"김치볶음밥이랑, 카레요. 그리고 병맥주 두 병이요."

종업원이 메뉴를 받아들고 뒤돌아설 때 철우가 물었다.

"오비예요, 크라운이에요?"

"오비 없어요. 크라운만 있어요."

주문을 마친 철우는 가방에서 작은 수첩을 꺼내더니 무언가 적기 시작했다.

"뭐 적는 거냐?"

철우가 수첩을 다시 가방에 넣더니 내게 털어놓기 시작했다.

"이게, 실은, 아버지가 강남에 가든을 차리실 거거든."

"가든?"

나는 언뜻 알아듣지 못하고 되물었다가 곧 허탈하게 웃었다.

70년대까지만 해도 웬만한 중상층들조차도 졸업식이나 입학식 같은 때를 제외하면 매식하는 일이 아주 드물었다. 밖에 나가 무엇을 사 먹는다는 건 비위생적이거나 위험하거나 심지어 방종한 일로 간주되기 일쑤였다. 주부의 게으름이나 도덕적 해이를 상징하기까지 했다. 그러던 중 별안간 생활수준이 폭발적으로 향상되면서 사람들이 밖에서 고기를 사먹기 시작했다. 마포 같은 곳에는 고기를 구워 먹는 식당들이 장마 후 잡초

돋듯 여기저기 걷잡을 수 없이 열리기 시작했다. 그 중에서도 특히 고급스럽고 좋은 반찬이 나오며 널찍한 야외공간과 주차장이 갖춰진 곳에는 대개 '가든'이라는 이름이 붙었다. 정원이라는 뜻의 가든은 어느 덧 고깃집이라는 의미로 통용되기 시작했다.

철우의 아버지는 바로 그런 가든이 유행하는 덕에 성공가도를 달리고 있었다. 마장동 시장 입구에 작은 정육식당을 갖고 있던 철우의 아버지는 자신의 식당은 물론, 납품하던 마포의 고깃집들과 모래내의 고깃집들을 보면서 새로운 사업을 구상하기 시작한 것이다.

"우리 아버지가 비록 몸은 백정이지만, 마음은 완전 부르주아시잖아. 마포 고깃집들도 그렇고, 우리 아버지 소유 식당도 그렇고, 보면 물도 제대로 안 닦아서 척척한 탁자에 연탄가스 냄새 팍팍 풍기고 반찬도 김치랑 깍두기밖에 없고 그렇잖냐? 왜 그 좋고 귀한 고기를 이렇게 구질구질하게 먹어야만 하나 싶으시대."

철우는 종업원이 가져온 유리잔의 물컵을 보더니 또 수첩을 꺼내 무언가 적고 말을 이었다.

"그것 때문에 집에서 팔고 남는 게 고긴데, 툭하면 연구하신다고 삼원가든 같은 데 가서 비싼 고기 사 드신다."

삼원가든은 당시 강남에서 유명한 고급 고깃집이었다. 나도 개강 무렵 어머니와 이모를 따라 한 번 간 적이 있었다. 어머니는 배가 고프지 않다며 자기 몫의 고기 주문을 한사코 거절했고, 이모는 그렇게 부동산으로 돈 벌었으면 궁상 좀 그만 떨라고 타박했었다.

"근데 또 삼원가든 그대로 따라하면 안 된다고, 우리 형제들한테 용돈 주시면서 일주일에 두어 번씩 그럴듯한 식당이나 카페 같은 데 가서 밥도 먹고, 술도 한 잔 시켜 보면서 좋은 점과 나쁜 점 같은 걸 적어오라고 임무를 주신 거야. 오늘 여기도 그래서 온 거고."

음식이 나왔다. 예쁘고 세련된 그릇에 담겨 오이 조각과 파슬리로 장식된 것말고는 정말로 흔히 어머니들이 해줄 법한 그런 음식이었다.

"카페가 6, 70년대까지만 해도 그냥, 뭐랄까, 접대부 나오는 술집 같은 곳이었다고 아버지가 그러시더라. 그런데 왜 요즘 와서 카페라는 이름으로 이렇게 장사들이 잘 되는지 궁금하다고 그러시네?"

나는 철우 아버지의 열린 마음과 사업감각에 내심 감탄하면서도 무언가 불편한 기분을 어쩌지 못했다. 처음 서울에 올라와서 느끼던 그 낯섦과 뒤처진 느낌이 되살아나는 것 같았다. 내가 군대에서 정체되었던 27개월 사이 세상은 더 변해 있었다. 나는 슬그머니 철우에게 물었다.

"근데, 너 차 있었잖아? 이젠 안 갖고 다니냐?"

"아, 그거. 학부생들 학교에 차 갖고 오지 말라고 해서. 교수들 차 세울 자리도 없는데 학부생들까지 끌고 다니는 바람에, 불이익 준다고 하도 협박해서 치사해서 안 갖고 다닌다."

"아직 그 포니 타냐?"

철우는 쑥스러운 듯 웃기만 하고 대답하지 않았다.

60. 불법과외의 직업윤리

맥주 두 병은 금방 비었다. 철우가 맥주를 더 주문하려는 순간 나는 시계를 보고 화들짝 놀라며 철우를 막았다.

"야, 나 집에 가야 한다."

철우가 물었다.

"집에? 무슨 일 있냐?"

나는 대답하기 난처해서 얼버무리려 했지만, 철우는 금방 눈치챈 것 같았다.

"혹시 사촌동생 가르치냐?"

순간 얼굴이 확 달아오르며 겁이 더럭 났다. 주위를 둘러보았다. 우리가 밥을 먹는 사이 비어 있던 다른 좌석들에 제법 사람들이 들어차 있었다. 매장 안 큼직한 스피커에서는 연신 발랄한 프랑스 샹송이 흘러나오고 있어서, 다른 사람들이 철우의 말을 들었을 것 같진 않았다. 나는 손가락을 들어 철우에게 조용히 하라는 신호를 보냈다.

"아, 미안…."

철우가 쑥스럽다는 듯 웃더니 목소리를 낮추고 말을 이었다.

"너만 하는 거 아니다. 서울 와서 친척집에 얹혀사는 애들치고 안 그러는 애들이 있을 것 같냐?"

"전에 영문학과 여학생 하나 걸려서 제적까지 당했잖아? 무섭다."

"그게, 소문 듣자 하니 그 과외 받던 애 부모가 워낙 동네 사람들한테 인심을 잃었다 하더라고."

"어떻게 알아?"

"우리 동네였어."

"그랬냐?"

"정부에서 일벌백계한다고 좀 세게 나간 것도 있어. 그 여자애, 아버지 빽도 없고 정말 아무것도 없는 애래. 안됐더라. 근데 사실 중고등학교 때도 그랬잖아. 담임 기분 안 좋은 날이나 단속 기간에 걸리는 놈은 훨씬 두들겨 맞고, 담임 기분이 좋거나 만사 귀찮은 날엔 눈에 띄어도 내버려 두는 거고. 평소 엄마가 부지런히 들락거리면서 눈도장 찍고 담임 책상에 봉투 꽂아 뒀으면 뭔 짓을 해도 안 맞고."

아무런 원칙도 형평성도 없는 교육과 훈육에 우리는 길들여졌다. 불편함과 손해를 감수하며 학칙을 지키는 아이들은 교묘히 학생부 선생들을 피해 다니며 자기 하고 싶은 대로 다 하고 다니는 소위 '노는 애들'을 보며 쓸데없이 박탈감을 느껴야 했다. 그 '노는 애들'도 억울하긴 매한가지였을 것이다. 똑같은 학칙을 위반했어도, 모범생이라 불리던 애들이 저질렀을 때는 별다른 처벌 없이 훈계 정도에서 그칠 때가 많았다. 반면 '노는 애들'이 저지른 경우엔 대개 필요 이상의 구타와 모욕이 따르곤 했다. 원칙도 형평성도 없을 때는 만족하는 사람도 없었다. 모두 다 자기야말로 피해자라고 생각했다. 그럼으로써 우리는 기회주의적으로 행동하는 게 이익인 걸 알게 됐다.

촌지는 원칙과 형평성을 파괴하는 가장 큰 요소였다. 부유한 학부모들은 담임은 물론 체육, 음악, 미술 선생들까지 찾아 다니며 주머니에 봉투를 꽂아주었다. 그 봉투는 마음이 담긴 작은 선물이라는 의미로 촌지(寸志)라고 불렸지만, 곧 그 말은 한국어에서 흔히 볼 수 있듯 급격히 의미의 와전을 겪은 후 결국 뇌물이라는 의미로 쓰였다. 그렇게 촌지를 꽂아준 학부모들은 곧 뒤돌아서 그렇게 하지 않으면 불이익을 볼 수밖에 없는 '사회의 부조리'와 '모순'을 한탄했다. 그런 촌지를 찔러줄 능력이 없는 학부모의 자식들이 받을 불이익과 피해에는 눈을 감았다.

교사들이 학교 내에서 폭력을 독점하고 그 폭력을 무원칙적으로 행사했던 것처럼, 형벌을 행사할 권리를 독점한 국가 정부에서도 '재량'이라는 이름 아래 무원칙적으로 그 권리를 행사하곤 했다. 법은 불시에 바뀌거나 수시로 무시됐다. 공무원이던 내 아버지는 언젠가 변두리 주택가에서 중앙선을 넘어 유턴을 하며 이렇게 말했다. 도로교통법이든 뭐든 마음에 들지 않으믄 자꾸 위반혀야지. 그래야 정부에서 아, 이 법이 무용지물이구나 하고 없애든지 할 거 아녀. 듣고 있던 남동생이 불쑥 대꾸했다. 그럼 마음에 안 드는 사람들을 자꾸 죽이면 언젠가는 살인죄도 폐지되겠네요? 아버지가 윽박질렀다. 으디서 버릇없이 어른 말에 꼬박꼬박 말대답이여!

나는 철우와 함께 카페에서 나왔다. 다섯 집 건너 한 집 꼴로 크고작은 네온사인을 밝히고 있었다. 철우가 수군댔다.

"저거 봐. 네온사인 저렇게 생긴 거, 단속 나올 때만 뗐다가 붙였다가 하는 거다. 노는 여자애들 치마 허리 말아 입다가 학생주임 만나면 내려 입는 거랑 비슷하지 않냐?"

버스정류장 쪽으로 걸으며 철우가 내게 물었다.

"그래, 뭐 가르치냐?"

"영어랑 수학."

"수학을? 야, 존경한다. 어떻게 수학을 가르치냐? 고등학교 수학 난 다 잊어버렸는데."

나는 민망해져서 얼른 대답했다.

"나도 잘 모른다."

"수업준비하기 벅차지 않냐?"

나는 우물쭈물 대답을 회피했다. 학력고사 이후 수학공부를 하지 않은 지 4년도 더 된 내가 아무리 고등학교 1학년 수학이라지만 가르칠 수 있을 리 만무했다. 나는 그저 유행하는 참고서의 내용을 함께 읽고, 예제를 따라 푸는 모습을 보여줄 뿐이었다. 공부에 별다른 흥미도 적성도 없는 사촌 여동생은 그저 시간이 빨리 지나가기만 바라는 것처럼 보였다. 내 이모와 이모부는 그저 딸자식이 서울대학생과 상에 마주 앉아 시간을 때우는 모습을 보는 것만으로 뿌듯한 것 같았다. 얹혀 사는 조카에게 눈치를 주기는커녕 나를 옛날 동네 훈장님이라도 되는 듯 떠받들었다. 나는 아무런 투자도 준비도 없이 얼렁뚱땅 시간만 때우면 됐다.

중산층들에게 대학생 과외교습이라는 건 박정희 대통령 시절의 양주나 양담배처럼, 사소하지만 금지된 사치품 같은 것이었다. 어쩌면 단지 금지됐다는 이유만으로 욕망의 대상이 된 게 아닌가 싶을 정도였다. 비밀리에 고용한 대학생 과외선생이 제대로 가르치는지 아닌지 판단할 능력이 대부분의 학부모들에게는 없었다. 그저 내가 이렇게 불법과외교사를 구하느라 애를 먹고 돈을 썼으니 성과가 있으리라고 믿고 싶어한다는 점에서, 새벽마다 정화수를 떠놓고 비는 것과 본질적으로 다를 바 없는 일종의 사이비 종교 같았다. 그들은 자기가 애쓴 만큼 결과가 있으리라고 믿으며 불안한 시기를 견뎠다. 그렇게 자신들의 마음을 위무하기 위해 돈을 쓰고 치성을 드리며 그것을 자식 사랑으로 포장했다. 지방출신 명문대 재학생들의 이런 불법과외는 친인척 사이에 돈이 오가는 것을 민망하고 심지어 불온하게 여기던 관습과 중고교 교육에 대한 학부모들의 몰이해까지 합쳐져 점점 더 걷잡을 수 없이 퍼져갔다.

법을 무시하는 것이 정권에 대한 저항이라도 되는 것처럼 생각하던 대학생들은, 교습법의 기본조차 알지 못한 채 아무런 죄의식 없이 거대한 지하 사교육시장을 만들고 있었다. 정부에서 불법과외를 집중 단속하겠다고 엄포를 놓을 때마다 과외비는 올랐다. 일종의 위험수당이었다. 1981

년 돈 있는 사람들만 과외 받는 불평등을 해소하겠다는 취지로 시행된 과외금지조치는 결국 '돈이 아주 많이 있거나' '명문대 다니는 친척이 있는' 소수만 과외를 받을 수 있는 이상한 형태로 둔갑했다.

큰 길로 나선 나는 압구정동으로 향하는 버스에 몸을 실었다. 운좋게 빈자리에 앉은 나는 가방에서 '수학의 정석' 책을 꺼냈다. 학교 다닐 때 전혀 배우지 않았던 벡터와 행렬을 '가르칠' 차례였다. 이전에는 이과생만 배우던 벡터와 행렬이 지난 교육과정개편 때 문·이과 공통과정으로 편입된 것을 며칠 전에 뒤늦게 알았다. 공강시간에 보려고 했는데 전혀 짬이 나지 않았다. 아무래도 이 사회의 부조리와 부정에 대한 이야기나 하며 그날 하루 시간을 때워야 하는 게 아닌가 싶었다.

61. 독립

나는 시간이 날 때마다 수강편람에 등록된 4학년 강의실을 찾아다녔다.

전공학점 미달로 졸업하지 못했다는 미현은 어디에도 모습을 보이지 않았다. 나는 여전히 어리석고 미욱했다. 그 애의 어머니에게 전화를 해서 이것저것 물을 용기도 없었고, 깨끗하게 포기하고 내 생활에 충실할 결단력도 없었다.

답답했다. 나는 제대만 하면 하루에 한 편 시를 쓸 줄 알았다. 프랑스어 공부와 전공 공부에 집중할 줄 알았다. 내가 원하는 것을 뭐든 이룰 수 있을 줄 알았다. 그러나 약간의 자유가 더 주어졌다는 것말고 내 삶은 그다지 크게 바뀌지 않았다. 트레일러를 몰고 평택과 대구, 혹은 평택과 용산을 오가는 대신, 버스를 타고 압구정동과 신림동을 오갔을 뿐이었다. 운전대 앞에 앉았을 때 무수하게 떠오르던 단상들이 마침내 내무반에 돌아와 손에 볼펜을 쥐는 순간 마른 모래알처럼 낱낱이 흩어져버린 것처럼, 마침내 내게 시간과 종이와 펜이 주어졌을 때 나는 아무것도 쓸 수 없었다. 나는 조금씩 깨닫기 시작했다. 나는 문학이라는 것, 시라는 것을 동경했던 게 아니었다. 그저 스무 살 언저리 누구나 겪게 마련인 절제하기 힘든 감정의 폭주를 특별한 문학적 감수성이나 재능이라고 착각했을 뿐이었다.

4월 초순의 어느 날이었다. 다음 강의를 듣기 위해 2층으로 오르던 나는 문득 발걸음을 멈췄다. 미현은 늘 강의에 아슬아슬하게 도착하거나 1, 2분 늦게 도착하는 습관이 있다는 사실이 불현듯 떠올랐다. 손목시계 침은 이미 정각을 가리키고 있었다. 나는 다시 1층으로 내달렸다. 계단에서 내려 몸을 돌리는 순간, 복도 저쪽 먼 발치에서 강의동에 막 들어선 한 여자애가 종종걸음으로 105호실 쪽으로 달려오는 게 보였다. 짧은 단발, 창백한 얼굴, 헐렁한 면바지, 굽 닳은 랜드로버 신발. 나와 눈이 마주친 여자애의 얼굴이 하얗게 질렸다. 여자애는 내 눈길을 피한 채 강의실 문 손잡이에 손을 댔다. 내가 여자애의 팔을 잡았다.

"나 들어가야 돼."

미현은 내 손을 뿌리치면서 한사코 눈길을 피했다.

"얘기 좀 하자."

미현이 비로소 내게 고개를 돌리더니 체념한 듯 말했다.

"안 돼. 이거 출결 나쁘면 F 주는 과목이야."

나는 하는 수 없이 그 애 팔을 놓았다.

"수업 끝나고 보자."

이미 문 안으로 들어간 미현이 고개를 돌리더니 끄덕 고갯짓을 했다. 강의실 안에서는 이미 교수가 아이들 이름을 부르기 시작했다.

세 시간 연강인 내 수업은 여느 때처럼 두 시간 만에 끝났다. 나는 수업이 끝나자마자 철우에게 먼저 가라는 말을 남기곤 총알처럼 강의실 밖으로 튀어나갔다. 다행히 105호에는 여전히 아이들이 서른 명 남짓 앉아 있었다. 중세프랑스문학 교수는 세 시간을 거의 다 채우며 강의를 마쳤다. 교수보다 열 배는 더 지친 모습의 아이들이 우르르 강의실에서 몰려나왔다. 강의실 문 앞에서 초조하게 기다렸지만 미현은 보이지 않았다. 이윽고 아이들이 다 나왔다. 미현은 여전히 보이지 않았다.

나는 강의실 안에 발을 디뎠다. 교수가 남긴 판서가 어지럽게 칠판에 남아 있었다. 왼쪽 구석, 출입구에서 먼 쪽에 미현을 발견했다. 가슴이 철렁했다. 미현은 책상에 앉은 채 손으로 턱을 괴고 멍하니 창 밖을 바라보고 있었다. 인기척이 나자 미현은 초점 없는 눈길로 나를 바라보았다. 내가 몇 걸음 더 다가서자 미현은 다시 고개를 돌려 창 밖을 바라보았다.

순간 나는 두 시간 내내 생각했던 말들을 까맣게 잊었다. 마치 시간이 3년 전으로 후퇴한 것 같았다.

"점심… 먹었냐?"

미현이 다시 내게 고개를 돌렸다. 쑥스러운 듯 코를 찡그리며 고개를 젓는데, 눈가가 어쩐지 젖어 보였다.

"네 시가 다 되어가는데, 여태 안 먹었어?"

미현이 가만히 웃었다. 내가 다시 물었다.

"깡통 갈까?"

우리는 강의동에서 나와 도서관 아래 통로를 향해 천천히 걷기 시작했다. 아이들은 여전히 계단참에 앉아 햇볕을 쬐거나 우유팩을 차고 있었다. 여기저기 격문과 플래카드와 대자보가 더 많아졌다는 것말고는 3년 전과 똑같았다. 나는 무슨 말을 해야 할지 몰라 한참을 머뭇대다 겨우 입을 열었다.

"집에서 나가 지낸다고 들었어."

미현은 아무 말도 하지 않았다.

"힘들지 않냐?"

미현은 어깨를 으쓱했다.

"별로."

"어, 어디서 지내는데…?"

미현은 가방을 어깨에 메고 주머니에 손을 꽂은 채 공허한 눈길로 공대 쪽 길을 바라보고 걸을 뿐 아무런 대답도 하지 않았다.

"나한테 말해주면 안 되냐?"

미현은 여전히 대꾸하지 않았다. 깡통식당은 그 자리에서 여전히 질긴 자장면과 짬뽕을 팔았다. 하지만 3년 전과 달리, 실험복을 입은 채 줄지어 선 공대 아이들은 더 이상 미현에게 눈길을 주지도, 나직이 휘파람을 불지도 않았다. 미현은 내게 덜어주지 않고 한 그릇을 다 비웠다. 그러더니 처음으로 배시시 웃으며 변명하듯 말했다.

"늦잠 자느라 한 끼도 못 먹었어."

미현과 나는 깡통식당을 나왔다. 그리고 말없이 약대 언덕길 쪽으로 걷기 시작했다.

"어디서 지내는지 말 못 할 이유라도 있냐?"

미현이 한숨을 쉬더니 비로소 입을 열었다.

"대림동이라고, 알아?"

나는 고개를 끄덕였다. 묻고 싶은 건 많았지만 차마 입이 떨어지지 않았다.

"거기 있어."

"생활비는…?"

한참을 망설이던 미현이 내뱉듯 털어놓았다.

"엄마한테 타 쓰지, 뭐. 내가 무슨 돈 벌 방법이 있어야 말이지."

내가 아무 대꾸도 하지 않자 미현이 덧붙였다.

"어디 가서 말하지 마. 창피하니까."

내가 고개를 끄덕이자 비로소 말문이 터진 듯 미현이 털어놓기 시작했다.

"처음엔, 일주일에 세 번 야학, 일주일에 세 번 비밀과외, 그렇게 해서 먹고 살 수 있을 줄 알았어. 그런데 너무 힘들더라. 과외 잠시 그만 두고 엄마한테 도와 달라고 했는데, 그래도 힘들었어. 결국 출석미달로 중세불문학이랑 일반선택 하나, 그렇게 6학점 재수강해야 돼."

야학을 그만 두면 되지 않느냐, 집에 돌아가면 되지 않느냐는 내 말에 미현은 샐쭉해지며 대꾸했다.

"어떻게 얻은 독립인데 그걸 포기해?"

어머니에게 돈을 타 쓰며 유지하는 생활이 어째서 독립인지 의아했지만, 따져 묻지 않는 게 좋으리라는 정도는 나도 알았다. 미현은 잠시 침묵을 지키다 물었다.

"너는 어디서 지내?"

나는 머뭇대다 대답했다.

"이모님 댁."

"어딘데?"

"압구정동."

미현은 피식 웃었다.

"화곡동에서 살 때부터 자취가 소원이더니 또 친척 댁이야?"

"아, 그게…."

나는 변명하려다 궁색한 느낌이 들어 곧 입을 다물고 말았다. 미현이 우리가 처음으로 입을 맞췄던 애기사과 꽃나무 앞에 멈췄다. 기울기 시작한 봄날 오후 햇살이 눈부셨다. 미현이 웃으며 중얼댔다.

"너 학교 근처에서 자취하면 술 마시고 가끔 신세 좀 지려고 했는데."

당황한 내 표정을 읽었는지 미현이 까르르 웃었다. 나는 얼굴이 달아오른 채로 우물쭈물하며 미현에게 물었다.

"연락처는? 너 사는 데 주인집 전화번호 같은 거, 없어?"

"닭장집에 무슨 주인집 전화번호가 있어?"

미현은 다시 걷기 시작했다. 나도 잠자코 미현 옆을 걸었다. 사범대에 도착해 경사로를 내려가기 시작했다. 미현이 문득 떠오르기라도 했다는 듯 내뱉았다.

"사실은, 나, 너무 힘들어."

그러더니 발걸음을 멈추고 떨리는 목소리로 덧붙였다.

"집에 돌아갈까 봐."

62. 상록수

신림사거리에서 한 정류장 지나면 동네 사람들이 이용하는 시장거리에 작은 쇼핑몰이 있었다. 나는 미현을 이끌어 그 쇼핑몰 건물에 딸린 아담하고 한적한 주점에 들어갔다. 생맥주와 안주를 파는 곳이었다. 실내는 어둑했지만 아직 이른 시간이라 그런지 시끄러운 음악도 없었고 시끄러운 취객도 없었다. 어둑한 조명 아래서 창백한 미현의 얼굴이 혈색을 띤 듯 불그레해 보였다.

생맥주 두 잔과 마른안주를 앞에 두고 앉은 미현이 한숨을 내쉬며 입을 열었다.

"우리는 한 번도 제대로 이야기를 나눈 적이 없었던 것 같아."

미현 앞에 놓인 500cc 맥주잔이 터무니없이 커 보였다. 미현은 생맥주 잔 손잡이를 가만가만 어루만지며 소곤댔다.

"나는 원래 어디 가서 할 말 있으면 꼭 해야 하는데, 그래서 애들한테 미움도 자주 받는데…. 이상하게 너한테는 그게 잘 안 됐어."

나는 미현 앞에 놓인 잔만 내려다보았다. 미현의 눈을 똑바로 쳐다보면, 그래서 수 년을 억눌렸다가 슬금슬금 다시 끓어오르는 내 욕망을 들키기라도 하면, 말년휴가 마지막 날 그랬던 것처럼 그 애가 금방 지하철 역사로 사라져 버릴 것 같았다. 혹은 우리가 서로 사랑했던 그 봄날에 그랬던 것처럼 당장 버스로 달려가 몸을 싣고 떠나버릴 것 같았다.

"그래서 나 술이 참 많이 늘었다. 소주 몇 잔 마시면 가슴을 꽉 막고 있던 이야기들이 막 나오더라."

내가 물었다.

"뭐가 가슴을 막는데? 무슨 이야기인데?"

"그냥, 몰라, 나도 모르겠어. 맨정신에는 말이 안 나와."

나는 내 잔을 들어 그 애 잔을 가볍게 쳤다.

"마셔. 몇 잔 마시면 이야기가 나온다며."

그러나 생맥주를 다 마시고 소주 한 병을 함께 비울 때까지도 그 애는 별다른 말을 하지 않았다. 그저 넋두리처럼 맥락 없는 푸념만 되풀이할 뿐이었다. 인생이 벌써 다 끝나버린 것 같아. 내가 할 수 있는 일이 없는 것 같아. 다른 애들한테 미안해. 엄마한테 미안해.

나는 그런 넋두리에 익숙했다. 자학과 자조(自嘲)의 한탄은 어느 술자리에서나 빠지지 않았다. 처음 흥겨웠던 자리도 이윽고 사람들이 하나, 둘 취하면 분위기가 완전히 바뀌었다. 고개를 꺾고, 바닥을 보고, 한숨을 쉬고, 제각기 자신이 얼마나 비참하고 얼마나 불운한지 겨루기 시작했다. 우리 중 대부분은 서울대학교 합격통지서를 받는 순간까지 어린 시절 대부분을 승자로 살았다. 국민학교나 중학교, 고등학교 안에서 우리보다 더 공부 잘하는 아이, 더 모범적인 아이는 몇 명 되지 않았다. 설령 뛰어난 아이가 있다 하더라도 경직되고 융통성 없는 교육제도 속에서는 다들 비슷해 보일 수밖에 없었다. 그러다 서울대학교라는 울타리 안에 들어오는 순간 나 같은 아이는 별로 특출하지 않은 보통 아이, 심지어 지진아가 되어버렸다. 그러면서 우리는 아주 쉽게 패배자의 마음을 갖게 됐다. 술을 마시면 무슨 짓을 해도 용서되고 잊히는 걸 일찍부터 깨우친 우리는 언제나 술의 힘을 빌려 서로에게 응석을 부리고 떼를 썼다.

그래도 부끄러운 줄 몰랐다. 아니, 어쩌면 자랑스러웠는지도 모른다. 중고등학교 다니는 내내 주입됐듯, 나와 우리의 영웅들은 적을 때려눕힌 자가 아닌, 적의 손에 죽은 이들이었기 때문이었다. 일제시대를 전후해 자신들의 서사(敍事)가 얼마나 남루한지 채 깨닫기도 전 아주 아름다운 나이에 요절해버린, 그래서 서정(抒情)의 전통만 남기고 세상에서 사라진 젊은 문인들은 나와 우리들의 영웅이었다. 학교와 군대와 국가의 폭력에 길들여진 우리는 우리 자신의 무기력한 모습에서 일제시대 몸도 마음도 병들어 죽어간 천재 문인들의 모습을 찾아냈다. 그리고 거기 도취됐다. 그 자아도취는 아직 다 자라지 않은 내 영혼에 자기애라는 고질적 합병증을 불러일으켰다.

그리고 술자리마다 나오던 김민기와 한대수, 그리고 양병집의 노래들은 그 두서없는 감정의 토로를 영웅적 서사로 둔갑시키는 데 안성맞춤의 도구였다.

미현이 별안간 소주를 한 병 더 주문했다. 그제야 나는 그 애가 많이 취한 것을 알았다.

"그만 마셔."

미현이 헤, 하고 어린애처럼 웃었다. 그 눈웃음에, 콧등 위에 진 주름에 나는 그만 눈물이 나올 것만 같았다. 나는 술값을 지불하고 미현을 이끌어 가게를 나왔다. 미현이 손목시계를 보더니 키들키들 웃었다.

"어떡하지? 나 오늘 야학 수업 있는 날인데?"

"정말이냐? 어떡하냐? 전화라도 하지 그랬어?"

"몰라. 누가 대리로 시간 때우겠지, 뭐."

비틀거리던 미현이 별안간 똑바로 서더니 내 눈을 뚫어져라 바라보며 말했다.

"학점도 못 따서 제때 졸업도 못 한 주제에 내가 누굴 가르친다는 게 말이 안 되지?"

뭐라고 말해줘야 할지 몰라 머뭇대는 내 가슴에 미현이 두 손을 대더니 목소리를 높이며 말했다.

"나 정말 건방지지 않아? 진짜 힘들고 어렵게 사는 사람들 앞에서 노동자의 권리가 어쩌니, 의식이 어쩌니, 자본주의가 어쩌니… 내 주제에 어떻게 그 사람들 앞에서 그런 말을 했지?"

그리고 미현은 별안간 내 품에 와락 얼굴을 파묻었다. 사람들이 흘낏댔다.

"근데, 정말 미안하고 창피한데, 너무 가기 싫어, 그 쪽방…. 그 닭장집…."

건너편 술집에서 취한 아이들이 목청 높여 노래 부르는 소리가 새어 나왔다. 저 들에 푸르른 솔잎을 보라. 행인들의 눈치를 보며 그 애의 얼굴을 내 품에서 떼어냈을 때, 미현의 얼굴은 눈물에 젖어 있었다. 돌보는 사람도 하나 없는데. 그리고 그 눈물은 붉고 노랗고 파란 아크릴 간판들과 네온사인들의 조명에 알록달록 물들어 있었다. 창백하고 누렇게 뜬 3월의 캠퍼스 잔디 같던 만 스물두 살의 미현에게서 별안간 용산역 앞 육교 아래서 내 팔을 잡아 음침한 골목길로 이끌던 그 여자가 보였다.

나는 미현의 손을 잡았다.

"가기 싫으면, 가지 마."

미현이 눈물로 얼룩진 얼굴을 들어 나를 올려다보았다. 나는 또 다시 입을 열었다.

"나랑 있어, 오늘."

내 취기가 불러낸 게 욕망인지 용기였는지는 나도 알지 못했다.

63. 너의 살갗

내가 언제 사람의 살갗을 제대로 만져본 적이 있었던가?

사람의 살갗은 언제나 폭력을 연상시켰다. 술이 과한 아버지에게 붙잡혀 어머니 팔목에 난 푸른 멍, 골목길에서 불량해 보이는 친구들과 이야기하는 모습을 보였다는 것만으로 아버지에게 맞아 생긴 남동생 눈가 생채기, 지나가던 리어카 철근이 깊게 긁은 여동생의 종아리가 그랬다. 내 살갗에 대한 기억도 별로 다르지 않았다. 군복무 시절 첫 겨울에 추위와 건조함에 허옇게 각질이 일어났던 내 종아리를 보고 더럽다며 쥐어박던 천 상병. 쉬는 시간에 아이들이 떠들도록 방치했다는 이유로 반장이었던 내가 대표로 두들겨맞은 탓에 한 달이 지나가도록 사라지지 않던 고등학생 시절의 푸르고 누렇던 멍. 아무리 씻고 문질러도 없어지지 않던 중학교 시절의 여드름. 한 달 동안 고약을 붙여도 사라지지 않던 국민학생 시절의 화농. 나는 살갗에 대해 아무런 좋은 기억도 갖고 있지 않았다.

몸이라는 건 언제나 더럽고 불결한 것이었다. 몸이라는 건 그저 우리의 고결한 영혼을 담은 누추하고 더러우며 죄 많은 그릇이었다. 혼잡한 만원버스에서 누군가 나를 거칠게 밀거나 만져도, 교사들이나 내 아버지가 대수롭지 않은 혐의에 다짜고짜 폭력부터 행사해도 별다른 저항을 하지 않았던 것은 아주 어린 시절부터 나도 모르는 사이 육체를 경시하고 혐오하도록 배웠기 때문인지도 몰랐다. 70년대 어린 시절을 보낸 내게 육체라는 건 똥을 거름으로 삼아 키운 작물을 먹고 또 똥을 내뱉는, 몸 안팎에 수많은 미생물과 기생충들을 싣고 다니는 더러운 숙주일 뿐이었다.

설령 더럽다 생각하지 않았어도 우리는 서로 만지지 않았다. 서로 치고 받으며 우정을 표현하던 것도 단지 우리가 사내애들이라 그랬던 것만은 아니었다. 장난스러운 폭력이 애정 어린 접촉보다 익숙하고 편했다. 부모들도 매한가지였다. 입을 맞추거나 끌어안는 건 적어도 우리가 기억하기 이전 아주 어린 시절에 끝났다. 이따금 어머니가 나를 만지면 나도 모르게 슬그머니 밀어내거나 뿌리쳤다. 아버지의 경우는 더 나빴다. 나는 아버지가 내게 가까이 오기만 해도 나도 모르게 움찔하며 고개를 숙이며 방어자세를 취했다.

사람의 몸이 더러운 이상으로 성행위도 더러웠다. 두 사람의 몸이 한 사람의 몸보다 더 더러운 건 당연한 이치였다. 나와 내 또래 아이들은 해적판 일본 성인만화나 출판사 이름조차 제대로 박히지 않은 '빨간 책'들로부터 성행위에 대해 깨우쳤다. 성교육 같은 건 없던 시절이었다. 아이들은 공중화장실마다 빼곡했던 낙서들을 통해 다른 사람들이 갖고 있는 가장 지저분하고 추한 환상으로부터 성에 대해 배웠다. 공중화장실, 동네 전신주마다 가리지 않고 붙은 민간 성병치료제 광고벽보는 우리가 행여 성행위에 탐닉했을 때 받을 천형이 무엇인지 경고했다.

덕분에 아주 오랜 세월 동안 나는 섹스라는 말에서 책에 밴 곰팡이 냄새, 토사물과 배설물 냄새가 뒤범벅이 된 술집 화장실 냄새를 연상했다. 혼전 혹은 혼외 성관계는 충동조절이 안 되는 미치광이들의 일탈행위였다.

그럼에도 미현의 눈부시도록 뽀얗고 이 세상 것 같지 않던 가슴에 처음이자 마지막으로 얼굴을 묻던 날을 생각할 때마다 나는 몸서리쳤었다. 처음에는 그리움인 줄 알았다. 입대 직전 청주 집창촌의 한 허름하고 어두컴컴한 방 붉은 등 아래서 볼품없이 늙어가던 창녀와 내 생애 첫 섹스를 하고 나서 나는 제대로 깨달았다. 그 눈부시게 밝고 아름답던 날, 교정 저 너머 정문 쪽에서 최루탄 터지는 소리가 꿈결처럼 들려오던 그 봄날 내가 그날 왜 그렇게 머뭇댔는지, 왜 그렇게 어리석게 그 애를 보내버렸는지를. 나는 그 애가 그리워서 몸서리 친 게 아니었다. 내 비대하고 거추장스러운 욕망이, 그 욕망을 품은 내 몸이 부끄러워서였다. 그 애에 대한 그리움을 내 욕망에서 분리하는 건, 불가능한 일이었다.

취기와 어둠이 아니었으면 우리는 결코 신림동의 그 누추한 여관방에 함께 들어가지 못했을 것이다.

마침내 4년 만에 미현의 겉옷을 젖히고 그 속 살갗에 손을 대는 순간, 나는 전율했다. 숨이 막혔다. 그 애의 벗은 몸에 내 손과 입술을 대는 순간 그 누추하던 세상이 까마득히 멀게 느껴졌다. 이십대 초반 여자의 살갗은 비현실적으로 느껴질 만큼, 넋이 나갈 만큼 매끈하고 보드라웠다. 누가 썼었는지도 모를, 언제 세탁했는지도 모를, 어둠 속에서도 얼룩덜룩하게 번들대던 나일론 이불보에 그 애의 그 보드랍고 매끈한 살갗이 닿는 게 죄스러울 지경이었다.

나는 헤아릴 수도 없이 많은 남자와 여자들이 교접했을 그 남루한 시트 위에 미현을 눕혔다. 미현은 머뭇댔다. 나도 어찌할 바를 몰랐다. 쫓기듯 허둥대며 미현의 몸 사이를 헤집고 들어가는 그 순간 나는 기쁘지 않았다. 돌이킬 수 없는 일을 저지르고 있다는 죄의식이 내 의식을 옥죄었다. 변두리 번화가를 밝힌 간판등과 가로등 불빛이 엉성한 커튼 올 사이로 새어 들어와 섣부른 내 몸짓과 벗은 내 몸을 설핏설핏 비췄다. 어둠 속에서도 차마 눈을 마주칠 수 없어 미현의 머리 옆에 내 머리를 묻었다. 처음 이를 악문 듯 가쁘게 숨만 내쉬던 미현이 마침내 입을 벌리고 신음을 뱉았다. 뱃속 깊은 곳에서 무수한 감정과 쾌감이 치밀어 올라 성대를 울리고 올라온 듯 제어하지 않은, 꾸미지 않은 신음소리였다. 그러다 한순간 미현이 낮게 소리를 내질렀다.

한숨인지 탄성인지 모를 비명이었다. 하지만 그 뒤에 감춰진 쾌락의 감정은 놓칠 수 없을 만큼 분명했다. 내 몸은 그 애가 내지른 비명에 즉각 반응해 짧고 덧없고 강렬해서 거의 고통처럼 느껴지는 절정을 맞았다. 곧 내 의식이 바닥이 보이지 않는 나락으로 떨어지기 시작했다. 나는 무엇을 기대했을까? 나는 미현이 고통스러워할 줄 알았다. 부끄러워할 줄 알았다. 아니, 저항할 줄 알았다. 미현에게 내가 첫 남자가 아니라는 데까지 생각이 미치자 내 머릿속이 엉킨 실타래처럼 복잡해졌다. 그 애가 내뱉은 쾌락의 비명이 내 몸의 욕망을 마비시킨 이유를 분명 나는 알았다.

나는 미현에게서 몸을 떼어 어둠 속에 팔을 뻗어 탁자 위에 던져뒀던 담배를 찾았다. 담배에 불을 붙인 나는 한숨처럼 길게 연기를 내뿜었다. 무언가 말하고 싶었지만 무슨 말을 해야 하는지 알 수 없었다. 언어중추가 마비된 느낌이었다. 울 수 있다면 울고 싶었다. 담배 한 개피를 다 피우고 나는 머뭇머뭇 입을 열었다.

"만난다던 남자는, 어떻게 됐어?"

미현은 대답하지 않았다. 나는 더럭 겁이 났다. 3년 전 그 봄날 그랬던 것처럼 미현이 당장이라도 일어나 내 눈 앞에서 사라져버릴 것만 같았다. 나는 황망하게 덧붙였다.

"그냥 궁금해서…"

미현은 입을 열지 않았다. 나는 황급히 덧붙였다.

"아니, 아니야. 대답하지 마."

나는 담배를 끄고 다시 미현을 안았다. 두 번째는 처음보다 수월했다. 세 번째는 두 번째보다 더 수월했다. 나는 내 몸의 감각이 무디어질 때까지 거듭 미현의 몸을 취하고 또 취했다. 나는 내 암컷으로부터 다른 수컷이 남긴 흔적을 없애려고 아등바등하는 수컷 짐승이었다. 새벽녘이 되어서야 나는 겨우 기절하듯 잠들었다.

정신이 들었을 때는 창 밖이 훤히 밝아 있었다. 옆자리에 미현이 없는 것을 깨닫고 화들짝 자리에서 일어났다. 미현은 어느새 씻고 옷을 다 갖춰 입은 채 가방 속을 정리하고 있었다. 눈이 마주치자 미현은 수줍게 웃으며 내 눈길을 피했다. 나는 말없이 그 애를 끌어당겨 다시 누추한 나일론 이불 위에 눕혔다. 무언가 잘못 말하면, 무언가 잘못 묻기라도 하면 그 애가 그냥 사라져 버릴 것 같아 나는 아무 말도 할 수 없었다. 내가 할 수 있는 것이라고는 오로지 서툴고 어설퍼서 더 슬픈 암수의 교접행위뿐이었다.

64. 후퇴

이틀 후 미현과 나는 미현이 기거하던 대림동의 닭장집을 찾았다. 대림동 철로 옆에 세워진 그 콘크리트 골조 건물은 시멘트로 미장한 것 이외에는 아무런 치장도 없었다. 시멘트로 미장한 바닥에는 물때와 먼지가 엉혀 시커먼 더께가 앉아 있었다. 계단을 올라 3층에 도달하니 좌우로 열 몇 개씩 되는 방이 줄지어 있었다. 수돗물은 복도 한쪽 끝 공동세면장에서만 쓸 수 있었고 공동세면장 바로 옆에 화장실이 있다고 했다. 그 말을 듣고 나니 복도 저쪽 끝에서 희미한 분뇨냄새가 풍겼다. 미현은 그 건물의 한 방에서 위장취업한 선배와 함께 지냈다고 했다.

미현의 옆방 창문 앞에는 흙이 담긴 페인트 깡통이 놓여 있었다. 들깨 모종이 자그맣게 올라오고 있었다. 대도시 빈민의 삶은 농촌 빈민의 삶과 전혀 달랐다. 적어도 농촌의 빈민들에겐 작은 땅이라도 있었다. 더러운 물이나 심지어 대소변을 개천에 흘려보낼 여지도 있었고, 임자가 돌보지 않는 버려진 땅에 무언가 심을 수도 있었다. 그런 점에서 대도시 빈민의 삶은 훨씬 더 척박했다. 그 흔한 물조차 돈을 내지 않으면 쓸 수 없었고, 개인의 화장실조차 사치였다. 손바닥만 한 땅 한 자락에도 주인이 있었다. 지방에서 상경한 소녀들은 물건과 땅마다 주인이 있는 걸 잘 이해하지 못한다고, 그러기에 아무런 죄의식 없이 남의 것을 가져다 쓰는 것 같다고 미현은 말했다. 공중화장실에 비누조차 두고 다닐 수 없다고, 현관 밖에 아무것도 내놓을 수 없다고 했다.

"저 집 작년에도 저렇게 생긴 페인트 통에 고추를 키웠는데…."

잠시 머뭇대던 미현이 말을 이었다.

"꽃이 피기도 전에 누가 고춧잎을 다 따갔다고 하더라."

미현이 자기가 머문다는 방문 앞에 멈췄다. 방문에는 누렇고 묵직한 금속 자물쇠가 걸려 있었다. 미현이 가방에서 열쇠를 꺼내 자물쇠를 열었다.

방은 내가 1학년 때 묵던 기숙사 방보다도 작아 보였다. 침대도 걸상도 없었다. 두 사람이 눕고 겨우 남을 자리에 폴리비닐로 만든 간이옷장과 앉은뱅이 책상이 하나 놓여 있을 뿐이었다. 벽 한구석에 얼룩덜룩한 멜라민으로 코팅된 작은 밥상이 접힌 채 세워져 있었다. 미현과 나는 주섬주섬 짐을 꾸렸다. 짐이라고 해봐야 옷가지와 잡동사니가 든 가방 두 개가 전부였다. 제대로 된 세간도 없는 그 방에서 일 년을 보냈다니 믿기지 않았다. 옷가지와 책을 제외하면 내 카투사 군생활보다 나아 보일 게 없었다. 나는 한 구석에 표지 인쇄도 없이 제본된 책들이 쌓인 앉은뱅이책상을 가리키며 물었다.

"저건?"

미현은 고개를 저었다.

"두고 갈 거야."

나는 반대편 벽을 얼른 살펴보았다. 미현과 동숙하는 여자의 것으로 보이는 작은 책장에 책이 스무 권 남짓 꽂혀 있었다. 대개가 제목조차 적히지 않은 불법 복사본이었다. '전환시대의 논리', 그리고 '창작과 비평'만 겨우 알아볼 수 있었다. 나는 미현이 두고 가겠다는 책 무더기 쪽을 다시 바라보았다. 무엇이든 책을, 활자로 인쇄된 것을 내다버리는 데 나는 익숙하지 않았다. 나는 책 무더기를 가리키며 물었다.

"필요 없으면, 내가 가져갈까?"

미현이 피식 웃었다.

"넌 봐도 몰라."

순간 나는 얼굴이 확 달아오는 것을 느꼈다. 부끄러웠던 건지 화가 났던 건지 알 수 없었다. 미현이 얼른 말을 고쳤다.

"별로 볼 필요 없어."

하지만 그 말은 더더욱 모욕적으로 들렸다. 나는 잠자코 큰 가방을 들고 짐승의 우리처럼 비좁은 방을 나섰다. 미현은 내 기분이 나빠진 것을 아는지 모르는지 역시 아무말없이 자기 몫의 짐을 들고 내 뒤를 따랐다. 자물쇠를 걸어 문을 잠그고 계단 쪽을 향해 걷는데 계단실에서 한 여자 애가 막 나와 우리 쪽을 향해 터덜터덜 걸어오는 게 보였다.

"언니!"

얼핏 미현이보다 서너 살은 더 들어 보이는, 흙빛처럼 어둑한 얼굴에 단발머리를 한 여자애가 반가이 미현을 불렀다. 여자애는 미현과 내가 든 짐들을 보더니 눈을 크게 뜨고 물었다.

"언니! 진짜 가는 거예요?"

미현은 고개를 숙이고 우물쭈물하며 아무 대꾸도 하지 않았다. 미현이 그런 태도를 보이는 것을 나는 그날 처음 보았다.

"정말 가세요?"

미현이 고개를 들더니 한숨을 쉬며 고개를 끄덕였다.

"응. 잘 있어. 몸조심하고."

여자애가 물었다.

"미선이 언니는? 미선이 언니도 가요?"

그제야 나는 그 여자애가 실은 이제 겨우 스무 살 넘은 어린 여자애인 걸 알아차릴 수 있었다. 잦은 철야작업 때문인지는 몰라도 겉모습이 몹시 상했을 뿐이었다. 찡그리며 울먹이는 표정과 말투를 보고서야 나는 그녀가 아주 어린 여자인 걸 알 수 있었다.

"아니, 나만 가는 거야."

미현이 여자애의 팔에 손을 얹으며 덧붙였다.

"야학 빼먹지 말고 잘 다녀. 올해 검정고시 꼭 합격해."

여자애가 걱정스러운 얼굴로 재차 미현에게 물었다.

"야학엔 나오시는 거죠?"

돌아서려던 미현이 멈칫하더니 기어 들어가는 목소리로 말했다.

"아니, 당분간 못 해."

그리고 미현은 도망치듯 계단을 내려가기 시작했다. 나도 따라 내려갔다. 큰 길가로 나섰다. 지나가는 택시를 부르려 팔을 들었다. 미현이 내 팔을 끌어내렸다.

"그냥 전철 타자."

나는 말없이 고개를 끄덕였다. 미현은 기어이 한 마디를 덧붙였다.

"택시 타는 거 누가 보면 부르주아라고 할 것 같아."

우리는 짐을 들고 대림역 쪽을 향해 걷기 시작했다. 오후 네 시 대림역 부근은 한산했다. 길거리에는 한 집 건너 한 집 꼴로 기계류를 파는 상점이 보였고, 처음 보는 부품과 기계들이 길가에 나와 있었다. 그리고 그 상점들 뒤편에는 공장으로 보이는 회색 건물들이 보였다. 간이구조물로 지은 창고들도 이따금 눈에 띄었다. 미현은 길을 잘 아는 듯 둘러보지도 않고 곧장 대림역을 찾아 계단을 오르기 시작했다.

아직 퇴근 시간 전이라 그런지 객차는 거의 비어 있었다. 나와 미현은 녹색 벨벳 좌석에 나란히 앉아 맞은편 창문으로 보이는 개천 주변의 누추한 동네 풍경을 말없이 바라보았다. 열차가 신대방 역을 지나 지하로 들어갔다. 순간 나는 미현이 신림역 지하보도로 사라져버린 날이 떠올랐다. 나는 가방 위에 얹힌 미현의 손을 잡았다. 창가로 봄날 오후 햇살이 따가웠다. 옆을 돌아보는 순간 미현의 뺨 위로 별안간 눈물이 주르륵 흘러내리는 게 보였다.

"왜 그래, 울지 마…."

미현이 손등으로 눈물을 닦아냈다.

"성식아, 나, 할 말이 있어."

"뭔데?"

미현은 고개를 푹 숙이고 한숨을 쉬며 대꾸했다.

"아니, 나중에, 나중에 얘기하자."

65. 식모

사당역에서 내린 미현과 나는 반포로 향하는 버스를 탔다. 구반포 버
스정류장 앞에 내리자 빗방울이 떨어지기 시작했다. 짐이 꽤 무겁게 느껴
지기 시작해서 뛰기 어려웠다. 그 시절에는 비가 많이 더러웠다. 텔레비전
이나 신문에서는 늘 공기 중 오염물질 때문에 산성비가 내린다며 맞지 말
라고 당부하곤 했다. 사람들은 비를 맞으면 머리가 빠진다고 믿었다. 간
판이나 건물 외벽이 부식된다고도 했다. 미현의 아파트는 강가 쪽이어서
버스정류장에서 꽤 많이 걸어야 했다. 미현의 집에 도착했을 때 빗방울은
더욱 굵어져서 마치 여름 소낙비 같았다.

짐을 들고 계단을 오르면서 나는 미현의 아파트 짝수 층에 현관문이
없다는 걸 알았다. 복층 아파트였다. 3층에 도착하자 미현이 벨을 누르
려 했다.

"그럼 다음주에 보자."

나는 미현의 가족이 볼까 두려워 말을 마치자마자 계단 쪽으로 발을 떼
었다. 미현이 내 소매를 붙잡았다.

"비 많이 오잖아. 우산 줄게 갖고 가."

현관 인터폰에서 딸깍 소리가 나더니 사람 목소리가 들렸다.

"누구세요?"

"나야."

현관문이 열리자 목소리의 주인이 보였다. 미현보다 두어 살 많아 보이는 젊은 여자였다. 여자는 짧은 커트머리를 하고 에이프런을 입고 있었다. 여자가 짐을 받아 들면서 물었다.

"집에 아주 온 거야?"

미현은 대답하지 않은 채 되물었다.

"엄마는?"

"안 계셔."

"지현이랑 정현이는?"

"학교에서 아직 안 왔지."

미현이 내게 들어오라고 손짓을 했다. 내가 망설이자 미현은 내 팔을 잡아 끌면서 말했다.

"뭐 좀 먹고 가."

나는 고개를 저었지만 미현은 완강했다. 나를 기어이 거실로 끌어들였다. 아파트는 널찍하면서도 아늑했다. 남쪽으로 난 창으로 맞은편 아파트 건물이 보였다. 나는 머뭇대며 값비싸 보이는 가죽 안락의자에 앉았다. 미현이 여자에게 물었다.

"뭐 먹을 거 없어?"

"과자 있는데…."

"무슨 과자?"

여자가 우물쭈물하며 대답하지 못하자 미현이 다시 말했다.

"갖고 와봐."

여자가 부엌 쪽을 향하자 미현이 뒤통수에 대고 덧붙였다.

"아, 커피도 두 잔."

나지막한 장식장 너머 부엌에서 여자가 부산히 움직이기 시작했다. 80년대까지만 해도 그런 식모를 두고 사는 집들이 꽤나 많았다. 식모라는 말이 전근대적이라고 해서 가정부라고 고쳐야 한다는 말이 간혹 들렸지만, 나이 많은 사람들은 여간해서 식모라는 말을 버리지 못했다. 내 어머니만 해도 팔자 드센 여자들이나 바깥 일을 한다고 생각했다. 자기 가정을 이루지 못하는 여자들이 살림살이 규모가 큰 가정에 몸을 의탁하고 유모(乳母), 찬모(饌母), 침모(針母) 노릇하며 살던 때의 기억 때문이었을 것이다.

80년대의 젊은 식모는 사람들의 삶이 급격하게 변하면서 생긴 일종의 변종 직업이었다. 가난한 사람들은 자식들 모두에게 고등교육을 받게 할 여유가 없었다. 사람들은 우선순위를 정했다. 장남이거나, 혹은 자식들 중 특출하게 공부를 잘 하는 아이가 대표로 대학교육을 받았다. 장남이나 장녀가 공부 잘하는 동생들을 위해 진학을 포기하는 일은 흔했다. 아들들은 도시로 떠나 공장에 취직했다. 딸들의 경우는 도시로 떠나는 게 간단하지 않았다. 어떤 부모들은 딸들이 공장에서 일하는 걸 원치 않았다. 타지에서 어른들 보호 없이 혼자 살면 '몸 버리기 십상'이라는 것이 그 중 한 가지 이유였다. 그런 걱정을 하는 사람들은 도시에서 여유 있게 사는 먼 친척이나 지인에게 딸을 식모로 보냈다. 딸들은 적당한 신랑감이 나타날 때까지 그렇게 부모가 위탁한 어른들 감시 아래 식모로 살았다.

내 어머니에게도 짧은 식모 경력이 있었다. 충주 인근에서 살던 내 어머니는 인문계 여자고등학교를 졸업하고 갈 곳이 없었다. 대학을 갈 형편은 못 됐고, 상업고등학교를 나온 다른 사람들과 달리 주산도 부기도 할 줄 몰랐다. 그렇다고 공장 같은 데서 허드렛일을 하자니 본인의 자존심도, 주변 어른들도 허락하지 않았다. 외할머니는 내 어머니를 청주에서 살던 친척에게 보냈다. 어머니는 그 집에서 아이 다섯을 돌봤다고 했다. 거기서 어머니가 보낸 돈 덕분에 외삼촌이 서울에서 대학을 졸업할 수 있었다고 나는 들었다.

미현은 내 맞은편에 털썩 앉더니 소파 등받이에 몸을 파묻었다. 나와 눈이 마주치자 민망한 듯, 콧등을 찌푸리며 웃었다. 비로소 3년 전 봄날 보았던 그 얼굴이 돌아왔다.

나는 다시 물었다.

"아까 할 말 있다던 게 뭔데?"

미현이 내 눈을 피했다. 내가 재차 물었다.

"뭔데, 궁금해서 미치겠다."

"나중에, 나중에 얘기할게."

미현은 커피잔을 들어 냄새를 맡더니 부엌을 향해 고개를 돌리며 식모에게 투덜댔다.

"나 헤이즐넛 싫은데, 원두커피 이거밖에 없어?"

식모가 부엌에서 뭐라 중얼대자 미현이 짜증스럽다는 듯이 되받았다.

"뭐라고? 안 들려. 이리 와서 말해."

부엌에서 무언가 하고 있던 식모가 소파 가까이 달려와 외쳤다.

"가루커피 있는데, 그거라도 타줄까?"

미현은 한숨을 쉬며 커피잔을 탁자에 내려놓았다.

"됐어."

시장기에 얼른 크래커과자 두어 개를 집어먹은 나는 자리에서 일어났다. 언제라도 미현의 부모나 자매가 집에 돌아올 수 있다고 생각하니 불편해서 도저히 더 앉아 있을 수가 없었다. 창 밖에는 여전히 비가 주룩주룩 내렸다. 미현이 현관에 있는 신발장에 가지런히 정리된 우산들 중 하나를 내게 건넸다. 내가 물었다.

"화요일에 수업 있다고 했지?"

미현이 부엌 쪽을 바라보며 목소리를 낮추라는 신호를 보내더니 고개를 끄덕였다. 나는 영문을 모른 채 목소리를 낮추었다.

"학교 올 거지?"

미현은 눈살을 찌푸리고 고개를 저으며 검지손가락을 세워 자기 입술 앞에 댔다. 미현이 현관문을 닫았다. 나는 잠시 멍하니 서있다가 얼른 정신을 차리고 계단을 뛰어내려갔다. 봄비 내리는 아파트단지가 잿빛으로 어두워지고 있었다.

66. 그날이 오면

사람들은 말했다. 딱, 첫사랑까지만 힘들다고. 두 번째 사랑을 할 때는 첫사랑 때보다 딱 절반이 힘들고, 세 번째 사랑일 때는 두 번째 사랑의 절반만 힘들다고. 나는 그렇게 두 번째 사랑, 세 번째 사랑을 하는 사람들이 부러웠다. 미현은 여전히 내게 첫사랑이었고, 그래서 여전히 힘들었다. 그 밤 그 애에게서 느껴지던 다른 남자의 흔적이 지워지지 않는 기억으로 남아 언제나 내 마음을 고문하듯 옥죄었다.

3학년 수업을 주로 듣는 내게 교양과목 중간고사 주간은 한가했다. 나는 날마다 학교 도서관에서 시간을 보냈다. 아침마다 미현에게 전화했다. 4년 전과 달리 미현은 한 번도 도서관에 나와 내 옆에 앉지 않았다. 전화할 때마다 말했다. 미안, 너무 피곤해. 미안, 나 리포트도 다 냈고, 학교 가도 딱히 할 일이 없어. 미안, 오늘 갈 데가 있어. 누구를 만나느냐고 물으면 미현은 말했다.

"넌 말해도 몰라."

그렇게 두어 주가 지났다.

어느 토요일 오전 나는 무작정 집을 나서 신림동을 향해 출발했다. 날이 너무 밝고 화창해 서러울 지경이었다. 해는 저만치 높은 곳에 떠 있었고, 어느새 튀어나온 가로수 연둣빛 새순들은 마치 작은 전구들처럼 반짝반짝 빛났다. 인근 여자고등학교에서 쏟아져 나온 여자애들이 길을 막고 걸으며 수다스레 떠들었다. 그 애들도 막 중간고사를 마친 모양이었다. 세상에 누추한 것은 오직 나뿐인 것만 같았다.

녹두거리에서 버스 한 정류장 거리 정도 떨어진 곳에 새로 지은 독서실 건물이 보였다. 나는 머뭇대며 입구로 들어갔다. 1층 로비에는 아무도 없었다.

"누구 안 계세요?"

카운터 창을 두들기며 몇 번을 연거푸 불렀지만 인기척이 없었다. 마침내 나는 카운터 옆에 있는 문을 두들겼다. 사무실 안쪽에서 인기척이 났다. 잠을 자고 있던 모양인지, 한 사내가 기지개를 켜며 문을 열고 나왔다. 술 냄새가 진동했다. 머리 모양도 바뀌고, 체형도 바뀌었지만 나는 그를 한눈에 알아보았다.

"형!"

내가 그를 부르자 사내는 비로소 겨우 눈을 가늘게 뜨고 나를 바라보더니 물었다.

"누구?"

"저 성식이에요."

그 사내, 선태는 잠시 생각하는 듯 눈살을 찌푸리며 나를 바라보았지만 쉬 기억하지 못하는 듯했다. 아직 술에서 덜 깨서 제대로 생각하지 못하는 것처럼 보이기도 했지만, 평소 무심했던 그의 성격을 생각해보면 나를 까맣게 잊었다고 해도 별로 놀랍지 않았다. 그는 고개를 저으며 자기 이마를 짚었다. 내가 다시 말했다.

"불문과 82 이성식이요."

그가 짐짓 과장된 목소리로 떠벌리기 시작했다.

"아, 그래! 불문과 성팔이! 알지! 알지! 내가 널 어떻게 몰라? 당연히 알지! 아니, 벌써 복학한 거야?"

군복무 시절 하루하루 시간 가는 게 그리 더디고 고통스러웠는데, 전역한 후 사람들은 늘 무심하게 뇌까렸다. 벌써 제대한 거야? 이야, 세월 빠르네. 3년이라더니, 고작 27개월? 세상 좋아졌네! 나는 기분 상한 기색을 보이지 않으려 애쓰며 대답했다.

"예…."

"와, 진짜 세월 빠르네."

우리는 로비에 있는 자동판매기에서 종이컵에 커피 두 잔을 받아 그의 사무실에 마주하고 앉았다. 그는 석 달 전부터 그 독서실에서 일하기 시작했다고 했다. 녹두거리에 있는 서점 주인이 이 건물을 지으며 독서실을 차렸다고 했다. 그는 서울대학교 사회학과 73학번 출신인 그 서점 주인과 각별한 사이라는 게 매우 자랑스러운 모양이었다.

"취직 안 하시고 여기 계신 거예요?"

귀퉁이가 닳아 안에 댄 충전재가 비죽 튀어나온 안락의자에 선태가 팔을 얹으며 웃었다.

"취직? 나 취직했는데? 나 여기 실장인데?"

"아니, 그러니까, 오래 다닐 직장이요."

"나 여기 오래 있을 건데?"

선태는 마치 어린 조카를 놀리는 젊은 삼촌처럼 빙글빙글 웃으며 내 말을 못 알아듣겠다는 듯 딴청을 부렸다. 나는 당황했다. 내가 무언가 잘못 말한 건지, 그의 기분을 상하게 한 건지 의아했다. 내 불안을 눈치챘는지 선태가 털어놓았다.

"아니, 그냥 일단 대학원이나 마치고 생각하려고."

"아, 예. 대학원 가신지 몰랐습니다. 그런데 그러면 군대는⋯."

"군대? 아프다고 하고 안 가려고."

"예?"

나는 놀라 되물었다. 선태에게 군복무가 면제될 정도의 큰 병이 있다는 건 전혀 상상하지 못했다. 선태가 또 다시 빙글빙글 웃기 시작했다. 나는 물었다.

"어디가 아프세요?"

선태가 왼손으로 가슴을 탁 치며 말했다.

"가슴이 아파, 가슴이!"

내가 무어라 할 말을 찾지 못해 허둥대는 모습을 보자 마침내 선태는 키득키득 소리 내어 웃었다.

"나라 꼴이 말이 아니어서, 가슴이 아파, 내가."

나는 허망한 기분에 다 식어버린 인스턴트 커피를 마저 들이켰다. 그가 결연하게 선언했다.

"나 한 몸 편하겠다고 그깟 대기업 녹 먹으려 취직하는 건, 역사와 민족에 대한 배신이잖아, 안 그래?"

나는 뭐라 대꾸할지 몰라 물끄러미 그의 얼굴을 바라보았다. 그는 계속 떠벌렸다.

"수령님 내려오시는 그날까지 순결한 처녀로 남아 등불을 켜고 기다려야지, 더러운 미제 자본주의한테 두 다리 활짝 벌려줄 순 없지. 참고 기다리면 수령님께서 이 땅에 내려오셔서 날 알아보시고 한 자리 딱 내려 주시지 않겠냐?"

나도 모르게 안색이 굳었던 것 같다. 선태가 킬킬대기 시작했다.

"야, 이 자식 정색하는 것 봐."

매사 그는 그런 식이었다. 실험이라도 하듯 수위 높은 말을 던지고 아이들의 반응을 보았다. 그 자리에서 즉각 항의하거나 반론을 제기하면 쩨쩨하다고 놀리거나 군사독재에 세뇌됐다고 비아냥댔다. 나처럼 안색만 변하고 아무 말도 하지 못하는 내성적인 성격은 놀림감이 되기 십상이었다. 입대하기 전까지 '위대하신 수령님' 따위의 표현은 농담으로도 듣기 힘들었는데, 전역하고 돌아온 86년도에는 이 말이 캠퍼스 주변에서 아무렇지도 않게 통용되고 있었다. 마음으로 동조하지 않거나 거부감을 느끼는 나 같은 아이들은 말다툼이나 논란을 회피하고 싶어서 애써 농담으로 치부했다. 그 아이들과 입씨름에서 이기는 건 사실 쉬운 일이 아니었다. 그런 아이들은 전공수업은 결석할지언정 저녁마다 열리는 '학회'와 스터디는 열성적으로 참여했다. 마르크스와 레닌과 김일성의 어록을 줄줄 꿰고 있는 그 아이들이 상황에 맞거나 혹은 상황에 맞는 것으로 들리는 문장을 가져와 들이대면, 나처럼 어설프게 회의를 품거나 의문을 제기했던 아이들은 말문이 막혀 아무 말도 하지 못하기 일쑤였다. 학교 식당에서 잠시라도 혼자 앉아 있으면 어느 틈에 다가와 전도(傳道)를 시도하는 기독교 학생회 아이들과 비교했을 때, 그 준비된 지식과 독실한 신심(信心)의 깊이에서 그들은 결코 한 치도 뒤지지 않았다.

그는 안락의자 등받이에 눕다시피 기대며 물었다.

"근데 나 여기 있는 건 어떻게 알고 왔냐?"

"아, 예, 애들이 알려줬습니다."

"애들? 누구?"

나는 대답을 피했다. 그가 안락의자에서 일어나더니 한쪽 구석으로 가서 물병과 라면을 꺼내 내게 내보였다.

"나 해장으로 라면 끓일 건데, 좀 먹을래?"

"아니, 괜찮습니다."

그는 간이 부탄가스 조리기를 켜고 물을 끓이기 시작했다. 그리고 뒤돌아 다시 나를 바라보더니 고개를 갸웃했다.

"나 여기 있는 거 아는 사람 몇 안 되는데…."

나는 잠자코 파란 가스불만 바라보았다. 그가 라면을 조각 내면서 문득 떠올랐다는 듯 말했다.

"혹시 미현이가 말했냐? 불문학과 팔이(82) 정미현?"

심장이 벌렁대기 시작했다. 나는 아무런 대답도 하지 못했다. 선태가 라면을 끓는 물에 넣으며 또 물었다.

"나 라면 먹을 동안 소주나 한 잔 할래?"

"근무시간 중에 사무실에서 술 마셔도 괜찮습니까?"

"하, 이 자식 양키 용병으로 군대 갔다 오더니, 더 꼬장꼬장해졌어."

양키 용병이라는 말에 분연히 얼굴이 달아올랐지만 애써 태연을 가장하며 나는 다시 한 번 물었다.

"그런데 형 진짜 군대 안 가요?"

내가 그 앞에서 당당하게 내세울 수 있는 건 오직 군복무를 마쳤다는 딱지 하나뿐이었다.

"나?"

그가 어깨를 으쓱하며 대답했다.

"나 아프다니까?"

그는 눈을 찡긋하며 짐짓 목소리를 낮추었다. 그리고는 병무청에 친척이 있다고, 그래서 자기 친척들 중엔 현역으로 군복무를 마친 사람이 거의 없다고 털어놓았다. 그리고 그는 아는 의사도 있다고 했다. 그 의사가 군대에 가지 않아도 되게끔 진단서를 잘 써줬다고 했다. 반칙 아니냐고, 직권남용이나 문서위조 아니냐고 묻는 내게 그가 내 앞에 반쯤 빈 소주병과 소주잔을 내놓으며 대답했다.

"대한민국처럼 잘못된 나라에 내 청춘 3년을 썩힐 필요가 있냐?"

그는 내 질문에 답하지 않았다. 그는 그저 새로운 질문으로 내 말문을 막았을 뿐이다. 왜 대한민국을 잘못된 나라라고 말하는지 설명하지 않았다. 어차피 그에게 진실이라는 것은 이성이나 논리, 혹은 관측(觀測)에 의해 결정되는 게 아니었다. 진실이라는 것은 선각자들의 '선언(宣言)'으로 결정됐다. '깨인 자'로 간주되는 사람들의 선언은 그게 어떤 내용이든 상관없이 그 자체로 명백한 공리(公理)가 되었다. 그리고 선태는 스스로를 깨인 자로 여겼다. 어느 틈에 나는 그 앞에서 잘못된 나라에 내 청춘의 가장 빛나는 순간을 내어준 머저리가 되어 있었다.

나는 나도 모르게 내 앞에 놓인 소주잔에 소주를 따라 한 번에 들이켰다. 선태가 냄비째 라면을 들어 테이블로 가져다 놓더니, 책상 옆 작은 간이냉장고에서 커다란 스테인리스 밀폐용기를 꺼내 가져왔다. 뚜껑이 열리는 순간 묵은 김치냄새가 순식간에 사무실 안을 가득 채웠다. 나는 빈 잔을 만지작거리며 우물쭈물 물었다.

"형, 미현이랑 친해요?"

선태는 입 안 가득히 면을 욱여넣었다 그 뜨거움에 놀랐는지, 입을 제대로 다물지도 못 하고 면을 삼키지도 못한 채 하, 하 숨을 내쉬더니 떠벌리듯 말했다.

"그럼! 친하지."

"얼마나 친해요?"

그가 고개를 들더니 입 안 라면을 채 삼키지도 않고 수선스레 우물대며 말했다.

"아주, 아주 친하지! 하, 입 다 데었네."

별안간 라면 냄새와, 그의 입이 음식을 씹고 넘기는 소리가 몹시 메스껍게 느껴지면서 내 입에 헛침이 고였다. 선태가 왼손으로 소주병을 들며 몸짓으로 소주잔을 들라고 강권했다. 나는 침을 삼키며 물었다.

"사귄 겁니까?"

선태는 한쪽 입가를 찌그러뜨리며 빙긋 웃더니 계속 라면만 집어삼켰다. 나는 쥐고 있던 소주잔을 채웠다.

"뭐, 사귀었다고 하긴 그렇고, 혁명동지들끼리 서로 외롭다 보니 어쩌다 좀 시간을 같이 보냈다고 해야 하나?"

나는 두 번째 잔을 목구멍에 들이부었다.

"근데 정미현은 왜? 네가 하려고?"

그 '한다'는 말에 분노인지 부끄러움인지 알 수 없는 감정이 치밀어 올랐다. 선태가 낄낄댔다.

"너는 군대까지 갔다 온 놈이 뭐가 그렇게 부끄럽다고 얼굴이 다 시뻘개지냐?"

더 이상 앉아 있을 수 없었다. 후회가 밀려왔다. 찾아오지 말아야 했다. 나는 벌떡 일어났다. 선태가 여전히 라면을 우물거리며 내게 말했다.

"가려고?"

"예."

"생각나면 아무 때나 밤에 놀러와라. 사무실 문 닫고 술 마시면 조용하고 좋다. 아, 거기 카운터 위 메모지에 이름이랑 전화번호 적어 놓고 가."

나는 머뭇대며 카운터로 다가갔다. 카운터 앞에서 잠시 망설이던 나는 아무것도 적지 않고 그대로 문으로 향했다. 선태는 라면 국물을 들이키다 말고 내 뒤통수에 외쳤다.

"미현이 네가 하고 싶으면 해! 나한테 물어보지 말고!"

뒤통수에 피가 몰리는 느낌이 들며 전신에 열이 확 올랐다. 하지만 나는 아무 말도 하지 못하고 황급히 건물을 나섰다.

67. 황사(黃沙)

선태의 독서실을 나온 나는 공중전화부스로 들어가 다이얼을 돌리기 시작했다. 언제나 그랬듯 식모가 전화를 받았다.

"미현이 자는데."

"여태 잡니까? 어디 아픈가요?"

"아닌 것 같은데."

그 식모, 아니 가정부의 말투는 늘 그런 식이었다. 수화기 너머 내 목소리가 확인되는 순간 존대도 하대도 하지 않겠다는 듯 말꼬리를 흐렸다. 어떻게 보면 편리한 말투였다. 그렇게 말을 제대로 맺지 않으면 상황판단에 대한 책임을 지지 않아도 괜찮을 터였다. 그것은 그 가정부가 생존하는 방법이었을 것이다. 내 어정쩡한 사회적 위치 때문일 수도 있었다. 이미 법정 성인연령을 훌쩍 넘기고 군복무까지 마쳤지만, 사회 그 어디에서도 나를 성인으로 받아들이지 않았다. 강의실에서는 교수나 학생들이나 나를 쓸데없이 3년 가까운 시간을 버리고 온 정신지체장애자 보듯 대했다. 내가 군에 있을 동안 쏟아져 나온 18개월 단기사병이니 6개월 석사장교니 하는 제도들 덕분에 제 나이에 입대해 만기로 복무한 나 자신이 더더욱 미욱하고 어수룩하게 느껴졌다.

나는 다시 물었다. 군에서 버릇 들은 상대경어법은 방심할 때마다 입에서 튀어나왔다.

"이제 일어날 때 안 됐습니까?"

"모르겠는데."

나는 하릴없이 전화를 끊고 공중전화부스에서 나왔다. 지난 밤 누군가 취객이 토해낸 토사물 찌꺼기가 햇볕을 받고 고약한 냄새를 풍기는 통에 도저히 그 안에 더 서있을 수 없었다. 80년대 신림동은 늘 그랬다. 아침이 되면 보행도로나 골목길에는 토사물이나 소변 자국이 여기저기 널려서 10미터 이상 똑바로 길을 걷기 힘들었다. 신림동만 그런 것도 아니었다.

사람이 많이 모이는 장소는 어디나 그랬다. 골목 구석진 곳에 인분(人糞)이 눈에 띄는 일도 허다했다. 사람들은 언제나 값싼 술로 얼른 취하고 싶어했고, 그렇게 취하고 나면 입고 있던 '허위의 껍질'을 벗어버리고 문명 이전 상태로 돌아가는 듯 보였다. 지성인을 자처하던 대학생들이라고 나을 게 없었다. 술에 취해서까지 세련되고 예의 바르게 행동하는 아이들은 곧잘 위선적인 쁘띠부르주아 취급을 받았다. 선배들은 말했다. 술에 취해서 서로 바닥을 보여야 비로소 격의 없는 사이가 되는 거야.

그 토사물을 목격한 순간 나는 누군가 전날 짐승처럼 본능에 따라 먹고 마시다가, 하필 사람들이 발을 디뎌야만 하는 공중전화부스 안에 짐승처럼 토해버린 자를 상상했다. 그리고 나도 모르게 그 짐승 같은 자의 길들여지지 않은 야만을 부러워하기 시작했다. 나는 울고 싶을 때 울고, 소리지르고 싶을 때 소리지르던 소도시 시장골목 사람들을 보고 자랐다. 기분이 상할 때마다 자신들의 성정이 얼마나 난폭할 수 있는지 보여주던 내 부모에게 양육됐다. 기분 상한 어린애가 장난감을 대하듯 학생들을 패대기치는 교사들에게 훈육됐다. 내가 온순했던 건 그들의 야만을 두려워했기 때문이지 그들이 내게 교양을 가르쳤기 때문이 아니었다.

만 스물두 살, 군복무를 마친 우리는 성인이 되면 교양의 책임이 아닌 야만의 권리를 쥐는 줄 알았다. 절제의 규율에서 벗어나 충동적으로 행동할 수 있는 권리를 허용 받는 줄 알았다. 절제와 규율을 지킴으로써 내가 얻은 것은 서울대학교 합격증이었다. 하지만 대학에 합격하면서 절제와 규율은 더 이상 미덕이 아니었다. 아이들은 절제와 규율이 우리 세대를 세뇌해서 사회의 부속품으로 만든다며 거기서 벗어나야 한다고 했다.

3년 전 미현에 대한 내 욕망은 고통스러우리 만큼 절박했었다. 나는 마음은 물론 몸까지 아프도록 그 욕망을 억누르며 참고 견뎠다. 아니, 나는 내 욕망을 억누른 게 아니었다. 내 욕망을 부정한 것이었다. 자기 욕망에 따라 행동했다가 문자 그대로 치도곤을 안던 다른 아이들을 보고 배운 것이라고는 그저 내 마음을 속이고 욕망을 감추는 것뿐이었다. 작별인사도, 돌아오겠다는 말도 없이 허겁지겁 도망치듯 휴학을 하고 떠난 것은 오로지 내 욕망이 부끄럽기 때문이었다.

그럼에도 내가 차마 원한다고 스스로에게 인정하지도 못했던 미현의 첫 경험을 생각하지도 못했던 자, 그것도 그 애를 전혀 소중하게 생각하지 않는 그런 자가 가로챘다는 사실에 나는 치밀어 오르는 화를 어쩌지 못했다. 선태에게, 미현에게, 그리고 나 자신에게 화가 났다. 길거리에서 냅다 소리라도 지르고 싶었다. 다시 독서실로 들어가 선태 얼굴에 주먹이라도 날리고 싶었다. 그러나 내게 그런 객기를 부릴 배짱이 있을 리 없었다.

교양과목 중간고사 기간이 막 끝난 주말의 무절제가 곳곳에 토사물로 남은 길거리를 나는 달리기 시작했다. 녹두거리에 거의 다 도착했을 때쯤 저만치 버스정류장 앞에 289번 버스가 기묘한 브레이크 소리를 내며 내 앞에 멈추었다. 나는 한달음에 버스에 올라탔다.

때가 꼬질꼬질하게 끼고 군데군데 파란 플라스틱 조직이 떨어져 나간 인조가죽 좌석에 앉아 나는 개천을 내려다보았다. 버스에서 내려다보는 도림천은 4년 새 많이 더러워졌다. 입학하던 82년까지만 해도 이따금 오리나 물새들이 놀던 개천은 차마 바라보기도 싫을 만큼 더러워 보였다. 그 사이 산허리까지 파고 올라간 주택가에서 흘린 하수가 개천에 그대로 방류되어 관악산에서 내려온 맑은 물마저 오수(汚水)로 만들었다. 오랜 봄 가뭄에 하수 찌꺼기가 말라붙어 허옇거나 시커먼 더께가 앉았고, 흐르는 물은 폐유로 덮여 화사한 봄 햇살 아래 빨갛고 파랗고 노랗게 번들댔다. 새로 지어진 건물들과 새로 단장한 상점들 덕분에 녹두거리는 이전보다 더 개화된 듯 보였지만, 그 아래로는 이전보다 훨씬 더 더러운 폐수를 훨씬 더 많이 쏟아냈다.

버스가 더디게 개천을 거슬러올라갔다. 봄날 오후의 햇볕은 따스했지만 바람은 찼다. 옷깃 사이로 든 모래가루가 서걱서걱 내 몸을 갉아먹는 것 같았다. 버스가 구반포 정류장에 도착했을 때, 나는 충동적으로 버스에서 뛰어내려 미현의 아파트로 달려갔다. 인터폰 너머로 가정부의 목소리가 들렸다.

"미현이 나갔는데."

나는 망연히 서 있다가 압구정동 이모네로 발걸음을 돌렸다.

*

"어제 전화했는데, 늦게까지 집에 없더라."

미현은 화단 경계석에 올라서서 나와 마주서 있었다. 미현은 언제나 경계석이나 계단 한 칸 위에 서서 나와 키를 맞추고 이야기하는 걸 좋아했다. 경계석 위에 선 미현은 그러나 아무 말 없이 자기 발등만 내려다보았다. 일요일의 오후 다섯 시 구반포 아파트단지는 여느 때보다도 더 한적했다. 아파트 건물 사이로 이리저리 방향을 바꿔가면서 부는 바람이 모래먼지를 내 각막에 자꾸만 불어넣었다.

"어디 갔었어?"

미현은 대답하지 않았다.

"집에 언제 들어갔어?"

미현의 표정이 일그러졌다.

"언제 들어갔냐고 묻잖아."

미현이 마침내 내뱉듯이 대꾸했다.

"왜 따져? 네가 내 보호자라도 돼?"

"따지긴 뭘 따진다고 그러냐? 걱정돼서 그렇지."

"뭐가 걱정되는데?"

"여자 혼자 다니기에 밤길이 위험하니까 그렇지."

미현은 더 이상 대꾸하지 않고 내 눈을 피하며 경계석에서 내려왔다. 당장이라도 그 자리를 떠날 것만 같았다. 나는 황급히 미현의 팔을 잡았다.

"그냥 들어가지 말고, 커피라도 한 잔 하자."

아무런 대답 없이 물끄러미 나를 바라보는 미현의 눈가가 젖어 보였다.

"저 쪽에 카페 있더라. 거기 가서 얘기 좀 하자."

미현이 고개를 도리도리 저었다.

"이 동네는 아는 아줌마들이 많아서 싫어."

"그래, 그러면? 어디 갈까? 방배동?"

"아니, 싫어."

아파트 건물 사이를 돌풍이 휘감고 갔다. 어디선가 쓰레기봉투가 터지기라도 했는지 건물 사이에 온갖 쓰레기가 날아다녔다. 초로의 경비원이 쓰레기를 주우려 애쓰며 이리저리 뛰어다니고 있었다. 나는 미현의 손목을 잡았다. 주춤대던 미현은 어느 사이 나와 함께 바람을 가로지르며 버스정류장을 향해 달리고 있었다.

"신림사거리로 가자!"

68. 화장(火葬)

잠에서 깼지만 한동안 정신을 차릴 수가 없었다. 창 밖에서 새어든 아침 햇빛 아래 얼룩덜룩한 나일론 이불을 덮고 기절한 듯 잠든 미현이 보였다. 참기 어려운 갈증이 밀려왔다. 한구석에 놓여있던 자리끼가 생각났다. 나는 손을 뻗어 잔에 따르지도 않고 정신없이 물을 들이켰다. 작은 양은 주전자에는 끓인 물인지 수돗물인지 혹은 지하수인지 알 수 없는 께름칙한 맹물이 담겨 있었다.

물을 마시자 조금 살 것 같더니 곧 두통이 밀려왔다. 잠시 망설이다 구겨진 담뱃갑에서 담배를 빼물고 불을 붙였다. 담배라는 건 여름날의 차가운 설탕물 같았다. 여름방학을 두어 주 앞둔 7월의 여름날, 에어컨은 고사하고 선풍기도 없는 70명이 빼곡히 앉아 있던 공장형 축사 같은 교실에서 뛰쳐나와 집에 도착했을 때, 하교길 한낮 열기에 몸과 얼굴이 너무나 달아올라 숨조차 쉬기 힘들 때, 어머니는 동생들 몰래 나를 부엌으로 불러들였다. 그리곤 옆집 우물에서 길어 놓은 찬물에 얼른 설탕 두어 숟가락을 타서 휘저어 내게 건넸다. 청량음료 같은 사치품에 따로 돈 쓰는 걸 상상하지도 못했던 내 어머니의 궁여지책이었다. 내가 국민학교 고학년이 되면서 집에 냉장고가 생겼다. 어머니는 더 이상 우물물에 설탕을 타주지 않았다. 이따금 나는 그 중독적인 맛을 떠올리고 그리워했다. 마시는 그 순간에는 즉각적으로 기분이 좋아지지만 입에서 떨어지자마자 곧 다시 갈증이 밀려오고, 그래서 더 갈망하던 그 맛을.

담뱃불을 끄는 순간 다시 두통과 숙취가 찾아오리라는 것을 알면서도 나는 담배에 불을 붙였다. 섹스도 설탕물도 담배 같다. 내 손에 닿지 않을 때는 간절했다. 나는 매춘으로 생애 첫경험을 낭비했다. 처음으로 입에 물었던 담배가 몹시 쓰고 고약했던 것처럼 매춘으로 경험한 첫 섹스도 그랬다. 그 고약한 뒷맛은 담배에 비할 바가 아니었다. 하지만 나는 그 매춘을 내 진짜 첫경험으로 헤아리지 않았다. 상대가 매춘부가 아니라면, 내가 유대감을 느끼는 상대라면, 아니 서로 사랑하는 사이라면 다를 거라고 생각했다.

내 생각은 틀렸다. 행위 후 밀려오는 후회와 부끄러움은 매춘보다 덜하지 않았다. 나는 그 회한의 나락에 빠질 틈을 나 자신에게 주지 않으려고 젊은 몸뚱이의 힘을 빌어 밤새 방사를 되풀이했다. 설탕물을 입에 머금은 순간이나 담배연기를 입으로 빠는 순간에 느낄 법한 그런 부질없고 덧없는 쾌락의 순간을 조금이라도 연장하고 싶었다. 그리고 물론, 그 짐승의 몸짓을 거듭하면 할수록 후회와 부끄러움은 줄어들기는커녕 커지기만 했다.

나는 연거푸 길게 연기를 내뿜었다. 담배에 한 가지 좋은 점이 있다면, 그건 내 한숨을 내 눈으로 볼 수 있다는 점이었다. 문득 창 밖에서 어수선한 소음이 들려왔다. 사람들의 고함과 함성이 들렸고, 차량 소음이 들려왔다. 언뜻 사이렌 소리도 났다. 이내 확성기 소리도 들렸다. 몹시도 소란했지만 한 마디도 제대로 알아들을 수 없었고 무슨 일인지 짐작도 가지 않았다. 나는 불안했다. 아침 시간에 주택가에서 들을 만한 소음이 아니었다. 월요일 아침 첫 강의는 열 시에 시작됐다. 여덟 시가 이미 한참 지난 시간이었다. 나는 자리에서 벌떡 일어나, 하수구 냄새가 스멀스멀 올라오는, 타일 사이 줄눈마다 뭇사람들의 몸에서 나온 찌꺼기와 물때가 시커멓게 엉긴 욕실에서 서둘러 몸을 씻고 머리를 감았다. 내가 욕실에서 나오자마자 잠에서 깬 미현이 기다렸다는 듯 욕실로 들어갔다. 미현을 기다리며 나는 구겨진 담뱃갑에서 마지막 담배를 빼어 물었다.

미현은 서두른 듯 머리의 물기를 제대로 털지도 않은 채 욕실에서 나왔다. 미현이 불안스레 물었다.

"밖에 무슨 일 있나 봐…."

하수구 냄새와 물이끼 냄새로 가득한 욕실에서 나온 미현은 더 이상 신비롭지도 낯설지도 않았다. 온수도 제대로 나오지 않는 허름한 욕실에서 몸을 씻은 그 애에겐, 아무리 찾아헤매도 찾을 수 없던 그 신비로운 샴푸 냄새 대신 동네 슈퍼마켓에 흔하게 널린 싸구려 샴푸 냄새가 났다. 3년만에 만나던 2월의 그날 나는 이미 알았다. 생각만 해도 등골이 서늘해지고, 내 입과 눈에 타액과 누액을 고이게 하던 그 파릇파릇한 싱그러움이 거의 다 사라져버린 것을, 그 애 평생에서 가장 빛나고 찬란했을 시절을 내가 다 놓쳐버린 것을.

서로의 몸을 탐하며 밤을 지새우다시피 한 후, 내 눈에 들어온 그 애는 그저 학교에서 흔히 볼 수 있는 보통 여자애들이나 내 누이, 내 이모의 딸들과 다를 게 없었다. 그 친근하다면 친근한 모습에 근친상간을 저지른 듯한 죄의식마저 들며 숙취에 들끓는 뱃속을 더욱 불편하게 했다.

머뭇대는 순간 멀리서 또 함성이 들렸다. 귀에 익은 휴대용 사이렌소리가 퍼지나 했더니 아득한 곳에서 비명 같은 소음이 울리고, 곧 우리가 있던 건물 주변에서 사람들이 거리를 내닫는 소리가 났다. 미현과 나는 서로 눈길을 주고받은 후 가방을 들고 급히 여관 입구로 나섰다. 민방위훈련이나 교련으로 언제나 불안에 길들여졌던 우리에게도, 그 한적한 주택가의 사이렌과 함성은 예사롭지 않았다. 하지만 우리는 선뜻 여관 밖으로 나서지 못했다. 혹시라도 누군가 우리 둘이 여관에서 나서는 걸 볼까 봐 두려웠기 때문이다. 행인들이 뜸해질 때에야 미현은 겨우 문을 열고 밖으로 나설 용기를 냈다.

몇 걸음 가지 않아 곧 우리 학교 학생들로 보이는 남자애들 대여섯 명이 우리 곁을 스치며 큰길 쪽으로 내달렸다. 큰 길가에는 전투경찰들이 줄지어 서 있었다. 길을 막고 서서 지나가는 사람들을 한 명씩 대질하고 소지품을 검사하는 듯 보였다. 월요일 아침시간에, 학교 앞도 아닌 신림 사거리에 그렇게 전투경찰이 모인 게 의아했다. 미현도 영문을 모르겠다는 듯 이맛살을 찌푸리며 고개를 가로저었다.

학교로 가는 버스를 타려면 어쨌든 길을 건너야 했다. 횡단보도로 향한 길모퉁이를 막 도는데 작은 구멍가게 앞에 한 남자애가 멍하니 서 있는 게 보였다. 미현이 종종걸음으로 달려가 그 아이에게 말을 걸었다. 나도 가까이 다가섰다. 우리 학교 아이로 보이는 남자애의 얼굴은 파랗게 질려 있었다.

"분신(焚身)했어요, 분신…"

나는 무슨 말인지 알아듣지 못했다. 나는 남자애 발 밑에 떨어져 있던 전단 한 장을 주웠다. 학기초부터 줄곧 봐왔던 격문과 구호가 보였다.

'반전반핵 양키 고 홈! 양키의 용병교육 전방입소 결사반대! 한반도의 미제기지 결사저지!'

미현이 물었다.

"분신? 무슨 말이에요?"

"저쪽 옥상에, 애들이 자기 몸에 불을 붙였다…

남자애는 충격이 큰 듯 더 이상 말을 잇지 못했다. 교련복을 보니 85학번인 것 같았다. 저만치 아이들의 함성과 노래가 들려왔다.

"흔들리지, 흔들리지 않게!"

큰 길을 메우고 전투경찰에게 밀려가는 아이들은 노래를 멈추지 않았다. 함성과 고함과 메가폰 소리가 뒤섞여 가사를 알아들을 수 없었다. 앰뷸런스가 큰 길을 차지하고 어지럽게 돌아다니는 아이들 사이를 뚫고 오더니 우리가 선 골목 모퉁이에서 50여 미터 떨어진 곳에 멈췄다. 경찰차에서 해산을 명령하는 경고방송이 나왔다. 소방차로 보이는 붉은 차량 서너 대가 길가에 서 있었다. 경고방송이 거듭 나왔다. 금방이라도 최루탄이 터질 것 같았다. 누군가 외쳤다.

"살인정권 물러가라!"

길가에 흩어져 있던 아이들이 연호했다. 살인정권 타도하자! 살인경찰 물러가라! 아이들 몇 명이 헬멧을 쓰고 두터운 방호복을 입은 채 일렬로 대오를 지키고 선 전투경찰들의 방패를 걷어찼다. 혼란스러웠다. 얼른 그 자리를 벗어나고 싶었다. 팔을 뻗어 미현의 손을 잡으려 했지만 미현은 무엇에 홀린 듯 '반전반핵 양키 고 홈'이라 적힌 전단을 한 손에 꼭 쥔 채 나를 뿌리치고 앞으로 나아갔다.

아이들이 노래를 부르기 시작했다.

긴 밤 지새우고 풀잎마다 맺힌
진주보다 더 고운 아침이슬처럼

나는 길거리에 굴러다니는 전단 한 장을 들어 읽기 시작했다. 국민학교 시절 반공교육시간에 표어와 구호를 지어내던 습관대로 4-4조에 맞춰 적힌 구호들이 제목처럼 적혀있었다.

반전반핵 양키고홈
양키용병 양성하는
전방입소 폐지하라

나는 본문을 읽기 시작했다. 전방입소가 어떻게 양키용병을 양성하는지, 어떻게 분단고착에 기여하는지 나는 알지 못했다. 어차피 알 필요도 없었다. 아이들의 입에서 구호가 나가는 순간 그 구호는 증명도 논증도 필요 없는 자명한 공리가 되기 때문이었다. 동네 사람들이 모여서 웅성댔다. 전방입소를 거부하는 두 아이가 건물 옥상에서 제 몸에 불을 지르고 죽었다고 했다. 혹은 죽지 않았다고 하는 사람도 있었다. 아무도 진실을 알지 못했지만, 사람들은 어쩐지 그들이 이미 죽었다고 믿고 싶어하는 것만 같았다.

그곳에 선 사람들은 제 산 몸을 번제물(燔祭物)로 바친 두 대학생이 불멸의 영웅들로 환생하는 순간을 먼 발치에서 바라보는 소외된 관람객이었다. 나는 그 구호를 연호(連呼)할 수도, 노래를 따라 부를 수도 없었다. 누구에게 바친 번제였나? 누가 제단을 마련하고 누가 제물을 선택했나? 20년 남짓한 시간 억눌렀던 감각적, 육체적 욕망을 채 해소시키지도 못한 아이들이 제 몸뚱이를 불사르면서까지 얻어낼 수 있는 게 도대체 무엇인가?

내 몸은 여전히 플라타너스 가로수 가지에 작은 불꽃처럼 터지던 연녹색 움말고는 하늘도 건물도 도로도 모두 잿빛이었던 신림사거리에 서있었지만, 내 마음만큼은 현실에서 아득히 멀어지고 있었다. 흐느끼는 소리에 나는 퍼뜩 정신을 차렸다. 미현이 흐느끼고 있었다. 미현이 가슴을 주먹으로 치며 내뱉았다. 미안해, 미안해. 너무나 미안해. 앰뷸런스가 떠났다. 경찰이 확성기에 대고 군중에게 연신 해산하라고 권고했다. 하지만 미현은 소금기둥처럼 꼼짝 않고 서서 눈물만 줄줄 흘리고 있었다.

미현이 무슨 이유로 무엇을 미안해하고 있는지 따져 물을 생각은 차마 하지 못했다.

1993

69. 맞선

어제 마신 술이 덜 깬 듯, 뱃속 깊은 곳에서 여전히 술 썩는 냄새가 올라온다. 나는 달착지근하고 되직한 인스턴트 커피를 마시고 싶지만, 어쩔수 없이 원두커피를 앞에 두고 앉아 있다. 언젠가부터 인스턴트 커피를 아예 내놓지 않는 커피숍이 늘었다.

내 앞에는 한 여자가 앉아 있다. 방금 미용실에 다녀온 듯 정성들인 화장과 머리 치장에 하늘색 투피스를 입었다. 만 스물여섯 살이라는 그녀는 강남에서 여고를 졸업했으며, 신촌에 있는 명문 대학에서 첼로를 전공했고, 지금은 한 서울 근교도시의 시립 오케스트라 단원이다. 그녀의 아버지는 강북과 강남에서 금은방을 서너 군데 운영하고 있다. 부동산 투자와 사채놀이도 하고 있다. 그녀의 아버지는 유력 신문사에서 일하는 경제부나 정치부 기자, 혹은 정계 인사의 아들을 사위로 원한다. 내 어머니는 중매쟁이가 쉽게 이해하도록 나에 대한 정보를 약간 바꿔 말했다고 전했다. 벌컥 화를 내는 내게 어머니는 말했다.

"사회부나 경제부나, 그게 그거지, 넌 도대체 왜 겨우 그런 것 갖고 그렇게 에미한테 그렇게 성을 내니?"

그러더니 입꼬리를 비죽대며 덧붙였다.

"그리고 니 아버지가 제천시 부시장인데, 그게 정계인사 아니면 뭐니?"

아버지는 정년을 몇 년 남기고 마침내 소도시 부시장 자리까지 올랐다. 그러나 그걸 가지고 정계인사라 일컫는 건 무리다. 그저 착실하게 버텨낸 끝에 정규직으로서는 가장 높은 자리 중 하나인 지방도시 부시장 자리에 오른 운 좋은 공무원일 뿐이다. 곧 정부에서 약속한 대로 지방자치제가 실행되면, 선거 같은 걸 치를 배짱도 자금도 없는 아버지는 조용히 은퇴할 것이다.

나는 내 앞에 앉은, 처음 보는 여자에게 도대체 무슨 말을 해야 할지 알 수 없다. 아무 말이라도 해야 할 것 같아서 간신히 입을 연다.

"음악 좋아하세요?"

그녀가 피식, 웃는다. 그제야 나는 아차 싶다. 그러나 다행히 여자는 오케스트라 단원인 자신에게 던진 이 질문이 얼마나 무성의한지 미처 깨닫지 못한 모양이다.

한껏 치장했지만, 뚱뚱하지도 마르지도 않은 보통 체격에 보통 키인 그녀는 차림새와 치장을 빼면 모든 것이 평범해 보인다. 성형수술을 한 눈의 굵고 어색한 쌍꺼풀이 도드라졌다. 그리고 그 흉터 아닌 흉터를 감추려는 듯 짙은 눈화장을 했다. 나는 내 앞에 앉은 이 스물여섯 살의 여성에게 아무런 성적 매력을 느끼지 못한다. 내 리비도마저 숙취를 앓는 중인지도 모르겠다.

선을 보고 나면 어머니는 매번 나를 탓한다. 이번에도 어머니는 안달할 것이다. 너 눈이 다락에 올라가 붙었구나? 사진 보니 인물 좋기만 하던데. 너 그 집안이 어떤 집안인지 알아? 정말 이 노릇을 어떡하니? 네 아버지

공직에서 물러나기 전에 개혼(開婚)해야 하는데…. 지금까지 느이 아버지가 부조를 얼마나 뿌리고 다녔는데, 그거 본전 찾으려면 정년 전에 네가 결혼해야 한단 말이야!"

짜증스러운 어머니의 보챔이 떠오르자 마음이 갑갑하다. 주머니에 든 담배를 꺼내 불을 붙일까 말까 망설이는데 여자가 다시 입을 연다.

"네, 저 음악 좋아해요."

나는 고개를 들어 여자를 본다.

"퀸 좋아해요."

나는 대학교 1학년 때 신촌에서 이화여자대학교 여자애들을 만났던 일을 떠올린다. 그 때는 여자애가 내게 먼저 물었다. 음악 좋아하세요? 생각해보니 선볼 때마다 나는 여자에게 꼭 묻는다. 음악 좋아하세요? 다들 좋아한다고는 말하지만 제대로 대화가 이어진 적은 없다.

"첼로로 보헤미안 랩소디 같은 거 연주하면 사람들이 아주 좋아해요."

나는 주머니에서 손을 빼고 상체를 탁자 쪽으로 기울인다. 여자는 얼굴이 살짝 상기된 채 말을 잇는다.

"사실 클래식 음악 중에서 첼로를 위한 독주곡이 그리 많지 않아요. 있다 하더라도 사람들은 유명한 곡만 좋아하기도 하고요. 학교 때 교수님들은 우리가 퀸 같은 거 연주하는 거 아시면 질색하셨어요."

불쑥 이 여자와 결혼해도 좋겠다는 생각이 든다. 나는 입을 열었다.

"식사하러 가실래요?"

여자가 손으로 입을 가리고 배시시 웃는 둥 마는 둥하며 고개를 끄덕인다. 식사 제안은 상대방이 마음에 든다는 신호다. 카운터에서 커피값을 내는 동안 여자는 한 발치 떨어져 그림처럼 서 있다. 로비로 나가 내 차를 부른다. 내가 운전석으로 향하는 동안 호텔 벨보이가 여자를 위해 차문을 열어준다. 운전대를 잡으며 생각해보니 그녀의 이름을 잊었다. 생각나는 건 '김', 그리고 '미' 한 글자뿐이다. 정미? 현미? 미혜? 미현?

나는 고개를 저으며 입안에 숙취처럼 달라붙는 마지막 이름을 떨쳐낸다. 잔뜩 흐린 일요일 한낮 11월의 신사동 사거리에 금방이라도 비가 쏟아질 것 같다. 날씨 때문인지 숙취 때문인지, 고속도로 옆에 택시기사들에게 해장국을 파는 식당 생각이 난다. 수습기자 시절 사쓰마와리(察廻) 선배들을 따라 강남경찰서에 드나들 때 아침 해장술을 마시던 곳이다. 켜켜이 때가 쌓인 벽과 바닥과 천장이 꼭 10년 전 신림동의 어느 학사주점 같다. 여자가 머뭇대며 가게 안에 발을 디딘다. 바닥 한 켠에 종업원이 흘린 물이 고여 있다. 나는 문득 여자의 구두를 본다. 스웨이드 가죽인지 벨벳인지 모를 여자의 구두에 구정물이 튀었다.

찬 바람이 들새라 미세기문이 꼭 닫힌 실내는 고기냄새와 파, 마늘 냄새로 가득하다. 자리에 앉은 여자가 벽에 붙은 메뉴를 보며 머뭇댄다. 중년의 여자가 다가와 제대로 물을 짜내지도 않은 행주로 탁자를 건성건성 닦아낸다. 카운터 위에 조잡한 가짜 호접란 화분이 보인다. 난. 난곡. 아, 그렇다, 미란. 그녀의 이름이 미란이라는 게 생각난다. 종업원이 떠나자 미란은 종이 냅킨 몇 장을 집어 탁자 위를 보송보송하게 닦는다. 첫선을 본 여자를 데리고 올 식당은 아니란 걸 뒤늦게 깨닫는다.

1987

70. 야학

흐린 겨울 저녁이었다. 금방이라도 내려앉을 것처럼 짙은 운무가 퀴퀴한 번개탄 연기냄새와 뒤섞여 신림동 B지구 어두운 하늘을 가득 채우고 있었다. 1월은 일 년 중 가장 차갑다. 바짝 마른 개울에 얼마 남지 않는 구정물마저 얼어붙었다. 시장을 지나고, 개울을 건너 5분 남짓 동네를 가로지르자 파란색 간판이 달린 구멍가게 옆에 무슨 나무인지 모를 늙은 나무 한 그루가 서 있고, 그 아래로 리어카 한 대가 겨우 지나갈 만큼 좁고 가파른 언덕길이 나타났다. 나는 시멘트 보도블록이 얼기설기 덮인 언덕길을 오르기 시작했다. 약도를 보면서 기웃대며 5분 남짓 그 언덕길을 오르자 '들풀 야학'이라는 현판이 나타났다. 볼품없는 합판 조각에 누군가 정성껏 붉은 페인트로 글씨를 그렸다. 현판이라는 말이 무색했다. 건물도 짓다 만 것처럼 보였다. 치장벽돌도 쌓지 않았고 페인트칠도 하지 않았다. 간판을 빼면 주변 다른 허름한 주택들과 구분하기 어려웠다. 흙이 담긴 검붉은 플라스틱 함지박 몇 개가 벽을 따라 놓여 있었고, 고추와 들깨 같은 푸성귀가 누렇게 시들어 말라붙은 채 그 함지박 위에 지난 여름의 흔적을 남기고 있는 것조차 주변 다른 주택과 흡사했다.

철제 현관문을 두들겨 보았다. 아무도 대답하지 않았다. 나는 슬그머니 문을 당겨보았다. 문은 맥없이 열리고, 서너 평이 채 안 되는 홀 같기도, 로비 같기도, 사무실 같기도 한 공간이 나타났다. 탁자 하나와 책상 두 개가 벽을 마주하고 있었고, 의자 몇 개가 벽을 등지고 놓여 있었다. 벽에는 '노동자의 밤'이라는 행사를 알리는 철 지난 포스터가 1987년도 검정고시 일정표와 함께 걸려 있었다. 가운데 놓인 석유난로에서 매캐한 석유냄새가 났다. 난로 위에 얹힌 커다란 양은 주전자가 소리 없이 뽀얀 김을 내뿜고 있었다. 사무실 한쪽 벽의 절반 상단은 유리창이었다. 그 유리창 너머로 강의실이 보였다. 그 작은 건물은 마치 평범한 중고등학교 건물의 한 부분을 뚝 떼어놓은 것 같은 구조였다. 복도가 될 자리에 사람들이 책상과 의자를 두고 사무실로 쓰고 있었을 뿐이다. 물론 강의실 부분은 일반 학교의 교실보다 훨씬 좁았다.

나는 머뭇대며 사무실을 가로질러 창문을 들여다보았다. 남자와 여자를 합해 열 명 남짓한 사람들이 강의실 안에 앉아 있었다. 그리고 녹색 칠판 앞에 선 미현이 두툼한 외투 차림으로 영어 문법 강의를 하고 있었다. 영어 가정법 과거 문장을 읽는 억양과 발음이 한국인보다는 프랑스 인처럼 들렸다. 만일 내가 힘이 세다면, 이 세상을 바꿀 텐데. 그가 만일 잘못을 뉘우친다면, 이 나라는 더 나아질 텐데. 부자들이 덜 탐욕스럽다면, 이 세상이 더욱 평화로워질 텐데. 20대 초반으로 보이는 사람들은 웅얼웅얼 자신 없는 목소리로 영어문장을 따라 읽었다. 성인들이 힘겹게 더듬대며 영어를 읽어가는 소리가 묘하게 불편하고 민망했다. 나는 혹시나 미현이 나를 알아보고 쑥스러울까 싶어 유리창으로부터 뒷걸음질쳤다. 순간 현관문이 열리는 소리가 났다. 뒤를 돌아보니 내 또래로 보이는 두 사내가 무언가 꾸러미들을 들고 사무실에 막 들어서던 참이었다.

"무슨 일로 오셨어요?"

유독 마르고 작은 남자가 내게 물었다.

"아, 저, 정미현 소개로…."

키 작은 남자가 반색을 하며 팔을 내밀었다.

"아, 맞다. 불문학과 82시죠? 오늘 오신다고 미현이 누나한테 들었어요."

그들은 의자를 끌어 난로 가까이 놓더니 내게 앉으라고 권했다. 키 작은 남자는 검정 비닐봉투에서 인스턴트 커피 병을 꺼내면서 내게 물었다.

"커피 하실래요?"

나는 머뭇댔다. '아, 감사합니다, 한 잔 주십시오.' 그런 말을 나는 하지 못했다. 내가 아는 사람들은 언제나 상대방의 권유를 일단 사양했다. 음식이든 선물이든 거듭 권하면 거듭 사양했다. 상대방이 수도 없이 권하고 마침내 눈 앞에 내미는 순간에도, 어쩔 수 없이 받아드는 마지막 순간까지도 그들은 중얼댔다. 아니, 됐다니까. 괜찮다는데도 그러네. 그래서 나는 기쁘게 받고 감사인사를 하는 모습을 보고 배우지 못했다.

내가 우물쭈물 대답하지 못하자 키 작은 사내가 다시 물었다.

"다방식, 괜찮죠?"

키 작은 사내는 내가 고개를 끄덕이는 걸 봤는지 못 봤는지, 일회용 종이컵 세 개를 놓고 커피가루와 고체 우유가루와 설탕가루를 티스푼으로 푹푹 퍼 넣었다. 그리고는 난로 위에 있던 주전자에서 물을 부어 스테인리스 티스푼으로 휘휘 젓더니 내게 내밀었다.

달콤한 커피 한 모금을 들이켜자 뱃속이 따뜻해졌다. 키 작은 남자는

83학번 수학교육학과라고 했고, 또 다른 남자는 85학번 해양학과라고 했다. 우리는 대개 그런 식으로 서로를 기억했다. 개인의 이름보다 학과나 학번 혹은 출신지 같은 소속 집단의 이름이 더 기억하기 쉬웠다. 그들도 당분간 나를 이성식보다 불문과 82로 더 잘 기억할 터였다. 나는 또 다시 말끝을 얼버무리며 물었다.

"전공도 아닌데, 제대로 할 수 있을는지…"

생물을 담당한다는 해양학과 85가 냉큼 대답했다.

"괜찮아요. 어차피 검정고시 준비 위주로 하는 거고, 검정고시 시험 준비 자체가 그렇게 힘든 것도 아니라서. 지금까지 다 기출문제 풀이 위주로 해왔어요. 국민윤리교육 전공한다고 고교 교과서 더 잘 아는 것도 아니고."

문득 낮에 일하고 밤에 공부해야 하는, 공부를 한동안 멀리했을 것이 분명한 저 공장 근로자들에게도 검정고시가 그렇게 수월할까 싶은 의문이 들었다. 그러나 나는 그저 알아들었다는 듯이 고개를 끄덕였다. 교실 문이 열리고 수강생 서너 명이 나왔다. 맞은 벽에 걸린 시계가 여덟 시 삼십 분을 가리키고 있었다. 그 뒤를 따라 미현이가 나왔다. 수강생들은 우리 쪽을 향해 목례를 하더니 건물 밖으로 나갔다. 미현이 난로 쪽으로 다가오더니 내게 보일 듯 말 듯 희미하게 미소를 짓고는 곧 몸을 돌려 인스턴트 커피를 타기 시작했다. 해양학과 85가 책장에서 이런 저런 서류철을 갖고 와 내게 내밀었다.

"이건 시간표고요, 이건 지난 학기에 담당했던 형이 쓰던 교재요."

"아, 네."

미현이 책상에 기대선 채 말했다.

"성식아, 말 놔. 걔들 다 후배야."

"아, 누나, 나 재수 83이라니까? 나 토끼띠라니까?"

수학교육과 83이 장난스레 발끈 화내는 시늉을 했다. 내가 또래보다 한 살 더 어리다는 걸 차마 그 자리에서 털어놓을 수 없었다. 나갔던 수강생들이 돌아왔다. 그들에게 담배 냄새와 낡은 화장실의 암모니아 냄새가 함께 났다. 그들은 긴 나무막대에 달린 열쇠를 벽에 걸었다. 볼품없는 한 뼘 정도 되는 나무막대에 유성매직으로 '교회 화장실'이라고 적혀 있었다. 해양학과 85가 말했다.

"아, 화장실은 저 아래 교회 마당에 있는 거 써야 돼요."

미현이 눈살을 찌푸렸다.

"거기 또 언제 얼지 몰라서 조마조마해."

"내일 엄청 추워진다는데, 그날 진짜 난로라도 갖다 피워야 하는 거 아닌가?"

"차라리 푸세식이면 한겨울에도 사용은 할 수 있을 거 아냐."

미현의 말에 해양학과 85가 웃으며 대꾸했다.

"에? 여름에 구더기가 똥통 기어올라오는 거 한 번이라도 봤으면 누나 그런 소리 못 할 걸요?"

"나도 알거든!"

"본 적 있어요?"

"농활 가서 본 적 있어!"

수학교육과 83이 웃다 말고 교재를 들고 강의실로 들어갔다. 이따금 아이들 사이에서 나오는 재래화장실 농담은 언제나 내게 묘한 안도감을 줬다. 어린 시절 시장 옆 낡은 한옥에서 살며 재래식 변소를 사용했던 것과 같은, 감추고 싶고 잊고 싶은 기억들을 나만 갖고 있는 게 아니라는 걸 확인할 수 있기 때문일까? 재래식화장실 이야기를 하고 나니 서로 감출 것도 숨길 것도 없는 막역한 사이 같은 기분이 들었다. 미현이가 난로 연통에 손을 대며 말했다.

"오늘 한 잔 해야지? 새 강사 영입 기념으로."

"와, 누나 며칠 전에 또 술 마시면 사람이 아니라고 하지 않았어요?"

미현이 짐짓 입술을 삐죽 내밀고 뾰로통한 얼굴을 했다.

45분짜리 수학 수업이 끝났다. 우리는 늦은 저녁을 먹기 위해 모인 신림동 시장의 한 선술집으로 갔다. 그날 수업이 없던 두 명의 서울대 남학생들이 새로 온 강사를 본다며 술자리에 나왔다. 한 명은 사범대학교 수학교육과 4학년 여학생이었고, 또 한 명은 자연대학교 물리학과 복학생이었다. 야학 강의봉사하는 아이들은 조금 달라 보였다. 다른 자리에 앉은 아이들과 경쟁하듯 목소리를 높여 노래를 하지도 않았고, 처연하고 자기연민에 빠진 운동권 노래를 비장하게 부르며 시간을 보내지도 않았다. 대한민국의 민주화와 조국통일 대신 그 해 검정고시 일정과 시간표 조정, 야학 운영비 절감에 대해 이야기했다.

나는 슬그머니 경외감을 느끼기 시작했다. 그 아이들이 그 시간에 강남에서 불법과외를 한다면 한 달 만에 인문대 한 학기 등록금의 거의 절반을 벌 수 있을 터였다. 그 아이들의 마음은 부유해 보였다. 반면 내 마음은 항상 가난했다. 아버지와 어머니가 낡은 일제시대 한옥 위에 필요에 따라 이리저리 시멘트와 신더블록으로 덧댄 누더기 같은 가옥들이 늘어선 시장 거리에서 떠나 붉은 벽돌 2층집들이 즐비한 깨끗한 주택가로 옮긴 지도 거의 5년이 됐다. 나 자신이 학비나 용돈을 심각하게 걱정해본 적도 없었다. 아버지 직장에서는 자녀 대학등록금을 지급해줬다. 숙식은 압구정동 이모 댁에서 해결됐고, 사촌동생들의 공부를 봐준다는 이유로 매달 용돈까지 받았다. 어머니는 매달 내게 이런저런 구실로 용돈을 더 보내줬다. 그래도 나는 내가 가난한 줄 알고 있었다. 서울에 올라오면서 접하기 시작한 서울 출신 아이들이 나를 더 가난해 보이게 만들었다. 강남의 디스코텍이나 신촌 술집에서 아무렇지도 않게 하룻밤에 수만 원을 써버리는 아이들, 평생 들어본 적도 없는 60평형 복층 아파트에 사는 미현이 그랬다. 아니, 그들이 아니었어도 나의 마음은 가난했을 것이다. 어린 시절부터 줄곧 들어온 '우리 집은 가난해'라는 문장이 논증할 필요 없는 공리(公理)가 되어 이미 내 마음에 단단히 뿌리내리고 있었기 때문이다.

슬그머니 지난 몇 개월 동안 내가 미현 때문에 느껴오던 불안과 동요가 부끄러워졌다. 미현이 집에 늦게 들어간 것을 알 때마다, 미현이 야학 봉사한다며 사라져 버릴 때마다 나는 안절부절못하며 온갖 음험하고 불쾌한 상상을 했다. 나는 일상적인 안부를 묻고, 사소한 이야기를 나누는 데 익숙하지 못했다. 그것은 미현도 마찬가지였다. 내가 무심코 던진 '어제 뭐 했어?' 한 마디에 미현은 발끈 화를 내곤 했다. 미현은 그 한 문장은 여성을 감시하고 통제하고 싶어하는 내 가부장적 무의식의 발현이라고 했다. 그리고 국가, 민족, 노동자에 관한 생각과 이야기가 아닌 것은 모두 부패와 타락의 증거였다.

내게도 미현에게도, 연애라는 건 언제까지나 1983년의 그 봄날처럼 완벽하게 아름답고 설레기만 해야 했다. 오해, 말실수, 다툼은 새로 산 물건에 생기는 상처 같았다. 처음에는 마치 그 물건이 완전히 망가진 것만큼이나 슬펐지만, 거듭 상처가 생기면서 조금씩 더 무감각해졌다. 그러다가 어느 날 마침내 완전히 빛이 바래고 낡아서 더 이상 그 물건을 소유한다는 사실에 별 기쁨을 느끼지 않게 된다. 우리는 우리 관계에 흠집을 내지 않기 위해 모든 이견과 갈등을 숨기고 덮고 싶었다. 그게 쉬울 리 없었다.

지난 학기 종강이 다가올 무렵, 미현이 야학하는 사람들과 술을 마시고 늦게 귀가한 일로 크게 다툰 후 미현은 명령하듯 선포했다.

"너도 야학해."

내가 무어라 말을 꺼내기도 전에 미현이 지시하듯 덧붙였다.

"일주일에 두 번. 두 시간. 국민윤리."

나는 생각도 하기 전에 고개를 끄덕였다. 사명감도 없었고 마음의 준비도 없었다. 그나마 어설프게 배운 고등학교 국민윤리 과목 내용은 다 잊어버린 지 오래였다. 그럼에도 미현의 그 단호한 말투에 나는 겁을 집어먹었다. 고개를 끄덕이지 않는다면 나는 일주일에 두 시간조차 내놓지 못하는 지질하고 못난 사내로 영원히 기억될 것만 같았다.

"그래… 그러자."

그러자 미현이 콧등 위에 주름을 지으며 활짝 웃었다. 아주 오랜만에 보는 그 애의 함박웃음이었다.

야학 아이들이 환영회라고 마련해준 술자리를 마치고 미현의 손을 잡고 버스정류장으로 걸으며 나는 속으로 되뇌었다. 이젠 괜찮아. 이젠 같이 있을 수 있다. 미현이 어딜 갔는지 무얼 하는지 걱정하지 않아도 된다. 사소한 말다툼 후 며칠씩 연락이 끊어지는 일도 없을 거다. 비로소 미현과 무언가를 진정으로 공유하게 되었다는 생각에 나는 슬그머니 행복해지기 시작했다.

자정이 다가오는 시간이었다. 강남 쪽으로 향하는 막차를 놓칠 것 같았다. 택시정류장으로 가야 하는지 아니면 버스정류장으로 가야 하는지 알 수 없었다. 시간을 확인하며 발걸음을 재촉했다. 지하철역 입구 근처에서 미현이 뭐라 말을 건넸다. 길가 상점에서 틀어놓은 음악 소리와 차량들의 소음 때문에 미현의 말이 제대로 들리지 않았다.

"응? 뭐라고?"

얼굴이 붉게 상기된 미현이 수줍게 웃더니 발돋움하며 내 귀에 대고 속삭였다.

"나 아까 집에 전화했어. 오늘 친구네서 잘 거라고…"

정신이 번쩍 드는 것 같았다. 잔뜩 들뜬 나는 미현의 손을 잡고 길을 건너기 위해 지하보도로 뛰어 내려갔다. 무의식 중에도 나는 알고 있었다. 아침이 되어 창백한 미현의 몸을 보는 순간 나는 또 다시 숙취보다 더 고약한 후회에 빠지리라는 것을. 아무리 시간이 지나도 혼전 성관계에 대해 오랜 세월 주입된 걸리적거리는 편견과 수치감은 도무지 사라지지 않았다. 결혼할 거니까, 괜찮아. 나는 생각했다. 나는 이 여자랑 결혼할 거니까, 내가 책임질 거니까. 시대착오적 수치감은 시대착오적 변명으로 달래는 수밖에 없었다.

지하보도를 나서자 수없이 많은 여관 건물들의 울긋불긋한 네온사인들이 보였다. 한적하고 깔끔한 주택가였던 신림5동은 어느새 점점 더 환락가처럼 변하고 있었다. 환락가의 불빛은 한겨울 밤 살을 에는 듯한 바람 속에서 이상스레 따스해 보였다. 우리는 혹시라도 누가 볼까 봐 두려워하며 여관, 모텔, 장이라는 간판이 즐비한 골목 안으로 숨어들었다. 아무리 나이를 먹어도 결혼을 하지 않으면 우리는 미성년이었다. 그리고 미성년의 사랑은 비행(非行)이었다.

72. 수치

야학을 시작하고 한 달 이상 지났다. 난곡에서 내려오는 시장 길목 상점 한 집 건너 한 집마다 '立春大吉(입춘대길)'이라는 붓글씨가 여전히 붙어 있었던, 어느 추운 토요일 저녁이었다. 나는 여자 수강생들이 발렌타인데이 선물로 준 초콜릿을 들고 있었다. 미현은 별로 기분이 좋지 않아 보였다. 미현은 자본주의가 어떻게 성 발렌타인데이 – 미현은 '쌩 발렝탕'이라고 발음했다가 사람들의 핀잔을 듣고 얼굴이 발갛게 달아올랐었다 – 를 변질시키고 이용하고 있는지 알기나 하냐며 핀잔을 주었다. 묵묵히 듣기만 하던 내가 마침내 반박했다.

"야, 내가 달라고 한 것도 아니고, 수강생들이 주는 걸 어떻게 하라고."

그 말에 미현은 조금 누그러진 듯했지만, 어떻게 해서라도 발렌타인데이를 폄하하려는 마음은 여전해 보였다.

"그러니까 발렌타인데이라는 건, 봄 축제 때 젊은 남녀들이 난교를 하던 고대 풍습이 괴이하게 변질된 거라고."

나는 별안간 기묘한 기분에 휩싸였다. 날씨는 여전히 한겨울마냥 찼지만, 해는 별안간 길어지면서 오후 여섯 시가 다 되어서도 땅거미가 완전히 사라지지 않았다. 그 별안간 길어진 해가 내 머릿속에 무슨 화학작용이라도 일으킨 것인지, 아니면 미현이 느닷없이 그러나 스스럼없이 입에 담은 '난교'라는 음란한 단어 때문이었는지, 나는 그 순간 미칠 것만 같은 충동을 느꼈다. 마치 내 머리가 내 육신을 전혀 통제하지 못하는 것만 같았다. 나는 미현의 허리를 한 손으로 끌어안았다. 미쳤어? 미현은 내 손등을 때리며 나를 떼어놓으려 했다. 나는 아랑곳 않고 미현의 차가운 볼에 입을 맞췄다. 왜 이래…. 말은 그렇게 하면서도 미현은 배시시 웃기만 하고 밀어내지 않았다. 그 웃는 얼굴에 별안간 설익은 살구라도 씹은 듯 온 몸이 시큰댔다. 나는 시장에서 개천 쪽으로 빠지는 한적한 골목길로 미현의 팔을 끌고 들어갔다. 그리고 어둑하고 인적 없는 골목길에서 거칠게 미현에게 입맞추기 시작했다. 처음 미현은 놀라서 내 몸을 떠밀더니, 이내 두 손으로 내 허리를 세차게 끌어안았다. 내 단단해진 하체가 미현의 치골에 쓸렸다. 두터운 외투 안에서 미현의 심장이 미친 듯 뛰는 게 느껴졌다. 미현의 입술을 물고 빨고 핥던 나는 마침내 숨을 고르며 입을 떼고, 미현의 차가운 귀에 입술을 댄 채 속삭였다. 나 미칠 것 같아. 미현이 속삭였다. 나도.

우리는 약속이라도 한 듯 여관촌 쪽을 향해 뛰기 시작했다. 그리고 가장 먼저 보이는 여관에 들어가 서둘러 방을 빌렸다. 서너 번 연거푸 몸을 섞고 나서야 나는 겨우 진정할 수 있었다. 미현의 몸에 엎어져 거칠게 숨을 내쉴 때, 미현의 얼굴이 젖은 걸 느꼈다. 미현은 절정을 맞을 때마다 눈물을 흘렸다.

여관에서 나온 우리는 몹시도 배가 고팠지만 제대로 된 저녁을 먹기에는 너무 늦은 시간이었다. 여관에서 그리 멀지 않은 곳에 아직 불이 꺼지지 않은 생맥주집이 보였다. 튀긴 닭 같은 안주로 주린 배를 채우면 될 것 같았다. 생맥주집은 토요일이었는데도 그리 사람이 많지 않았다. 갑작스러운 추위 때문인지, 구정이 얼마 전에 지나서 그런지, 아니면 장사가 원래 안 되는 집인지 알 수 없었다. 한구석에 있는 석유난로는 열기보다는 유독가스를 더 많이 뿜는 것 같았지만, 우리는 너무 추워서 일부러 바로 그 앞에 앉을 수밖에 없었다. 튀긴 닭과 소주를 주문하자마자 소주가 먼저 나왔다. 우리는 도저히 배고픔을 견딜 수 없어 수강생들이 준 초콜릿을 까서 먹기 시작했다. 그런 우리 자신의 모습에 어처구니없어 우리는 키들키들 웃었다. 미현이 내 눈을 뚫어지게 바라보며 장난스레 뇌까렸다.

"색마."

나도 질세라 되받았다.

"색골."

별안간 미현의 표정이 어두워졌다. 내 농담이 너무 심했나 싶은 생각에 더럭 겁났다. 하지만 미현은 아무런 말없이 소주잔을 비우더니 내게 잔을 내밀었다. 나도 잠자코 잔을 채워주었다.

"난 아빠 닮았나 봐."

함께 몸을 섞은 직후 부모에 대해 이야기하는 건 몹시 불편한 일이었다. 우리 둘 이외 아무도 듣거나 보지 않는 데도 낯이 뜨거워졌다.

"파리에서 살다 한국에 온 게 79년이었어. 나는 고1이었고."

나는 이미 여러 번 들은 그 이야기가 더 이상 그리 궁금하지 않았다.

"처음에는 한국이 정말 싫었어. 왜 돌아올 수밖에 없었는지, 아버지가 원망스러웠어. 엄마도 한국이 싫다고 했어. 오직 아버지만 좋아하는 것 같았어. 오자마자 엄마랑 아버지랑 자주 다투었어. 그러더니 언젠가부터 아버지가 집에 잘 안 들어오시더라고."

미현은 소주를 한 잔 더 비우고, 한숨을 쉬었다. 튀긴 닭이 나왔다. 내가 한 점 집어 권했지만 미현은 고개를 가로저었다.

"난 아버지가 집에 잘 안 들어오시는 줄도 몰랐어. 고3이었으니까. 모든 문제에서 면제되던 시절이었으니까."

석유난로에 몸이 따뜻해지면서 잠이 밀려왔다. 미현의 이야기는 술자리에서 여자애들이 하는 흔한 푸념, 유복한 가정에서 상대적으로 풍요롭

게 자란 아이들의 어리광처럼 들렸다. 나는 잠에 들지 않으려 연거푸 담배를 빨아들였다. 그러나 예상과 달리 처음 듣는 이야기가 나오는 바람에 나는 번뜩 잠에서 깨어났다. 미현의 집 호적에 만 일곱 살 사내애가 입적되어 있음을 얼마 전에 미현의 어머니가 발견했다는 것이다.

"어떻게 그럴 수가 있어?"

미현의 눈에 눈물이 그렁그렁했다.

"너무 화 나는 게, 왜 엄마한테 아버지랑 헤어지지 않느냐고 하니까, 엄마가 뭐라 하는지 알아?"

미현의 눈에서 결국은 눈물이 툭 떨어졌다. 나는 탁자 위에 있던 종이 냅킨을 집어 미현의 눈물을 닦아주려 했지만 미현은 뿌리치고 자기가 들고 있던 휴지로 닦아내며 말을 이었다.

"엄마랑 나랑 동생들은 아버지 아니면 아무 것도 아니라는 거야."

나는 묵묵히 듣기만 했다.

"뭐, 틀린 말은 아니지. 쓸데없이 다들 아빠 돈만 축내고 있지. 나 불문학과, 동생들은 심리학과, 인류학과…."

미현이 소주잔을 다시 들었다. 나는 천천히 마시라고 만류하는 시늉을 했지만 미현은 한숨에 비워버렸다.

"나랑 동생들 다 공부는 뒷전에 운동한다고 미쳐서 돌아다니다가 이젠 내가 남자한테 미쳐서 이러고 다니고."

염증이 치밀어 올랐다. 미현은 섹스 후엔 언제나 수치심에 어쩔 줄 모르는 것 같았다. 그리고 미현이 느끼는 수치심은 곧잘 나쁜 기억이나 고약한 이야기를 상기시키는 모양이었다. 섹스를 하고 나면 언제나 불편한 집안 이야기가 조금씩 형식만 바뀌면서 되풀이됐다. 어머니로부터 '평생

비밀로 하라'고 당부 받은 아버지의 혼외자 이야기를 털어놓은 것도 아마 그런 이유 때문이었을 것이다.

말을 마친 미현이 뺨에서 눈물을 닦아냈다. 나와 미현 사이에 불편한 침묵이 흐르는 동안 스피커에서는 연신 해바라기의 노래가 청승맞게 흘러나오고 있었다.

73. 행복한 고양이

제대로 된 준비도 자격도 없이 강의를 시작한 국민윤리는 기묘한 과목이었다. 고등학교 국민윤리는 거의 70퍼센트 정도가 국가를 위시한 공동체의 일원으로서 살아가는 법에 관한 이야기였다. 윤리학을 비롯해, 몇 년을 공부해도 제대로 이해하기 힘든 동양철학과 서양철학 부분은 반면 놀라울 만큼 간단히 요약되어 있었다. 대학에 진학하며 이 국민윤리라는 교양필수과목은 더욱 이상해졌다. 거의 90퍼센트가 마르크스주의 비판과 관련된 내용이었고, 이를 두 학기 동안 의무적으로 들어야 했다. 아이들은 과목 이름에 '국민'이라는 말이 들어가는 것 자체가 전제주의적이고 파쇼적이라고 여겼다. 학생들을 파시즘의 졸로 키우기 위한 편파적인 세뇌 과목이라고도 말했다. 나는 그 말에 동의하고 싶었다. 함께 분노하는 것만큼 소속감과 동질감을 느끼게 하는 일도 별로 없었기 때문이다.

그러나 일주일에 두 번, 수업준비를 위해 고등학교 교재를 보기 시작하면서 나는 그 대수롭지 않아 보이는 국민윤리라는 과목에서 내가 얼마나 많은 것을 채 이해하지도 못하고 대학에 왔는지 깨달았다. 나는 그저 교과서에 적힌 '음가(音價)'를 암기하고, 똑 같은 '음가'가 적힌 답지를 골랐을 뿐이었다. 나는 학생들 앞에서 그저 몇 마디로 요약된 문장을 강독하면서 플라톤이나 칸트에 대해 다 아는 것처럼 굴어야 한다는 게 부끄러웠다. 불행인지 다행인지, 대부분의 수강생들은 국민윤리를 대수롭지 않게 여겼다. 딱 한 명, 절대 수업에 빠지지 않고 열심인 여학생이 한 명 있었다. 언제나 반짝이는 눈으로 나를 뚫어지게 바라보고 내 말 한 마디 한 마디를 새겨듣고 받아 적었다. 그 애의 이름은 차미자였다.

미자는 흡사 70년대 여고생이 박제되었다 살아난 모습이었다. 그 애의 단발머리는 매우 검고 늘 윤기가 흘렀다. 그 반짝이는 머리는 검정색 철 머리핀으로 정수리 위에 단단히 고정됐다. 눈 아래에 살짝 도드라진 광대뼈에는 주근깨가 보였고, 웃을 때마다 눈꼬리에 주름이 잡혔다. 조금 작은 키에 보통 체격, 화장기 하나 없는 얼굴에 입술은 언제나 바짝 말라 보였다. 긴장하면 눈웃음을 지으며 그 마른 입술을 살짝 도드라진 앞니로 뜯곤 했다. 미자는 67년생인 내 여동생과 동갑이었다. 특별히 예쁘지는 않았지만 묘하게 성숙하고 어른스러워 보였다.

미자는 공부에 열심이었다. 업무시간이 남들보다 규칙적이었는지, 늘 일찍 와서 앞자리에 앉았다. 그러나 미자의 공부는 밑 빠진 독에 물을 붓는 것과 다를 바 없어 보였다. 나는 그 생각없이 암기해도 되는 줄 알았던 국민윤리라는 과목을 어렵게 느끼는 사람도 있다는 것을 미자를 통해 알았다. 미자에게는 문해력 자체가 없었다. 그 애는 이따금 다른 과목 문제집을 들이밀며 질문이나 지문의 어휘나 표현이 무슨 뜻인지 묻곤 했다. 처음에는 어떻게 그런 것들을 모를 수 있는지 한심했다. 두 번째 물을 때는 딱하다는 생각이 들었다. 그리고 세 번째가 되어서야 나는 비로소 알았다. 미자에게는 글을 읽고 그 의미를 머릿속에서 재조합한 후 자신의 것으로 체득하는 훈련이 전혀 되어 있지 않았다. 미자는 수많은 내용을 마치 외국어를 강제로 암기하듯 그저 소리만으로 기억하려 애쓰고 있었다. 그저 조금 문리가 트였다며 그 문자적 의미를 자기 뜻대로 유추하며 세상 모든 이치를 다 아는 것처럼 굴던 우리 학교 아이들과 완전 다른 세계를 사는 것만 같았다.

어느 월요일 밤이었다. 그날도 수업을 마치자마자 미자는 또 내게 이런저런 문장의 의미를 물었다. 대답해주고 나서 나는 슬쩍 궁금한 것을 물었다. 미자는 부끄러운 듯 얼굴을 붉히면서도 선선히 대답했다. 미자는 전라북도 면 단위 시골 출신이라고 했다. 어머니와 아버지는 소출도 별로 되지 않는 논밭에서 하루 종일 일해야 했기에, 아주 어릴 때부터 밥을 짓고 빨래를 하면서 집안일을 도맡아야 했다고 말했다. 교과서 외에 다른 책을 본 적은 거의 없었다고 했다.

문득 강의실 밖에서 다른 강사들의 목소리에 섞여 미현의 목소리가 들렸다.

그날은 미현에게 강의가 있는 날이 아니었다. 나는 대화를 중단하고 밖으로 나왔다. 우리가 교무실이라고 부르는 작은 홀을 열 명도 넘는 사람들이 채우고 있었다. 평소 뿔뿔이 흩어져 함께 모이는 일이 거의 없던 야학강사들이 모두 다 모인 모양이었다. 잔뜩 흥분한 미현이 외쳤다.

"종철이 죽었을 때 일단 지켜보자고 그랬지? 그래서 결과가 겨우 이거야?"

그날 있었던 대통령 특별담화 이야기였다. 대통령이 현행 헌법을 고수하겠다고 밝힌 모양이었다. 나는 그 시간에 학교에 있었기에 아무런 소식도 모르고 있었다. 사실은 별로 관심도 없었다. 지난 겨울 언어학과 84

학번 학생 박종철이 남영동에서 물고문을 받다가 덧없이 죽어버렸다. 그 때문에 학교는 3월 초 개강 이후 하루도 빠짐없이 소란스러웠다. 나는 어느새 극단적이고 과장된 아이들의 구호와 절규에 무감각해진 것인지도 몰랐다.

나는 말없이 벽에 기대서서 강사들이 격앙되어 내뱉는 말을 들었다. 수강생들도 몇 명 남아 있었다. 사람들은 자리 잡고 더 이야기하자며 야학 건물을 나섰다. 동네 어귀 시장에 있는 선술집에 갈 모양이었다. 나는 미현을 따라 건물을 나섰다. 어두워진 산동네에 옅은 안개가 끼어 있었다. 약한 바람이 스치고 지나갈 때마다 도시에서 좀처럼 맡기 힘든 흙 냄새와 솔 냄새가 언뜻언뜻 함께 지나갔다. 늦은 시간 골목에는 석유곤로 냄새도, 김치 볶는 냄새나 된장찌개 냄새도 나지 않았다. 이따금 누군가의 집에서 고함소리나 울부짖으며 다투는 소리가 길가까지 새나오는 일이 흔했는데, 그날따라 그런 소음마저 들리지 않았다. 아니, 들을 수 없었다. 우리 일행의 목소리가 더 컸기 때문이었다.

개헌을 몇 년 미루는 게 왜 그렇게 큰 일인지, 대통령 직선제가 인권이나 민주주의적 정부와 어떤 관련이 있는지 생각해보고 싶었지만 그 말을 입 밖으로 꺼내지는 않았다. 대답은 충분히 예상할 수 있었다. '장기독재 획책 음모'와 '분단 고착화 음모' 그 두 소절로 정부가 내놓는 모든 정책의 신뢰성을 무너뜨릴 수 있었다. 그 두 가지 불고의 답변은 어디에나 통용됐다. 이견(異見)과 의문은 민주주의의 적이었다. 아이들은 정부의 경제정책, 주택정책, 올림픽유치, 아시안게임유치, 건설정책 모두 다 장기독재와 남북분단을 고착하기 위한 포석이라고 비판했다. 여기 의문을 제기하는 건 어리석고 반동적인 짓, 상대방의 부모를 모욕하거나 종교를 부인하는 것만큼이나 무례한 짓이었다. 나는 후배들과 앞서 가는 미현의 뒤를 조용히 따랐다. 내 뒤에 몇 명의 수강생이 말없이 강사들을 따라 내려오고 있었다. 미자가 종종걸음을 쳐서 내 곁으로 오더니 나지막한 목소리로 물었다.

"또 누가 죽었나요?"

나는 고개를 저었다. 미자는 가슴을 쓸어내리며 한숨을 쉬었다.

"아, 다행이다."

미자가 종알댔다. 그 천진한 모습에 나도 모르게 피식 웃었던 것 같다. 미자가 나를 올려다보며 물었다.

"선생님도 술 드시러 가셔요?"

나는 잠깐 망설이다가 고개를 끄덕였다. 미자가 다시 물었다.

"전 선생님은 술 같은 것도 못 드시고 공부만 하시는 줄 알았는데…."

문득 열이 오르며 목까지 확 달아오르는 기분이었다. 공부만 하는 사람이라는 말이 모욕처럼 느껴졌다. 그러나 미자의 표정과 말투를 보면 그 말은 칭찬인 게 분명했다.

"근데, 미자야."

"네?"

"수업 끝나면 그냥 오빠라고 불러."

"네? 왜요?"

"나 아직 졸업도 못 한 학생인데, 선생이라 불리기 좀, 민망하다."

미자가 배시시 웃더니 대꾸했다.

"다른 선생님들은 오빠라는 말이 더 민망하다던데요? 그래서 여자 선생님들은 남자 선생님들한테 형이라고 하던데요?"

"왜 그러는지 모르겠다. 오빠라는 좋은 말 두고."

"저도 좋아요. 오빠라는 말이요."

"그려…"

미자의 전라북도 억양은 묘하게 내 외할머니를 떠올리게 했다. 그래서 그런지 내 억양도 자꾸만 미자의 억양을 닮아갔다.

"흐미, 슨상님도 사투리 쓰신당가?"

"뭔 소리여, 내가 은제 사투리를 썼다는겨?"

미자가 까르르 웃음을 터뜨렸다. 앞서 가던 사람들이 뒤돌아보았다. 뒤돌아보는 미현은 마치 이렇게 말하는 것 같았다. '웃어? 지금 때가 어느 땐데.' 나도 모르게 주눅이 들어 미자의 팔을 툭 쳤다. 미자는 입술을 실룩이며 웃음을 억지로 참았다. 미자는 행복한 고양이처럼 보였다. 실눈을 뜨고, 입을 꼭 다문 채 행복을 꾹꾹 삼키는 고양이. 행복하면 안 된다고, 사회의 부조리와 불평등, 자신의 불운과 가난에 분노하라고 듣지만, 남몰래 느끼는 아주 작고 사소한 행복을 감추느라 안절부절못하는 그런 고양이.

74. 제사

과룸은 사람들로 북적댔다. 갈 데가 없었다. 학기가 시작되고 얼마 지나지 않아 시작됐던 수업거부운동은 중간고사 시험거부로 이어졌다. 도서관 출입구 부근에는 종종 단과대학 학생회 아이들이 열 명 남짓 진을 치고 앉아서 구호를 외치고 노래를 했다. 용감히 도서관에 드나드는 학생이 보일 때마다 그들은 으르고 야유했다. 소심한 아이들은 도서관을 드나들 생각마저 못 하곤 했다. 학생회 아이들은 '수업거부'를 '거부'하는 학생들을 회색분자, 쁘띠부르주아 따위로 불러가며 몰아붙였다. 빈 벽에는 이 돌이킬 수도 돌이켜서도 안 될 거대한 흐름에 참예(參預)하자는 대자보들이 내걸렸다. 삼년상을 당한 조선시대의 유생들마냥 자신을 위한 일은 아무것도 하지 말라는 요지였다. 개강을 전후해 서클룸 창문마다 내걸렸던 희거나 검은 현수막들은 두 달이 지나도 여전히 자리를 지키고 있었다. 때 이르게 가버린 종철이의 상은 영원히 끝나지 않을 것 같았다.

과룸에 모이는 아이들은 과제를 작성하거나 책을 읽는 대신 결론이 이미 정해진 논쟁을 끝도 없이 되풀이했다. 철우와 나는 그 자리를 피해 아무도 듣지 않는 사범대 뒤 언덕에 올라 앉아 이따금 서로에게 묻곤 했다. 우리가 시험을 거부한다고 정권이 교체되는가? 죽은 종철이가 살아 돌아오는가? 시험을 거부해서 한 학기, 아니 일 년을 더 학교를 다녀야 한다면 비용이 드는데, 우리의 부모가 그 비용을 대야 하는 이유는 무엇인가? 우리 모두가 삶을 1년 유예한다면 사회도 1년 동안 멈춰야 하는가? 우리가 시험을 치르지 않아도 교수들이 학점을 주겠다고 약속했다면, 그것 역시 특혜나 비리 아닌가? 이런 이야기를 할 때마다 우리는 누가 들을 새라 목소리를 낮추고 수군대야 했다.

인문대와 사회대 학생회에서는 일찌감치 중간고사를 거부하기로 결정됐다. 수업거부에 협조하는 교수들도 꽤 있었다. 하지만 다른 단과대학은 사정이 다른 모양이었다. 중간고사가 끝나자 '일부 학생들'과 '일부 교수들'의 이기적이고 근시안적인 결정, 즉 다수 학생들이 시험거부에 동참하지 않은 사실을 성토하는 대자보들이 걸렸다.

인문대 상당수 전공과목에서는 보고서나 과제물 제출로 중간고사가 대체되는 게 관례였다. 덕분에 학교 전체로 볼 때 시험거부운동은 그다지 큰 영향을 끼치지 못했다. 곧 인문대학생회와 총학생회에서는 전면적인 수업거부를 종용하기 시작했다. 아이들이 동요했다. 평생을 성실하게 살며 큰 일탈행위 한 번 해본 적 없던 아이들이었다. 서울대학교에 진학하는 순간 그저 그런 수많은 아이들 중 한 명이 되어 버린 나도 다르지 않았다. 별안간 한 학기를 완전히 포기해야 할지도 모른다는 생각에 나는 걱정에 휩싸였다. 내 경우에는 아버지가 공무원인 덕분에 학비가 전액 지원되어 그나마 나은 편이었다. 집에서 학비와 생활비를 받아쓰는 대다수 지방 출신 아이들은 걱정이 많았다. 아이들은 대학을 가리키는 상아탑을 우골탑(牛骨塔)이라고 부르곤 했다. 시골에서 소를 팔아 자식을 대학에 보낸다는 의미로 70년대에 나온 말이었다. 과장되고 극적인 효과를 불러일으키는 데 그 표현은 아주 적절했다. 그래도 서울대학교에서 그 말을 쓰는 건 조금 우습기도 했다. 서울대학교의 등록금은 문과대학의 경우 50만 원, 이과대학이나 의예과의 경우 60만 원이 조금 넘었다. 사립대학들의 절반 수준이었고, 불법과외를 하면 두 달 안에 벌 수 있는 액수였다.

내가 이모 집에서 나와 하숙집으로 옮긴 후, 어머니는 거의 이틀에 한 번 꼴로 전화했다. 얘, 너, 데모 같은 거 하면 안 된다. 네 아버지가 공무원인 거 잊지 마라. 너 잘못되면 아버지도 직장 그만 둬야 해. 수화기 너머로 거의 날마다 똑같은 말이 반복됐다. 곧 결정될 아버지의 진급 여부로 아버지와 어머니 모두 잔뜩 신경이 곤두서 있었다. 이따금 어머니는 농담처럼 나를 떠보곤 했다. 데모를 하느니 차라리 계집질을 해. 그 말은 어머니가 아들에게 하기에는 매우 부적절하게 들렸고 내 기분은 더 불편했다.

"알았어요, 알았다고요. 그만 하세요. 제 나이가 몇인데…"

그렇게 퉁명스럽고 무례하게 대응하는 건 일종의 도박이었다. 어떤 때는 매우 효과가 좋아서 단박에 통화를 마칠 수 있었지만 또 어떤 때는 오히려 역효과를 일으켰다. 운이 나쁘면 어머니는 울먹이면서 신세한탄을 시작했다. 요즘 얼마나 힘들고 아픈지 넌 몰라, 애. 여기저기 안 아픈 데가 없다, 네 아버지가 얼마나 무심한지 너는 모른다, 내 나이 이제 오십인데 여태 시부모를 봉양하다니 내 팔자도 기구하다, 나한테는 너밖에 없다, 네 동생들이 얼마나 속을 썩이는지 아니, 그런데 너까지 왜 이러니…. 그래서 대개의 경우 나는 늘 꾹꾹 치밀어 오르는 화를 억누르며 착한 장남 시늉을 하느라 애먹었다.

내 어머니는 나이가 들수록 점점 더 무소불위의 권력을 가진 어린아이처럼 행동했다. 필남필부가 연장자가 되면 어떤 권력을 가질 수 있는지 보여주는 표본과도 같았다. 연장자의 권력 중에서도 가장 무시무시한 것은 더 이상 새로운 것을 배우지 않아도 되는 권리, 옛 생각을 고집할 권리였다. 자기 생각을 바꾸는 건 자존심과 관련된 문제이며, 새로운 걸 배운다는 건 이전에 불완전한 존재였음을 인정하는 행위였다. 아버지도 별로 다르지 않았다. 아버지는 진급을 거듭할수록 더욱 더 고집스러워졌다. 그런 부모에게 학교 분위기를 설명하고 내 불안감과 걱정을 털어놓고 상의하는 건 생각할 수도 없는 일이었다. 박종철이 고문 받던 중 사망했다는 소식을 뒤늦게 접한 내 부모가 제일 먼저 보인 반응도 실망스러웠다. 쓸데없는 짓하지 마라. 데모하는 데 얼씬도 하지 마라. 문득 내 부모가 비굴한 노비처럼 보였다. 고문 받지 않을 권리와 불법적으로 감금당하지 않을 권리를 위해 투쟁해야 한다고 가르치는 건 바라지도 않았다. 당장 주인의 매질을 피하기 위해 주인의 부당함에 복종하라고 자식에게 가르치는 노비처럼 말할 줄은 몰랐다.

학생회 아이들도 이해할 수 없는 건 매한가지였다. 나 자신이 양키 용병이라 불리는 것을 싫어했던 것만큼, 학생들이 또래 아이들에 지나지 않는 전투경찰들에게 돌과 화염병을 던지는 게 싫었다. 내가 군복무하던 기간, 서울대학교 학생회 아이들이 경찰을 가두고 폭행해 급기야 죽음까지 몰아갔던 사건 같은 건 그 누구도 입에 담지 않았다. 서로 쉬쉬하며 덮어주고 아무도 비판하지 않았으며, 언론에서 거짓말을 한다고 주장했다. 하지만 죽거나 감금당하지 않을 권리는 전투경찰에게도 있다고 나는 믿었다. 용기를 내어 이 생각을 털어놓자 미현은 다짜고짜 나를 나무랐다.

"군대에 있었으면서 뭘 안다고 그래?"

그 한 마디는 언제나 나를 주눅들게 했다. 학생회 아이들 식으로 보면 나는 아이들이 가장 격렬하게 투쟁할 때 비겁하게 회피하고 하필 미 제국주의의 용병으로 도피한 회색분자, 혹은 기회주의자였다. 기분은 나빴지만 완전히 틀린 말도 아니었다. 다만 내가 회피한 건 학생운동도 학교도 아니었다. 나는 그저 내가 사랑하던 여자 앞에서 섣부르고 미욱한 나 자신이 부끄러워 도망친 것뿐이었다. 군생활을 마친 후에도 한 치 성장하지 못한 채 제자리로 돌아오고 말았음을 나는 그 누구에게도 털어놓을 수 없었다. 심지어 철우에게도.

"내가 학교에 있었다고 뭐가 달라졌겠냐? 난 운동권도 아닌데."

그러면 미현은 발끈해서 이렇게 대꾸하곤 했다.

"누구는 운동권이야?"

많은 아이들은 자기가 운동권이라고 생각하지 않았다. 그 애들은 말했다. 우리는 그저 올바른 일을 하는 것뿐이야. 자기들의 생각이 보편적

진리라 믿는 아이들에 맞서 반론을 펼칠 능력이 내게는 없었다. 무엇보다도 서클과 토론회에서 다져진 미현의 지식과 언변을 당해내기 힘들었다.

철우는 그래서 편했다. 서로 무엇을 말하든 무슨 의문을 제기하든 우리는 아무런 비난도 가치 평가도 하지 않고 질문을 있는 그대로 받아들이며 솔직한 생각을 나눌 수 있었다. 과룸에서 나온 우리는 어디로 갈지 몰라 서성대며 담배를 물었다. 철우가 입을 열었다.

"왜 꼭 대통령을 직접 뽑아야만 민주주의인 거냐?"

"나도 잘 이해가 안 간다. 그런 식으로 따지자면 대의민주의 하는 나라는 다 민주주의 하는 게 아니네?"

"아무래도 어렵고 복잡한 얘기 내놓으면 사람들이 쉽게 움직이지 않으니까 그런 것 같지?"

"사람들의 박탈감을 자극하려는 것 같기도 하고."

"자극해서 뭐 하게?"

"군부세력으로부터 정권을 되찾으려는 거겠지."

"결국 자기들 권력 싸움에 우리가 이용되는 거, 아니냐?"

우리는 둘 다 그 대답을 이미 알고 있었던 것 같다. 아이들은 낭만적 중세로 회귀하는 것이 냉정한 서구식 근대 법치국가에 대한 대안이라고 생각하는 것처럼 보였다. 아이들은 서구의 사상과 문물을 대놓고 비난하고 부정했다. 서구 문명을 거부하고 조선을 계승하는 북한 체제가 우리 민족에게 이상적이라고 했다. 처음 들을 때는 터무니없는 어린아이들의 투정처럼 들려서, 진지하게 받아들이거나 반론을 펼치는 게 오히려 우스꽝스럽게 느껴질 정도였다. 확신 없는 아이들이 그렇게 머뭇대고, 주저하고, 군복무를 마치고, 고시나 취업 혹은 진학을 준비하는 사이, 확신을 가진 아이들은 캠퍼스를 완전히 장악했다.

철우와 나는 더 이상 이야기할 수 없었다. 사범대학교 쪽에서 내려온 아이들 수십 명이 검고 흰 고무신에 흡사 수의 같은 누런 한복을 입고 징과 꽹과리로 요란한 굉음을 내며 우리 앞을 지나 도서관 아래 통로 쪽을 향해 줄지어 걸어갔다.

갈 곳이 없었다. 오후 수업은 모두 휴강이었다. 철우와 나는 하릴없이 인문대와 도서관 길목에서 아크로폴리스 쪽을 내다보았다. 아이들이 함성을 지르고 노래했다. 광주사태를 재현하는 중이었다. 숫자 많은 공대 아이들이 교련복을 입고 공수부대원이라며 떼를 지어 몰려나와 '전두환 찬가'를 부르며 노래하고 춤췄다. 그 모습이 어쩐지 귀여워서 나도 모르게 웃음이 나왔다. 하지만 그건 제사였다. 관악의 봄은 제사의 연속이었다. 아이들은 이름도 다 기억하지 못할 열사들의 기일을 일일이 지키는 유생들이었다. 김세진, 이재호, 이수병, 김상진, 그리고 광주시민들…. 어떤 이는 열사가 되어 불천위제사에 올랐고, 또 어떤 이는 몇 년 후 그냥 잊혔다. 한 열사가 잊히기도 전에 새로운 열사가 나타났다. 광주사태 재현을 마친 아이들이 떠들썩하게 노래하며 열을 지어 교문 쪽으로 행진하기 시작했다.

세월은 흘러가도 산천은 안다
깨어나서 외치는 뜨거운 함성

철우가 속삭였다.

"난 저 깨어나란 소리가 그렇게 듣기 싫더라고."

'나도'라는 말을 나는 억지로 삼켰다. 철우가 내 등을 툭 치면서 말했다.

"야, 어차피 휴강인데, 강남 가서 한 잔 하자."

강남이라는 말에 내가 어리둥절해서 바라보자 철우가 속삭였다.

"우리 아버지 식당 개업하는 날이야."

"야, 축하한다! 그리 꼼꼼히 준비하시더니 드디어 개업하시는구나."

철우는 더욱 목소리를 낮췄다.

"너만 알고 있어. 쁘띠부르주아니 천민자본주의자니 하는 소리 듣기 싫다."

우리는 투석전을 앞두고 봉쇄될 정문을 피해 후문을 향한 언덕 쪽으로 내달리기 시작했다.

"강남 어디냐?"

"신사동."

"술도 있겠지?"

"당연하지. 고사 술 음복해야지."

"백화수복?"

"왜, 싫으냐?"

"아니, 왜 싫겠냐?"

"근데 오늘 미현이 안 보냐?"

"아, 몰라."

"진짜 니들 연애하는 거 맞냐?"

75. 서머타임

 강의는 몇 주째 중단됐다. 상당수 교수들은 기말고사도 보고서로 대체한다고 발표했다. 대자보들은 시험거부에 협조적이지 않은 자연대와 공대, 약대, 의대 등의 교수와 학생들을 성토하고, 비난하고, 회유했다. 보통 금요일에만 있던 교문투쟁은 이제 거의 날마다 소규모로 일어났으며, 금요일은 대규모 투석전이 벌어지는 날로 굳어졌다. 전투경찰들이 교내로 진입하는 일도 잦아졌다. 학생회관 바로 옆에 위치한 자연대학에서는 강의 도중 최루탄이 창문을 통해 강의실 안으로 날아들어가도 교수가 집어서 창밖으로 내던지고 수업을 계속한다는 이야기가 전설처럼 퍼지곤 했다. 5월 하순이 되면서 학교는 거의 전쟁터였다. 거의 날마다 교문이 봉쇄되어, 학생들은 자기 학교를 드나들면서도 매번 경찰들에게 가방을 열어 보이고 신분증을 보여야 했다.

 6월 초순의 어느 날, 기말고사를 대체하는 학습보고서를 제출한 후였다. 나는 대학원 연구실 부근에서 얼쩡대면서 미현을 찾고 있었다. 낯익은 대학원생들이 지나갈 때마다 나는 짐짓 복도 창 밖을 내다보며 딴청을 부렸다. 계단을 올라오는 인기척에 짐짓 창밖으로 고개를 돌려 외면하는데, 귀에 익은 목소리가 나를 불렀다.

 "이성식!"

 선영이었다. 지난 해에 몇 번 마주치고 처음이었다. 안부를 묻자 선영은 공연스레 웃는 듯 찌푸리는 듯 과장된 표정으로 대답했다.

 "나 그 때 연탄가스로 뇌세포가 파괴됐나 봐. 공부하기 너무 힘들다, 야. 교수는 맨날 쪼고."

아직 학부생인 나는 그 푸념마저 부러웠다.

"생명의 은인한테 맨날 한 턱 쏜다고 하면서도 제대로 밥 한 번 못 샀네."

"괜찮아요…. 작년에도 대학원 식당에서 밥 사셨으면서."

"밖에 나가서 먹어야지. 근데 성식이 넌 임자 있는 몸이라 눈치 보인다, 야."

여자 선배들은 이따금 후배들 앞에서 시장통의 중년 여인들이라도 되는 듯 허물없이 굴었다. 불과 1, 2년의 나이 차이가 우리에게는 그토록 크게 느껴졌다. 선영에게도 그런 구석이 있었다. 선영은 불과 한 학번 아래인 나를 마치 어린 조카 대하듯 했는데, 그 태도가 너무 과장되어 가끔 민망할 정도였다. 선영이 다시 물었다.

"미현이 찾아?"

"네…."

"없을 걸…."

"오늘 학교 안 왔나요?"

"못 봤다. 어제 대학원생들 몇 명이 서울역 앞에 집회 나간다고 하는 걸 들었거든. 미현이가 거기 빠질 리 없잖아?"

뭐라고 말해야 할지 몰라 허둥대는데 선영이 다시 물었다.

"지금 교문 막혔나?"

"금요일도 아닌데, 막진 않았을 걸요."

"그럼 얼른 나가자."

선영이 들고 있던 책과 서류를 연구실에 두고 다시 나왔을 때는 오후 네 시가 넘은 시각이었다. 사회대 앞을 걸어 내려가는데 매캐한 최루탄 냄새가 교문 쪽에서 올라오고 있었다. 하교하던 아이들이 매운 연기를 피해 거슬러 달려오는 모습이 보였다. 머리에 검은 띠를 두르고 '대동'이라 적힌 깃발을 든 아이 서너 명이 다른 아이들 틈에 섞여 본부 쪽으로 내달았다.

"아무래도 교문 막힌 모양이네요."

"부지런하다, 부지런해. 어떻게 하루도 쉬는 날이 없니?"

선영이 투덜댔다.

"후문으로 나가야 할까요?"

"아니, 늙고 병든 내겐 너무 멀어. 최루탄 냄새 좀 가라앉을 때까지 대학원생 연구실에서 시간 때우자."

"저 나가긴 나가야 하는데…."

"왜? 무슨 약속 있어?"

"네…."

"뭔데?"

선영은 자꾸만 물었다.

"저녁에 갈 데가 있어요."

선영은 고개를 갸웃하다가 목소리를 낮추며 물었다.

"몰래바이트 하는구나? 오늘 교문 막혀서 좀 늦는다고 전화하지?"

몰래바이트는 불법비밀과외교습을 일컫는 우리들의 은어였다.

"아니요, 아니에요."

선영이 어깨를 으쓱하더니 말했다.

"여자 대학원생들만 아는 재미난 이야기 좀 많이 해주려고 했는데, 할 수 없지."

"뭔데요?"

"맨 입으로는 말 못 하고, 한 잔 할래?"

"어디서요?"

선영은 발돋움을 하며 무언가 대단한 비밀이라도 되는 듯 내게 귀엣말을 했다.

"연구실에 늘 비축됐잖아, 우리 연료."

"연구실에서요?"

"날도 좋은데, 사일구탑 쪽에서 한 잔, 어때?"

순간 나는 주저했다. 1983년 그 봄날 이후, 사일구탑을 찾은 적은 한 번도 없었다. 사일구탑은 내게 잊고 싶은 기억을 되살리는 장소였다. 미현과 내가 서로에 대한 욕망을 확인하자마자 곧 추하고 부끄럽게 여기고 마침내 헤어지고 말았던 곳이었다. 20대 초의 4년이란 까마득하게 긴 시간이었지만 나는 그날을 또렷이 기억했고, 그 기억은 언제나 나를 부끄럽게 했다. 내가 주저하자 선영이가 내 팔을 툭 쳤다.

"너는 덩치도 큰 애가 늘 수줍음 타는 게 너무 귀엽더라."

선영과 나는 결국 선영의 연구실에서 소주 두 병을 꺼내 가방에 감춰 나왔다. 도서관 아래 다과실에서 과자와 담배를 산 후 우리는 천천히 약대 쪽 계단을 오르기 시작했다. 교문투쟁에서 다시 올라온 아이들이 교정에 최루탄 냄새를 흩뿌리며 산발적으로 구호를 외쳤다. 호헌철폐 독재타도. 이 구호가 떨어지자마자 계단을 오르던 선영이 느닷없이 뒤로 돌아 주먹을 휘두르며 계단 아래 한 무리 아이들에게 화답했다.

"살인정권 물러나라!"

아이들이 선영에게 함성을 질렀다. 나는 얼굴이 확 달아올랐다. 사방이 산으로 둘러싸인 교정, 아무런 외부인도 없는 곳에서 누구 들으라고 그런 구호를 외치는지 이해할 수 없었다. 선영은 몸을 돌리고 다시 계단을 오르기 시작했다. 나는 문득 선영과 무슨 솔직한 이야기를 나눌 수 있을지 의아했다. 서머타임제가 붙들어 놓은 늦은 오후 해에 해무리가 걸려 있었다.

사일구 탑 부근에 도착한 우리는 들고온 신문지를 잔디 위에 깔고 앉았다. 한 달 정도 지난 신문 같았다. 올해 들어 전국 각지에서 거의 매일처럼 벌어지는 시위 관련 기사가 보였다. 내가 소주병을 얹은 자리에 독재타도를 외치며 분신한 노동자의 단신 보도가 인쇄되어 있었다.

낯 모르는 남자애들에게 과격한 구호를 외치던 선영은 그러나 정작 그렇게 뒤숭숭한 소식이 가득한 신문지를 깔고 앉아서는 아무런 정치 이야기나 시위 이야기도 하지 않았다.

"내가 왜 대학원에 온다고 그랬는지 모르겠다."

선영은 크게 한숨을 쉬더니 말을 이었다.

"차라리 경영대학원을 갈 걸 싶기도 하고, 교직이수라도 해놓을 걸 왜 안 했는지 스스로가 너무 원망스럽다. 내 무슨 그렇게 대단한 학문적 재능이 있는 천재도 아이고, 남들보다 2년 더 공부했다고 더 좋은 데 취직하는 것도 아이고. 그렇다고 파리 유학 출신도 아이고. 나이 제한에 과잉 학벌까지 걸려서 신입으로 취직할 데만 점점 더 줄어들었다."

한 병을 미처 다 비우기도 전에 이미 선영은 취해 보였다.

"너무 걱정 말아요. 우리 과가 제일 취직 잘 된다는 소리도 있잖아요."

"누가 그런 소릴… '전공불문' 모집이 제일 많다꼬?"

선영이 까르르 웃었다.

"우리 부모님은 박사 되면 무슨 대단히 좋은 데 취직하는 줄 아신다. 가스나가 무슨 공부고, 내려와서 시집이나 가라, 하시는 걸 내가 바득바득 울고불고 해싸면서 시작했거든. 그러면서 내가 사기도 좀 쳤지. 요즘엔 적어도 대학원은 나와야 행세한다꼬 하면서. 그런데 내가 그저 그런 데 취직한다 카면 호통 치면서 끌고 내려가실 기다. 지금 논문 쓴다꼬 한 학기 더 다니는 것도 얼마나 눈치가 보이는지 모르겠다."

"애들 언론사 시험 준비들 많이 하던데, 그건 어때요?"

"어데? 언론사라고 어데 갈 데 있나? 대한민국 언론사들은 죄다 어용이다."

나는 할 말을 잃고 잠시 해질녘 산등성이를 바라보다 다시 물었다.

"무슨 일을 하고 싶으세요?"

"일?"

선영은 크게 한숨을 쉬더니 종이 잔에 스스로 소주를 따랐다.

"모르겠다, 나도."

선영의 모르겠다는 말이 그렇게 절망적으로 들릴 수가 없었다. 선영이 빈 내 잔에 남은 소주를 따르면서 이번엔 내게 물었다.

"넌 뭐 하고 싶은데?"

"난…."

나는 '시를 쓰고 싶었어요'라는 말을 가까스로 삼켰다. 언젠가부터 나는 내가 시를 쓸 수 없다는 걸 알고 있었다. 재능도 없이 감히 시인이 되기를 꿈꿨던 사실이 부끄러울 뿐이었다. 무엇보다도 웬만한 재능이 있더라도 시작(詩作)이라는 일로는 결코 밥을 벌어먹고 살 수 없다는 생각이 확실해 보였다. 자기가 먹을 밥을 벌어먹고 산다는 건 인간의 존엄성을 지키는 데 가장 원초적인 조건인 것도 어렴풋이 알았다. 내게 있는 줄 알았던 그 시상과 에너지는 그저 스무 살 남짓, 아직 정신적으로 다 성장하지도 못한 한 사내아이의 결코 채워질 수 없는 욕망에 지나지 않았다는 것도.

내가 아무런 대답을 하지 못하자 선영이 다시 입을 열었다.

"나는 내가 교육을 잘못 받았다고 생각한다."

뜻밖의 이야기에 나는 술잔을 내려다보던 눈길을 들고 선영을 똑바로 바라보았다.

"우린 제대로 어른이 되는 법을 배운 적이 없다. 부모님들도 선생님들도 늘 공부만 잘하면 된다꼬, 공부만 하면 다 해결된다꼬 그랬지. 남녀차별 심한 대구에서도 내는 고등학교 졸업할 때까지 집에서 설거지 한 번 해본 적 없다. 하도 부모님들이 서울대, 서울대 해싸니까 그저 서울대 합격하면 인생이 절로 풀리는 줄 알았다. 내가 대학원 온 것도 그런 게 아닌가 싶다. 뭘 해야 할지 모르니까 일단 학교에 남은 기다. 그냥 또 공부 열심히 하면 어떻게 될 줄 안 기다."

나는 문득 미현이 생각났다. 미현은 대학원에 진학하기로 결정할 때 말했다. 모르겠어. 딱히 뭘 해야 할지 모르겠어. 일단 대학원에 가서 다니면서 생각해 볼까 봐. 너랑 같이 학교 다닐 수도 있잖아. 나는 그 때 한편으로는 기쁘면서도 또 한편으로는 그 애의 결정이 부담스러웠다. 선영의 말을 듣다 보니 비로소 왜 그런 느낌을 받았는지 알 것 같았다. 나와 학교 다니고 싶다는 건 그저 구실일 뿐, 미현은 그저 학생으로 남고 싶었는지도 모른다. 밥벌이니 취직이니 결혼이니 하는 진짜 삶의 문제들을 미루고 싶었던 것인지도 모른다. 그게 바로 그 애가 야학이니 노동운동에 그렇게 몰두하는 원인인지도 몰랐다. 미현뿐 아니라 많은 아이들이 남들의 심각하고 거창한 문제들 아래 자기 자신의 문제를 숨기면서 해결을 미루는 것처럼 보였다. 내가 골똘히 미현 생각에 잠기자 선영이 내게 재촉하듯 물었다.

"니도 그랬나? 집에서 공부한다고 하면 아무것도 안 시키고 그랬나?"

"그랬죠. 아들이니 더했죠. 그나마 군대 다녀오면서 제 스스로 좀 바뀐 것 같아요."

"진짜? 군대 갔다 오면 사람 된다는 말이 농담만은 아닌가 보네?"

"네. 군대 가면 다 똑같거든요, 배운 놈이나 안 배운 놈이나. 덕분에 공부고 뭐고 먹고 사는 게 우선이라는 걸 조금 알게 된 것 같아요."

선영이 한숨을 내쉬더니 말을 받았다.

"맞다. 그런데, 우리 불문학으로 어떻게 밥 먹고 사나? 차라리 불어 하나라도 제대로 팠으면 어디 가서 통역이라도 할 낀데 그것도 아니고 말이다. 어디 대기업에 취직하려고 해봐야 쓸데없이 가방끈만 길다 카면서 환영도 못 받는다. 요즘엔 교직 이수해도 소용없다 하데. 요즘 아이들은 불어, 독어 안 하고 일어 한다케서 자리도 별로 없다카네. 프랑스로 유학 가서 끝장을 보자캐도 그럴 돈은 없고…. 다녀온다고 교수 된다는 보장이 있는 것도 아이고…."

선영의 말 한 마디, 한 마디가 내 가슴까지 후벼파는 것만 같았다. 선영이 한숨을 내쉬더니 덧붙였다.

"수업거부니 시험거부니 하면서 학교가 이렇게 마비되니까 뭐랄까, 걱정이 되면서도 묘하게 안도감이 느껴진다."

"왜요?"

"그냥, 다들 자기들 인생으로 뭘 해야 하는지 몰라서 더 저러는 거 아닌가 하는 생각이 든다. 나만 아픈 게 아니라 다행이란 생각도 들고…"

나는 또 다시 고개만 끄덕였다.

관악산 등성이 위로 하계일광절약시간의 긴 해가 뉘엿뉘엿 기울고 있었다. 우리는 주섬주섬 들고 온 신문지와 빈 술병을 챙기며 자리에서 일어났다. 선영은 취한 듯 연신 키들댔다. 교문을 향한 순환도로 가까이 가자 최루탄 냄새가 눈과 코를 찌르기 시작했다. 아이들이 깨서 전경에게 던진 보도블록 조각들과 화염병 깨진 조각들이 발에 밟혔다. 눈이 아파왔다. 우리는 조금이라도 일찍 그 자리에서 벗어나기 위해 달리기 시작했다. 숨 쉬기도 벅찬 그 자리에 스무 명 남짓한 전경이 열을 지어 서서 교문을 빠져나가는 아이들을 지켜보다가, 이따금 사내애들을 멈춰 세우고 가방을 열어보곤 했다. 눈물과 콧물이 흐르며 숨쉬기가 힘들었다. 경찰 버스들 뒤로 85번 버스가 도착하는 모습이 보였다. 우리는 누가 먼저라 할 것 없이 내달려서 도망 치듯 버스에 올라탔다.

선영은 눈물과 콧물로 뒤범벅이 된 채 자기 가방에서 꺼낸 티슈를 꺼내 코를 풀었다.

"울고 싶은데 뺨 맞았네…"

76. 제물

언덕 위 들풀 야학 건물에 불이 켜진 것을 보자 마음이 급해졌다. 나는 언덕길을 달음박질 쳐서 올라갔다. 5분 정도 늦었다. 헐레벌떡 숨 차게 들어선 건물 안에는 그러나 아무도 보이지 않았다. 교실 문을 급히 열고 들어갔을 때 미자만 혼자 앉아 있었다. 책을 펼치고 입술을 달싹이며 무언가 열심히 암기하고 있던 미자는 자리에 앉은 채 내게 꾸벅 인사했다.

"다들 시내로 집회 간 거야? 수강생들도 전부?"

"네, 그런가 봐요."

미자가 고개를 끄덕이며 대답했다. 미자에 눈에 눈물이 그렁그렁해 보였다. 나는 허둥지둥 사과했다.

"아, 미안, 나한테 최루탄 냄새 많이 나지? 오늘 정문 쪽에 시위가 있었어."

"아니, 아니요. 괜찮아요."

"시위 때문에 아무도 못 온 건가? 어떡하지? 같이 문제집 풀까?"

미자는 잠자코 옆에 둔 가방에서 휴지를 꺼내더니 코를 풀고 눈물을 닦았다. 비로소 미자가 내가 묻혀 온 최루탄 때문에 눈물을 흘리는 게 아닌 것 같다는 생각이 들었다.

"무슨 일 있어?"

"아니요."

"무슨 일 있는 것 같은데…."

별것 아니라던 미자는 몇 번 고개를 젓더니 크게 한숨을 내쉬고 나서는 입을 열었다.

"시골 사시는 아버지가 암이라고…."

"암? 아니, 무슨 암?"

"간암… 인가 봐요. 3기라고…. 다른 데로 퍼진 것 같다고…."

괜찮으실 거라고 말하려다 나는 입을 다물었다. 무책임하거나 무심하게 들릴 것 같았다. 복학 후 남의 이야기를 들어주고 조언하는 일에 많이 익숙해졌지만, 후배들이 들고 찾아오는 건 고작해야 여자 문제나 진로 문제였다. 그런 진짜 문제는 처음이었다. 나는 겨우 입을 열어 하나마나한 말을 주워섬기는 수밖에 없었다.

"3기도 낫는 사람 많대…."

미자는 숨을 깊이 들이쉬더니 말했다.

"아버지 편찮으신 것만 문제가 아니에요."

"무슨 일인데? 말해 봐."

군복무를 마치고 학교로 돌아오자 별안간 나는 거의 언제나 누군가의 형이나 선배였다. 심지어 야학에서는 수강생들에게 '선생님'이라 불렸다. 친구도 많지 않고, 그나마 있던 친구들마저 군생활 이후 다 서먹해지거나 멀어진 상황이었다. 나를 윗사람으로 따르는 후배들이나 야학 수강생들은 내게 별 위안이 되지 못했다. 위안이라는 것에도 서열이 있어서 대개는 위에서 아래로 흘렀기 때문이다. 나보다 어린 아이들은 내게 이런저런 고민을 털어놓고 나서는 언제나 말했다. 형 덕분에 기분이 많이 나아졌어요. 선배 덕분에 마음이 놓여요. 내가 한 것이라곤 듣는 척하는 게 전부였다. 나는 들어주는 것이 가장 큰 위안임을 알게 됐다. 아이들은 자신의 문제를 남에게 발설하는 것만으로도 스스로 문제의 본질을 파악하고 해결책을 찾아내기 일쑤였다. 그리고 나서는 들어준 사람에게 고마워했다. 나는 그 방법이 미자에게도 통하리라 믿었다.

"저희 집이 전라북도 산골이잖아요."

이윽고 미자는 입을 열더니 캐묻지 않는데도 줄줄이 자기 이야기를 털어놓기 시작했다.

"저희 집은 읍내에서 가까웠고 밭뙈기도 좀 있었어요. 하지만 버는 돈은 없었어요. 아버지 어머니 둘이 농사 지어봐야 내다 팔 것도 별로 없고,

팔아봐야 헐값이니까요. 제 밑으로 한 살 차이, 다섯 살 차이 나는 남동생 둘이 있어요. 전 중학교 졸업하자마자 마산에 있는 방직공장에 취직했어요. 거기서 일 년 정도 있었는데… 안 좋은 일이 있어서 서울로 올라온 거고요."

"안 좋은 일? 뭔데?"

미자의 얼굴이 굳었다. 물어서는 안 되는 걸 물은 게 아닌가 싶어 나는 얼른 덧붙였다.

"아니, 괜찮아. 말 안 해도."

미자는 깊은 한숨을 쉬더니 이내 이야기를 계속했다.

"부모님이 얼마 전에 살던 땅을 팔았어요. 아니, 팔았다기보다는, 보상금을 받은 거래요. 우리 동네가 댐 때문에 물에 잠긴다고 해서… 그 돈 들고 익산으로 가셨어요. 먼 친척이 시내에 무슨 가게를 내는데 돈 보태서 같이 한다고…. 그런데 그 친척이 어느 날 갑자기 말도 없이 사라졌어요."

꾼 돈을 갚지 않는 이야기, 계주가 돈을 들고 달아났다는 이야기, 잘 알지도 못하는 사람을 위해 신용보증을 서 주고 길거리에 나앉은 이야기는 어른들의 말을 알아듣기 시작하면서 신물이 나도록 들어왔다. 그런 일이 그토록 흔한 데도 남을 믿고 돈을 빌려주는 사람들이나 제대로 된 계약서 없이 사업을 함께 하는 사람들이 도리어 어리석어 보일 지경이었다. 나는 무슨 사업이었는지, 대략 얼마나 큰 돈인지, 사라졌다는 게 무슨 의미인지, 경찰에는 신고했는지 묻고 싶은 것을 꾹 참고 듣기만 했다.

"부모님들 이제 계실 곳도 없어서 익산에서 월세 주고 단칸방에 사시는데…"

미자가 당장이라도 울음을 터뜨릴 것만 같아 나는 겁이 났다. 미자는 코를 풀고 눈물을 닦더니 숨이 넘어갈 것만 같은 목소리로 속삭였다.

"저 전문대 가고 시집 갈 때 쓰려고 모아둔 돈, 아버지 병원비에 써야 할 것 같아요."

무슨 말을 해야 할지 알 수 없었다. 그 자리가 그토록 불편할 수가 없었다. 그 순간 나는 내가 그 동안 야학에서 봉사활동을 해온 숨은 이유를 어렴풋이 깨달았다. 열 살 만 넘어도 집안일이나 농사일을 도와야 했던 가난한 사람들, 국민학교나 중학교조차 부모의 눈치를 보며 다녀야 했던 불운한 사람들, 자식에게 별다른 투자도 하지 않았으면서 수익만 기대하는 못 배운 부모들에게 떠밀려 아무런 기술도 습득하지 못한 채 돈을 벌기 위해 도시로 쫓겨온 사람들, 몸 하나 겨우 누일 쪽방에서 자취하고 수시로 야근에 철야, 혹은 교대근무를 하면서도 검정고시에 합격하고 싶은 욕심에 잠자는 시간마저 아껴 공부하는 사람들 앞에서 나는 나도 모르는 사이 상대적 우월감을 즐기고 있었다. 미현과 더 많은 시간을 보내고 싶어서, 미현에게서 소외감을 느끼고 싶지 않아서 같은 다른 사소한 이유들은 그 이유에 비하면 도리어 고상하게 느껴질 지경이었다.

미자는 인당수에 몸을 던지려는 심청과 같았다. 하지만 미자는 결코 왕비가 될 수 없을 터이고, 미자 아버지의 병도 아마 낫지 않을 것이다. 하지만 우리가 사는 곳은 생명의 순리를 어겨가면서 부모에게 제 허벅지 살을 베어 먹이는 아들, 기근에 어린 자기 자식의 몸을 삶아 시부모를 공양한 며느리가 효자와 효부로 기억되는 땅이었다. 가는 마지막 길까지 자식의 살과 피를 먹고 마셔야 행복한 부모로 기억되는 땅이었다. 미자는 아마 인당수에 뛰어들 것이다.

미자가 흐느끼기 시작했다. 무어라 할 말을 찾지 못한 나는 망설이던 끝에 미자의 어깨를 두들겼다. 미자의 유난히 새카만 단발머리가 형광등 아래에서 해초처럼 푸르스름한 빛을 냈다. 별안간 건물 안에 사람들이 들어온 듯 시끌벅적했다. 나는 자리에서 일어나 교무실로 나가 보았다. 남자 강사 셋이 최루탄 냄새가 잔뜩 밴 채 시커먼 비닐봉투에서 소주병을 꺼내고 있었다. 국문학과 81학번이 말했다.

"성식이 너 오늘 서울역 앞 안 나갔냐?"

나는 수업을 하려던 게 죄라도 되는 양 쭈뼛댔다.

"아, 저 오늘 강의 있어서… 그런데 수강생이 아무도 안 나왔네요, 한 명 빼고."

국문학과 81학번이 내 팔을 치면서 자랑스레, 또 한편으로 내가 딱하다는 듯이 떠벌렸다.

"이 시국에 수업이 문제냐? 너 오늘 진짜 좋은 거 놓쳤다."

인류학과 84도 끼어들었다.

"이야, 진짜 굉장했어요."

"주중인데도 사람들 어마어마하게 모였어."

"직장인에, 아줌마에, 노인들도 나왔어."

"우리가 승리할 거야!"

울다 지쳐 눈가가 불그레하게 부푼 미자가 조심스레 교실에서 나와 꾸벅 인사를 하고 말없이 건물 밖으로 나갔다. 나는 미자를 따라 나갔다.

"괜찮아? 미자 너 사는 데가 어디지?"

"대림역 근처요."

"그래, 다음 시간에 보자. 너무 속 썩지 말고….""

미자는 다시 한 번 꾸벅 인사를 하고 언덕길을 내려가기 시작했다. 미자가 사라져가는 골목 길 저편에 한 여자가 올라오고 있었다. 미자는 그 여자에게도 꾸벅 인사를 했다. 곧 올라오던 여자가 나를 알아보고 외쳤다.

"이성식!"

미현이었다. 미현이 숨을 헐떡이며 내게 달려 올라왔다. 또 다시 훅 최루탄 냄새가 끼쳤다. 미현은 숨도 고르지 않고 다짜고짜 내게 물었다.

"며칠 전 연대 애 하나, 머리에 최루탄 맞은 거 알지?"

나는 고개를 가로저었다. 미현은 아랑곳하지 않고 외쳤다.

"걔 죽은 것 같대!"

왜 그 목소리가 그토록 들뜬 듯 들렸는지 모르겠다. 미현이 내 팔을 잡고 흔들며 외쳤다.

"너도 내일은 나가야 해!"

76. 해방구

대부분 과목이 종강된 학교는 한산했다. 마지막 과목 기말 보고서를 제출한 철우와 나는 3동 앞 공터 그늘에 앉아 물끄러미 지나가는 아이들을 구경하고 있었다.

허탈했다. 군대에서 그토록 더디던 시간이 왜 이렇게 빨리 흐르는지 야속한 마음까지 들었다. 안 그래도 이종사촌을 가르치고 야학을 하느라 개인시간은 거의 없었다. 학기 초부터 수업거부와 시험거부가 끊임없이 이어지며 정신없이 시간이 갔다. 어차피 전공공부나 취업준비는 회색분자나 쁘띠부르주아들이나 하는 거였다. 언젠가부터 그런 표현들은 더 이상 농담처럼 들리지 않았다. 수업거부와 시험거부가 이어지며 교수들 상당수는 커리큘럼을 포기했다. 우리 과 교수들은 커리큘럼과 별 관련도 없어 보이는 프랑스 어 책들의 목록을 주며 선택해 읽고 보고서를 작성하라고 했다.

불문학과를 지망할 당시만 해도 그토록 위대하고 찬란하게 느껴지던 위고, 아폴리네르, 발자크 같은 이름들은 채 열어보지도 않은 교재 안에서 이미 낡고 퇴색해버렸다. 기말고사 대신 제출하는 보고서를 쓰기 위해 사르트르의 《지식인을 위한 변명》을 들춰보면서 나는 문득 미자를 기억했다. 아니, 더 정확히 말하자면 고등학교 시절의 나 자신을 기억했다. 소리는 읽지만 그 의미는 전혀 파악하지 못한 채, 몇 가지 어휘를 연결해 암기하고 있다고 해서 필요한 건 이미 다 알고 있다고 착각하던 어린 시절의 나를.

나는 서양철학이나 서양문학의 큰 흐름을 제대로 이해하지 못했다. 그러니 교수가 지정해준 사르트르를 읽으며 내가 할 수 있었던 것은 그저 사르트르가 내린 결론을 명쾌하게 정리한 문장들을 찾아헤매는 게 전부였다. 그가 펼친 논증의 원리도 배경도 따라가지 못했다. 그저 힘겹게 사전을 찾아보고, 불법 복사한 번역본을 찾아보고, 참고문헌 중 적당한 부분을 찾아 베꼈을 뿐이다. 그러면서 나는 다시금 확인했다. 1982년 여름 내 마음에 가득한 줄 알았던 시상(詩想)은 해소될 수 없던 욕망이자 미지의 세계에 대한 막연한 동경일 뿐이었다. 랭보, 보들레르, 말라르메 같은 이름들은 더 이상 나를 설레게 하지 못했다. 언젠가부터 그런 이름들이 남의 입에 오르내리면 나는 불편했다. 몹시도 갈망했지만 단 한 번도 내 것인 적은 없었던 여자의 이름이 남의 입에 거론되는 것처럼 느껴졌다. 그럴 때면 내 마음은 내팽개친 장난감을 남이 갖고 노는 게 못내 싫어 떼쓰는 철들기 전의 어린아이처럼 퇴행하곤 했다.

나는 어서 빨리 졸업하고 싶었다. 날마다 농반진반으로 이뤄지는 학생회 아이들의 인민재판, 그리고 시대 탓을 하며 자기 전공학과 공부와 연구에 몰두하는 걸 부끄럽게 여기는 교수들에게서 아무것도 얻어낼 게 없었다.

"서울역에 갔었어? 네가? 정말?"

철우는 믿기지 않는다는 듯이 몇 번을 되물었다. 나는 어쩐지 민망해져서 짐짓 통명스레 대꾸했다.

"왜? 난 나가면 안 되냐?"

"안 되긴…. 궁금해서 그런 거지. 어땠어? 사람 무지하게 많이 나왔다던데? 정말 수십만 명 같았어?"

"그게…."

나는 한숨을 쉬면서 벽에 기댔다. 무어라 말할지 알 수 없었다.

"그게, 나도 모르겠다."

철우가 내 팔을 툭 치며 목소리를 낮췄다.

"궁금하다. 말해 봐. 애들 얘기 들으면 시위가 아니라 무슨 부흥회에서 영적 각성이라도 하고 온 분위기더라?"

"맞아. 막 군중 사이로 성령이 불처럼 임하더니 사람들이 울고불고 이상한 방언하고 그랬어."

"야, 장난하지 말고, 진짜 말 좀 해 봐. 다른 애들한테는 못 물어보잖냐. 쁘띠부르주아 새끼 그날 거기도 안 나가고 뭐 했냐고 지랄할 거다."

"진짜, 너 뭐 했냐? 너 요즘 바쁜 것 같더라?"

철우는 주위를 둘러보더니 목소리를 낮춰 말했다.

"나 요즘 저녁 때 ELS 다녀."

"ELS? 그게 뭔데?"

"영어학원…"

나는 어안이 벙벙해졌다. 대학에 합격한 순간 우리에게 영어는 가르치는 것이지 배우는 것이 아니었다. 우리는 성문종합영어에 나오는 예문과 문법공식을 누구보다도 더 잘 암기하고 있었다. 서울아이들이나 나처럼 서울에 친척이 있는 아이들은 그 알량한 재주를 얼마든지 제법 비싸게 팔아먹을 수 있었다. 아무런 경력도 없는 아이도 서울대학생 학생증만 있으면 영어 한 과목만 일주일에 세 시간 교습해도 한 달에 최소 15만 원, 보통 20만 원 정도 벌 수 있었다. 웬만한 대기업의 대졸자 초봉이 70만 원 정도 하던 시절이었다.

하지만 우리 중 절대 다수는 영어로 의사소통을 하지 못했다. 영어로 문장을 쓸 수는 있어도 말은 한 마디도 하지 못하는 경우가 허다했다. 듣고 말할 연습을 할 기회 자체가 거의 없었다. 아이들의 본이 되어야 하는 교사들의 실력은 변변치 않았고, 그들의 발음과 억양은 돌이켜 생각해보면 애처로울 정도로 형편없었다. 우리가 배운 영어는 텍스트라는 틀 안에 단단히 굳은 화석 같았다. 텍스트 밖으로 나가는 순간 아무 짝에도 쓸모가 없었다. 나는 철우에게 물었다.

"회화 배우는 거냐?"

철우는 잠시 머뭇댔다. 내가 계속 빤히 바라보자 지나가는 아이들을 흘낏대며 목소리를 낮춰, 졸업 후 미국 대학 경영학 석사과정에 진학하려고 준비하는 중이라고 털어놓았다. 공부를 마치고 돌아와 기업에서 경험을 쌓은 후 아버지의 후원을 받아 사업을 하겠다는 것이었다. 미국. 경영학 석사과정. 사업. 모든 게 생경하게 들렸다. 불어불문학 전공자가 미국유학을 간다는 것도 생경했고, 고상한 인문학을 버리고 경영학을 공부해 장사치가 되겠다는 것도 이상하게 들렸다. 세상에서 월급 받는 직업이 최고이며 그 중에서도 공무원이 으뜸이라는 말을 교사들과 부모에게 수없이 들어온 나로서는 부모가 물려준 사업을 확장하겠다는 계획조차 무모하게 들렸다.

그리고, 미국이라니. 제대 후 돌아온 캠퍼스는 온통 반미(反美) 격문으로 가득했다. 카네기, 에디슨, 포드 같은 진취적 인물들이 대표하던 기회의 땅 미국은 어느새 악질 자본주의자들이 지배하는 퇴폐적인 땅이 되어 있었다. 그런 비정하고 잔인한 땅으로 건너가는 사람은 더 이상 잃을 것 없는 패자들뿐이었다. 마치 영화 '깊고 푸른 밤'의 안성기처럼.

하지만 나는 섣불리 떠오르는 생각을 말하지 않고 잠자코 듣기만 했다. 철우가 민망하다는 듯 내뱉았다.

"나는 내가 이렇게까지 영어를 못 하는지 몰랐다. ELS 다녀야 한다는 말 처음에 듣고 뭔가 쓸데없는 데 돈 버리는 게 아닌가 싶었거든. 그런데 막상 시작하고 보니 문법이랑 단어만 좀 알지 벙어리나 다름없더라. 나 여태 뭐 했나 몰라? 불어도 못 하고, 영어도 못 하고."

"너만 그런 거 아니야."

"넌 그래도 사촌동생들 영어 가르치잖아."

"가르치긴 뭘. 그냥 공부하는 거 옆에서 봐준다는 말이 더 맞지."

나는 잠시 입술을 깨물다가 다시 입을 열었다.

"입학할 땐 4년이란 세월이 엄청나게 길 줄 알았다. 거기다 군대까지 있으니. 그런데 너는 벌써 한 한기밖에 안 남았고, 나도 두 학기면 졸업한다니 진짜 기분 이상하네. 도대체 시간이 다 어디로 간 거야? 입학할 때는 4년 사이에 내가 엄청나게 달라질 거라고 생각했다. 외국어도 잘하고, 학식도 높아지고, 뭐랄까, 졸업할 때쯤이면 명실상부한 지식인이 될 것 같았어."

철우가 쓸쓸히 웃으며 맞장구 쳤다.

"그러게, 나도. 난 최소한 불어라도 웬만큼 잘하게 될 줄 알았어. 그런데 입학할 때와 비교해서 뭐가 더 나아졌는지 모르겠다. 불어 더듬더듬 읽고, 카뮈니 사르트르니 하는 이름 몇 개 잘 알지도 못하면서 주워섬길 줄 아는 게 전부잖아? 배운 게 없는 건지, 내가 공부를 안 해서 그런 건지…. 하긴, 우리 아버지도 그래서 미국 가라고 하시는 거야. 한국에 있어 봐야 맨날 데모하는 놈들 때문에 공부도 제대로 못 하니 가서 하고 오라고…."

나는 철우의 마지막 말에 불쑥 기분이 상했다.

그날, 나는 인산인해에 밀려다니다가 일찌감치 미현을 구슬려서 그 자리를 떠나버렸다. 무슨 일이 일어났는지 제대로 보지도 못했다. 여기저기서 주최하는 사람들이 제각기 확성기와 스피커에 대고 무어라 외치고, 사람들은 그 구호들을 백 번이고 이백 번이고 끝도 없이 연호할 뿐이었다. 도대체 어느 쪽 스피커의 구호를 따라해야 하는지도 알 수 없었다. 사람들에 치어 왼쪽으로도 오른쪽으로도 갈 수 없었다. 차도는 완전히 막혀 있었다. 결국 용산역까지 사람들을 헤치고 한 시간 넘게 걸어야 했다.

나는 나 자신이 비판적으로 생각하는 줄 알았다. 입학해서 지금까지 학생회 의사에 전적으로 동의해본 적도 없었고 그들의 '투쟁' 방법에 언제나 회의적이었다. 시험거부 투표 때는 졸업이 늦춰질까 봐 두려워 남몰래

반대표를 던졌다. 실질적으로 나는 누구의 편도 들지 않았다.

하지만 나는 비판적인 게 아니었다. 그저 남들에게 비난받는 게 무서워 판단을 유보했을 뿐이었다. 나는 끝끝내 아무것도 판단하지 않았다. 남과 다른 생각을 갖는 것 자체가 두려웠다. 나는 아무 데도 제대로 속하지 못했다. 그리고 마침내 나는 미현에게, 미현이 속한 세상에 속하고 싶었다. 나는 애써 기분 나쁜 기색을 감추며 차분히 말했다.

"그래도 공부보다 나라가 제대로 서는 게 먼저지."

철우는 어깨를 으쓱하더니 아무런 대꾸도 하지 않고 주머니에서 담배 한 개피를 꺼내 물었다. 나 역시 수도 없이 되풀이해서 듣는 바람에 별 깊은 생각도 없이 불쑥 내뱉은 내 말 때문에 쑥스럽고 어색했다. 철우가 길게 연기를 내뿜었다.

"그래, 그거 중요하지. 그런데 아무도 공부를 안 하면 어떻게 나라를 운영한다는 건지 모르겠어, 난. 진짜 프롤레타리아 독재라도 하겠다는 건가…. 맨날 전두환 무식하다고 욕하면서 정작 우리는 공부 안 해도 된다는 건가? 아니면 이미 다 안다고 생각하는 건가? 성식이 넌 어떻게 생각하냐?"

나는 머뭇대다 대답했다.

"그게, 이미 알 건 다 안다고 생각하는 것 같아."

그 대답은 사실 부끄러운 고백이기도 했다. 나는 내 자유시간 대부분을 내 공부보다는 야학이나 과외에 쓰고 있었다. 나 자신이야말로 서울대 입학으로 이미 필요한 건 다 알고 있음을 증명한 것이라고 자족해온 사람이었다.

"운동권도 아니었던 애들까지 서울이 해방구 됐다고 좋아하더라. 그 새끼들 해방구 뜻은 알고 하는 소린가? 알고 한 거라도 문제, 모르고 한 거라도 문제다. 그냥 학생회에서 뭐 하는지도 모르고 기분에 따라 우르르 몰려다니는 새끼들이 꼭 시끄럽고 더 나대고 그래."

또 다시 기분이 상했다. 철우가 말하는 그 '우르르 몰려다니는 새끼들' 중에 그 때만큼은 나도 포함됐기 때문이다. 그날 나는 내 의지로 서울역에 나갔던가? 해방구라 불린 그 서울역 앞에 모여 어디로 가는 줄도 모르고 인파에 부초처럼 밀려다니던 사람들, 저 멀리서 누군가 노래를 시작하면 흡사 국기하강식 때 멈춰 서듯 의무적으로 그러나 열성적으로 따라 부르던 사람들, 귀가 멀 것 같은 잡음이 수시로 터지던 확성기에서 사람의 음성이 나올 때마다 제대로 알아듣지도 못한 채 환호하고 박수 치던 사람들…. 그들은 모두 다 자기 의지대로 그 곳에 나갔던 걸까? 그 군중이 그토록 희열과 희망에 찬 것처럼 보이던 건 그 무리의 수가 많았기 때문 아니었을까? 우리의 수가 적었어도 그렇게 기쁘고 자신만만할 수 있었을까? 우리는 수가 많은 자가 곧 정의롭다고 생각했던 게 아닐까? 군중의 뜻이 항상 옳다는 확신도 없으면서, 단지 미현을 실망시키고 싶지 않은 마음에, 그리고 또 한편으로는 호기심에, 그리고 역사의 한 분수령이 될 사건에서 소외되고 싶냐는 협박 아닌 협박에 굴복해 이끌려 나간 것도 과연 진정 내 의지에 의한 행동이라고 말할 수 있을까? 나는 차마 그런 생각까지 철우에게 털어놓지는 못했다. 철우가 내게 말했다.

"혹시 들었냐? 상철이 행정고시 준비한다더라. 기준이는 외무고시 공부하고. 85 희정이는 사법고시 공부하는 것 같다더라. 다들 쉬쉬 하고 감추려 들지만."

다들 저만치 앞서 가고 있었다. 성공하는 것, 부자가 되는 것, 제도권에 들기 위한 노력이 비난받는 관악캠퍼스에서도, 할 아이들은 다들 야무지고 은밀하게 미래를 준비하고 있었다. 감출 야심마저 없는 나 자신의 모습에 나는 못내 씁쓸했다. 내게 아무런 미래에 대한 꿈도 계획도 없음이 그토록 불안할 수 없었다.

그날부터 나는 새로운 악몽을 꾸기 시작했다. 내가 타고 가는 수레에서 바퀴가 떨어져, 나는 수렁에 처박히고 떨어진 바퀴는 저만치 뒤에서 맥없이 헛바퀴 돌다 쓰러지는 꿈이었다. 다른 무리들은 저만치 앞서서 나 따위는 아랑곳하지 않았다. 나는 그 어느 무리에도 제대로 속하지 못한 주변인이었다.

77. 곰팡이

난곡 언덕은 국민학교 양호실 벽에 걸린 사진 속 나병환자의 피부 같았다. 나무 한 그루 자라도록 내버려둘 여유도 없이 빽빽이 들어선 무허가 건물 바닥 하수구멍에서는 언제나 진물 같은 구정물이 흘러나왔고, 거뭇거뭇한 딱지와 부스럼 같은 쓰레기들이 여기저기 널려 있었다. 날이 따뜻할 때는 그 구정물과 쓰레기가 더 많아졌다. 나이 많은 사람들은 냉방은 고사하고 통풍조차 제대로 되지 않는 집에서 나와 허름한 평상에 앉아 부채질을 하며 행인들을 뚫어지게 쳐다봤다. 그러다 아는 사람이 지나가면 말을 건넸다. 선희 엄마, 어딜 다니다 이렇게 다 늦게 들어와? 밥은 누가 하고? 지은이 엄만 다 저녁 때 그렇게 입고 어딜 가? 남자 만나? 창수니는 어른을 봤으면 인사를 해야지. 아이고, 김 서방, 아직 날도 밝은데 그 꼴이 뭐여. 술 좀 작작 마셔. 나이 든 여자들은 비좁은 골목길 폭의 절반을 차지하는 평상 위에 멸치나 콩나물을 늘어놓고 다듬으며 지나가는 사람들 하나하나를 관찰하고 심사했다.

간혹 사람들은 낯선 사내가 자기들 동네에 나타나는 것 자체에 불안을 느끼는 것 같았다. 내가 지나가면 사람들은 힐끗힐끗 보는 정도가 아니라 아예 뚫어지게 노려보았다. 그리고는 들으라는 듯이 자기들끼리 두런거렸다. 누구여? 이 동네 집 아들 아닌데? 저렇게 빤지르르한 놈이 이 동네에 무슨 일이랑가? 그 시선과 두런거림이 못내 불편했던 나는 야학 강사들이 알려준 대로 서울대 교표가 새겨진 파일철을 옆구리에 끼고 다니기 시작했다. 경계심을 넘어 적대감마저 보이던 사람들의 눈초리가 훨씬 부드러웠다. 그날도 나는 별 필요 없는 파일철을 일부러 교포가 잘 보이게끔 들고 걸었다. 교회 옆 야학 건물에 도착할 무렵 내 몸은 습기와 더위에 흠씬 젖어 있었다. 야학 건물 문은 활짝 열려 있었고, 파리가 날아드는 걸 막기 위해 파란 싸구려 플라스틱 발이 드리워져 있었다. 내가 발을 걷고 들어서자 어수선하게 깜빡이는 형광등 아래서 해양학과 85가 책을 보다 말고 고개를 들었다.

"어, 형? 웬일로…?"

그는 자기 말을 채 마치기도 전에 알았다는 듯 히죽 웃더니 다시 읽던 책에 고개를 처박았다. 강의실 창문은 전부 열려 있어서 강의 중인 미현의 목소리가 사무실까지 그대로 들렸다. 지난주 내내 내린 비로 습기 찬 사무실에 곰팡이라도 슬었는지 전에 못 맡던 퀴퀴한 냄새가 났다. 나는 들고 온 검정 비닐봉투를 내밀었다. 동네 어귀 가게에서 산 보리맛 음료수 캔이 마치 물에 담갔다 꺼낸 듯 흠뻑 젖어 있었다. 해양학과 85는 봉투에서 꺼낸 캔 음료수들을 두 개 만 남기고 책상 옆 작은 냉장고에 넣었다. 그는 내게 캔 하나를 건네고 다시 자리에 앉더니 읽던 책을 다시 집어들었다.

"그거, 재밌냐? 읽을 만하냐?"

그가 쑥스러운 표정으로 대답했다.

"그럭저럭 읽을 만해요."

"아, 그래? 나도 읽어야 할 텐데…."

"형도 아직 안 읽으셨어요?"

내가 고개를 끄덕이자 그는 어깨를 으쓱하더니 여전히 책에서 눈을 떼지 않은 채 중얼댔다.

"사실, 이거 별로 제 취향에 맞지는 않는데, 다들 하도 꼭 읽어야 한다고 해서…. 야한 장면 나오는 맛에 억지로 꾸역꾸역 읽고 있어요."

취향이라니, 참 오랜만에 들어보는 어휘였다. 수업거부가 본격적으로 시작되기 직전 18세기 불문학사 시간에 그 말을 언뜻 들었던 것 같다. 취향. 나는 그 말이 주는 느낌이 좋았다. 그런 말이 아직 존재한다는 것 자체가 다행스러웠다. 우리가 서로 달라도 된다고, 이탈하고 일탈해도 된다고 말해주는 것만 같았다.

"그래? 네 취향은 뭔데?"

그가 고개를 들더니, 검게 탄 얼굴 때문에 유난히 하얗게 빛나는 이를 드러내고 웃었다.

"공상과학소설이요. 쥘 베른, 아이작 아시모프, 아서 C. 클라크 같은…."

쥘 베른말고는 생소한 이름들이었지만 나는 내색하지 않았다. 언젠가부터 나는 모르는 것을 모른다고 고백하면 사람들에게 무시당한다는 걸 알고 있었다. 내가 고개를 끄덕이자 그는 흥이 나서 덧붙였다.

"사실 해양학과 지원한 것도 해저 2만리 읽고 푹 빠져서였어요. 어릴 때 막 전세계 바다 해구 이름, 해저산맥 이름 같은 거 달달 외고 그랬죠. 해양동물 이름이랑 분류법도 줄줄 꿰고."

"신동이었구나."

"아니, 아니요. 신동은 무슨…. 솔직히 어릴 때 그런 경험 없는 애가 서울대에 몇이나 있겠어요?"

'나는 그런 적 없었어'라고 말할 뻔했지만 나는 대신 보다 어른스러운 말을 찾아냈다.

"꼭 전공 살려서 취직해야겠네?"

"그러고 싶지만, 한국에선 전공 살릴 일이 별로 없더라고요. 그냥 아무 데나 가야죠."

"국토해양부 같은 데서 네 전공 필요할 법도 한데?"

그는 어깨를 으쓱하더니 한숨을 내쉬었다.

"행정고시에서 이과 뽑긴 하던데…. 그게, 제가 경찰서에 좀 드나든 적이 있어서… 그 기록 때문에 안 될 것 같아요."

그 때 강의실 문이 열리며 수강생 몇 명이 밖으로 나왔다. 그 뒤를 따라 미현이 책과 출석부를 들고 나오더니 나를 보고 옅은 미소를 지었다. 곧 해양학과 85가 교재를 주섬주섬 챙기더니 강의실 안으로 들어갔다.

나는 미현과 함께 야학 교실을 나서 언덕길을 내려가기 시작했다. 장맛비가 멈춘 줄 알았는데 또 다시 빗방울이 듣기 시작했다.

"야학 방학할 때 나 청주 집에 다녀오려고."

지치고 피곤해 보이는 미현은 고개를 끄덕였다.

"집에 내려갈 때 너도 같이 가자."

바닥만 보고 걷던 미현이 멈춰 서서 고개를 들고 나를 바라보았다.

"청주에? 왜?"

나는 머뭇대며 대답했다.

"그게, 우리 부모님이 너 보고 싶다고 하셔서…."

"너희 부모님께서? 왜?"

나는 당황했다. 내가 당연히 여기는 일에 누군가 의문을 제기할 때 나는 반사적으로 언짢거나 불쾌했다. 내색하지 못할 뿐이었다.

"아니, 그러니까, 부모님께서 내가 만나는 여자가 누군지 아셔야 하니까…."

"왜?"

말문이 막혔다. 미현은 정말 모르는 걸까? 내가 대답하지 못하자 미현이 따지듯 물었다.

"그래서, 부모님께서 보시고 나 마음에 안 든다고 하시면 어쩔 건데?"

"아, 아니, 마음에 안 드실 리가 있냐…."

"왜? 무슨 근거에서 그럴 리가 없어?"

"네가 왜 마음에 안 드시겠냐? 예쁘지, 서울대 나왔지, 집안도 좋지…."

미현이 또박또박, 마치 말귀 알아듣지 못하는 어린아이에게 하듯 되물었다.

"내 말, 못 알아들어? '만일', 네 부모님께서, 내가 싫다고 하신다면, 어떻게 할 거냐, 이거야. 싫어하실 거다, 좋아하실 거다, 그렇게 단정하거나 예상하라는 게 아니고."

"싫어하실 리가 없잖아."

"답답하네…. 왜 그렇게 말귀를 못 알아들어? 그래서 '만일'이라고 했잖아. '만일'."

나는 크게 숨을 내쉬고 나서 말했다.

"그럴 일은 없겠지만, 만일 부모님께서 싫다고 하신다면…."

"그래, 어쩔 건데?"

"끝까지 설득할 거야."

"설득이 안 된다면?"

"그럴 리가 없잖아."

"내가 말했잖아? 만일이라고. 만일, 설득 안 된다면?"

"그럴 리 없어. 우리가 만난 게 벌써 몇 년인데."

"그래? 그러면 왜 부모님 허락이 필요해? 진짜 답답하다, 이성식."

그리고 미현은 다시 골목길을 내려가기 시작했다. 나는 미현을 따라가며 농담처럼 내뱉었다.

"혹시라도 반대하시면, 그냥 도망가서 살지, 뭐."

한 발자국 앞서 가던 미현이 걸음을 멈추었다.

"나랑 결혼하겠다는 거야?"

"어? 어, 그래…."

"근데, 나랑 결혼하는데 부모님 허락은 필요하고, 나한테는 안 물어봐?"

미현이 돌아서서 나를 바라보았다. 어둠 속에서 미현의 눈이 반짝였다. 내가 아무 말도 하지 못하자 미현이 어처구니없다는 듯 퉁명스레 중얼댔다.

"어이없네."

나는 당황했다. 남녀가 잠자리를 함께 한 적이 있다면 으레 결혼해야 하는 줄만 알았다. 그 외 다른 가능성에 대해서는 생각해본 적도 없었다. 나는 그저 단 둘이 있을 곳을 찾아 구차하게 창녀들이나 드나들 법한 지저분한 신림사거리 여관촌을 헤매는 것도 싫었고, 그런 우리 모습이 남들 눈에 띌까 싶어 안절부절못하는 것도 싫었을 뿐이었다. 이미 성년이 된 아들이 혹시나 여자와 잠자리라도 함께 하지 않나 싶어 노심초사하고 이틀에 한 번 꼴로 하숙집에 전화해 시시콜콜 무엇을 먹었는지, 제때 귀가했는지 확인하는 어머니에게 이런저런 거짓말로 둘러대는 것도 피곤했고, 끊임없이 한담거리를 찾아헤매는 우리 과 아이들의 눈초리에서 자유롭고 싶었다.

내게 혼인신고서라는 건 합법적으로 성관계를 할 수 있게 해주는 허가서 같은 것이었다. 따라서 부모님의 허락이 결혼의 선제 조건이었다. 부모님의 허락말고 다른 문제들이 있으리라고 생각해본 적도 없었다. 명문대학교에 입학하기만 하면 세상 모든 문제가 해결될 줄 알았던 것처럼, 일단 결혼 허락을 받으면 절로 결혼하게 되는 줄 알았다. 나는 미현에게 짐짓 퉁명스레 반박했다.

"우리 사이에 무슨 프로포즈가 필요하냐?"

미현의 눈빛이 날카로워졌다.

"그게 무슨 소리야?"

"아, 아니, 넌 이미… 나랑….."

미현은 고개를 뒤로 젖히더니 크게 숨을 내쉬며 다시 물었다.

"이미, 뭐?"

내가 선뜻 대답하지 못하자 미현이 또다시 분연히 쏘아붙였다.

"이미 볼 장 다 본 사이라, 이거야?"

내가 무어라 대꾸할 말을 찾기도 전에 미현은 몸을 휙 돌리더니 재빠르게 골목길을 내려가기 시작했다. 나는 미현이 무엇 때문에 그렇게 화내는지 알 수 없었다. 그저 나도 덩달아 화가 났을 뿐이다. 나는 미현이 깜빡이는 방범등 건너로 멀어지는 모습을 넋 놓고 바라보다 내달리기 시작했다. 미현을 따라잡은 나는 미현의 팔을 잡고 물었다.

"왜 그러는데? 뭐가 그렇게 기분이 나쁜데?"

돌아보는 미현의 눈에 눈물이 그렁그렁 맺혀 있었다.

"정말 몰라서 묻는 거야?"

나는 미현이 기분 상한 이유를 짐작할 수 없었다. 나 역시 누군가의 기분을 상하게 할 수 있음을 나는 그 때 알지 못했다. 내가 서있는 편은 언제나 옳은 편, 정직한 편, 선량한 편인 줄 알고 있었다.

마침내 미현의 눈에 그렁그렁했던 눈물이 툭 떨어졌다. 미현이 비로소 입을 열었다.

"네가 그렇게 구태의연한 결혼관을 가졌는지 몰랐어."

미현은 쉴 새 없이 나를 몰아붙였다. 나는 봉건적이고, 가부장적이고, 근대적 연애가 무언지 모르는 인간이었다. 원색적인 표현은 한 마디도 쓰지 않으면서도 상대방의 자존심을 완전히 짓밟는 법을 그 애는 아주 잘 알았다.

할 말을 다했다는 듯 미현은 입을 굳게 다물더니 나를 외면하고 걷기 시작했다. 나는 아무 말도 하지 못하고 한 발치 떨어져 그 애를 따라 걸었다. 잠시 멈춘 줄 알았던 빗방울이 다시 후드득 듣기 시작했다. 나는 겨드랑이에 끼고 있던 우산을 펼쳐 미현의 머리를 가렸다.

78. 정조의 신화

미현은 뿌리치지도, 걸음을 멈추지도 않았다. 개천 다리 옆 작은 구멍가게 근처에 도달했을 때 미현이 나를 쳐다보지도 않고 무언가 말했다. 빗소리가 커지면서 알아들을 수 없었다.

"응? 뭐라고?"

"나 소주 한 잔 하고 싶다고."

"어, 그래, 그래. 근데, 어디 갈까? 저기 시장 입구에서 마실까?"

미현은 아무 말도 하지 않았다. 잠깐 주저하다 나는 물었다.

"내 방에 가서 마실까?"

미현은 말 없이 내 눈을 피해 길바닥만 바라보았다. 나는 미현의 손을 잡아끌었다. 우리는 말 없이 버스에 올랐다. 녹두거리까지는 불과 네 정거장 거리였다. 녹두거리에 도착해서 우리는 잡고 있던 손을 놓았다. 나는 구멍가게에 들어가 소주 한 병과 마른 과자 한 봉지를 샀다. 그리고 경사진 시장길을 오르기 시작했다. 서로 일행이 아니라고 웅변이라도 하듯 앞뒤로 한 자 넘게 떨어져 거리를 두고 올랐다. 하숙집에 도착했을 때 나는 최대한 소리 죽여 미장도 되지 않은 신더블록-사람들은 이 벽돌을 부로꾸라고 불렀다-담장에 달린 철 대문을 열었다. 학생들이 묵는 2층은 외부 계단으로 드나들게 되어 있었고, 주인아주머니는 열 시만 되어도 잠자리에 들었다. 여학생이 드나들어서는 안 된다는 규칙 같은 건 없었다. 하숙생에게 합의서나 계약서 같은 걸 요구하는 집은 더더욱 없었다. 그런 계약이나 조건은 대개 비인간적인 일이었다. 더욱이 이성문제에 관련해서는 입 밖으로 내는 것 자체가 민망한 일이었다.

미현은 현관에서 신을 벗어 들고 내 방으로 그러나 황급히 내 방을 향해 들어갔다. 나는 책상 위 카세트라디오를 켰다. FM 라디오에서 귀에 익었지만 제목을 알지 못하는 샹송이 흘러나왔다.

Les enfants ont pourtant
그래도 아이들 머리는

Des chansons plein la tête
노래들로 가득했지만

Mais je ne les sais pas
나는 그 노래들을 몰라요

Mais je ne les sais pas
나는 그 노래들을 몰라요

미현은 소리내지 않고 입술만 달싹여 그 노래를 따라 부르면서 신문지 위에 술상을 차렸다. 소주 한 병. 새우깡 한 봉지. 일회용 종이 잔 두 개. 우리가 그렇게 숨죽이며 차린 술상은, 내가 살던 시장 동네 뒤쪽, 쓰레기인지 남은 건자재인지 구분할 수 없는 물건들이 위태롭게 방치된 사이사이 무성하게 잡초들이 돋아난 공터에서 하던 소꿉장난 같았다. 개여뀌 열매로 지은 밥과 좀닭의장풀로 담근 김치를 병뚜껑 그릇에 담아 돌멩이 소반 위에 내오던 옆집 소녀의 소꿉장난.

미현이 소꿉장난 술상 앞에 앉았다. 열린 창문 사이로 이따금 빗방울이 들이쳤지만 창문을 닫기에는 너무 더웠다. 얼마 전 큰 마음먹고 산 개인 소유의 선풍기를 틀고 나도 자리에 앉았다. 나는 일회용 종이 잔에 술을 따라 한 번에 들이킨 후, 다시 잔을 채워 미현에게 건넸다. 그 잔을 받아 든 미현도 이내 잔을 비우고 다시 술을 따라 내게 건넸다. 사람들은 언제나 잔을 돌렸다. 연인끼리는 물론, 큰 술자리에 수십 명이 앉아 있어도 잔을 돌렸다. 술잔을 받으면 얼른 비우고 다시 채워 옆 사람에게 전달했다. 술자리에 낀다는 건 결국 서로 타액을 섞는 일이었다.

"나도 어쩔 수 없는 한국 사람인가 봐."

비운 잔을 내게 건네고 소주를 따르며 미현이 중얼댔다. 나는 잠시 왜 그런 말을 했는지 짐작해보려다 곧 포기하고 미현에게 물었다.

"왜?"

미현이 다시 입을 열더니 머뭇대며 말을 잇기 시작했다.

"사실 나는…. 너랑 만나는 거, 그렇게 편하지 만은 않았어. 편했더라면 애초에 그렇게 멀리 돌아오지 않았겠지. 네가 군대에 있을 때 위로가 되어줄 수 있었겠지. 네가 군대 갔을 때 그렇게 방황할 필요도 없었겠지…."

그러더니 미현은 잠시 말을 멈추었다. 나는 마음 속으로 소리치고 있었다. 더 이상 말하지 마. 내가 군대에 있는 동안 네가 어떻게 방황했는지, 무슨 일이 있었는지 나는 알고 싶지 않아. 눈을 똑바로 바라보면 하지 않아도 될 말을 들을까 싶어 차마 미현의 얼굴 쪽을 바라보지도 못했다. 잠시 조용하던 미현은 다시 입을 열었다.

"나는 내가 꽤나 진취적이고 남과 다르다고 생각했었어. 그런데 아니었어. 처음부터 난 언제나 고리타분했어. 처음부터 너랑 있으면 너무 좋았는데 1, 2학년 땐 너 보려고 학교 나온 거나 다름없었는데… 막상 너랑 만나기 시작하니까 어쩐지 나쁜 짓을 하는 것 같은 기분이었어. 처음엔, 그저 운동하는 친구들한테 미안해서 불편한 줄만 알았어…. 그런데 그게 전부가 아니었어. 이제야 겨우 알 것 같아. 난 그저 가부장 이데올로기, 순결 이데올로기에 세뇌된 것뿐이었어."

나는 들고 있던 잔을 비우고 다시 잔을 채워 미현에게 건넸다. 미현은 술잔을 든 채 계속 나직하게 이야기를 계속했다.

"근데, 네가 부모님 허락 얘기부터 꺼내는 거 보고 제일 먼저 든 생각이, 나는 이제 제대로 된 청혼, 영화에 나오는 것 같은 그런 로맨틱한 청혼 한 번도 못 받아보겠구나, 하는 거였어. 부르주아 속물처럼."

나는 그 부르주아 속물이라는 말이 불편해서 얼른 미현의 말을 가로막았다.

"네가 그런 생각을 했다는 건, 너도 결혼하는 걸 기정사실로 생각하고 있었다는 뜻이 아니야?"

미현은 들고 있던 잔을 신문지 위에 내려놓았다. 그리고는 자리에서 일어났다. 나는 벌떡 일어나 미현의 팔을 잡았다.

"왜 그래? 말하다 말고 가려고?"

라디오에서는 계속 내가 알지 못하는 음악이 흘러나오고 있었다. 깜빡이는 형광등 아래서도 미현의 눈가가 젖은 걸 알 수 있었다. 나는 미현을 끌어안았다. 미현은 나무토막처럼 가만히 서 있었다. 나는 벽의 스위치를 내렸다. 사위가 캄캄해졌다. 창밖으로 주황색 나트륨 가로등이 스며들어 오는 게 전부였다. 어둠 속 미현의 입술과 목언저리와 어깨와 가슴은 짜고 끈적였다. 미현은 내가 손을 더듬어 한 꺼풀씩 옷을 벗겨도 목각인형마냥 아무런 반응도 하지 않았다. 나는 미현을 바닥에 주저앉혔다. 한 팔로 여전히 미현의 몸을 부여잡고 다른 한 팔을 뻗어 한구석에 말려 있던 얇은 요를 끌어당겼다. 미현은 선뜻 나를 받아들이지 않았다. 조용히 나를 뿌리치고, 밀어내고, 혹은 자기 몸을 오그라뜨렸다. 마침내 내가 그 애의 몸을 관통하면 그러나 오래지 않아 숨소리가 거칠어지면서 몸을 비틀거나 두 다리로 내 몸을 꼭 조이곤 했다. 그날도 그랬다. 아니, 다른 날보다 더더욱 그랬다. 그럴 때면 내 마음은 묘하게 불편하고 불안했다. 내 심장이 튀어나올 것처럼 벌떡댔다. 미현의 몸도 오그라드는 듯 경련을 일으켰다. 마침내 나는 이를 악물고 신음을 삼키며 미현의 몸 위에 엎어졌다. 그제야 내 등에서 땀이 흘러내리는 게 느껴졌다. 내 두피에서 흘러내린 땀에 눈이 따가웠다. 다시 선풍기 소리가 들리기 시작했다. 라디오에서 어떤 여자가 알지 못하는 먼 나라의 말로 구슬피 노래하고 있었다. 창 밖에서 어느 새 더욱 굵어진 비가 폭포처럼 굉음을 내리며 신림동 언덕 동네에 내리 꽂히고 있었다.

나는 이부자리도 펴지 않은 채 습기와 땀으로 끈적한 모노륨 장판 위에 사지를 뻗고 누웠다. 내 팔을 베고 모로 누운 미현은 어두운 방안에서 한동안 아무 말도 하지 않았다. 별안간 미현이 나지막이 흡사 고해성사라도 하는 듯 속삭였다.

"나, 네가 처음 아니야."

나는 아무 말도 없이 한 팔을 뻗어 방바닥에 놓였던 담뱃갑을 더듬어 찾아 한 개피를 꺼내 입에 물고 불을 붙였다. 미현이 물었다.

"알고 있었지?"

나는 대답하지 않았다. 미현이 다시 물었다.

"그래도 나랑 결혼할 거야?"

나는 어두운 허공에 담배 연기를 길게 내뱉으며 혼잣말처럼 중얼댔다.

"해야지."

79. 많이 배운 여자

미현은 고리타분하고 얌전해 보이는 짙은 남색의 반소매 원피스를 입고 내 옆에 앉아 있었다. 어느 사이 많이 자란 머리를 뒤로 묶고 내 부모 앞에서 얌전히, 너무 고개를 숙이지도, 그렇다고 내 부모의 두 눈을 똑바로 쳐다보지도 않고 아주 옅은 미소를 띤 채 두 손을 무릎 위에 모으고 있었다.

어머니가 내게 눈짓했다. 내가 무슨 뜻인지 알아차리지 못하자 어머니가 더 이상 참지 못하겠다는 듯 이죽거리며 입을 열었다.

"니들, 어른들 보는 앞에서 그렇게 둘이 붙어 앉아 있을 거니?"

얼굴이 달아올랐다. 어머니의 힐난이 부조리하게 느껴졌지만 반박할 생각은 하지 못했다. 나는 슬그머니 옆 오토만 의자로 자리를 옮겼다. 혜은이가 쟁반에 주스 담긴 잔들을 갖고 나와서 미현을 흘깃흘깃 바라보며 주스 잔을 탁자 위에 내려놓았다. 아버지가 이것저것 묻기 시작했다. 몇 살이냐, 부모님은 무얼 하시냐, 외국에서 몇 년을 살았느냐, 하면서 내가 이미 다 밝힌 이야기들을 대질신문이라도 하듯 하나하나 다시 물었다. 미현은 내 아버지의 다소 공격적인 질문들에 시종일관 놀라우리만치 공손한 태도로 대답했다.

"지금 대학원 다닌다고 했지?"

"예, 그렇습니다."

아버지가 끄응, 하면서 신음인지 헛기침인지 모를 소리를 내더니 다시 물었다.

"대학원 끝까지 다닐 건가? 난 여자가 공부 많이 하면 안 좋다고 생각하는데."

나는 너무나 당황해서 그 자리에서 벌떡 일어날 뻔했다. 미현이 마침내 내 아버지의 눈을 빤히 바라보았다. 어머니가 탁자 위에 있던 메모지와 볼펜을 들더니 물었다.

"생년월일이 어떻게 되니?"

"1963년 11월 3일입니다."

어머니가 눈을 들어 미현을 바라보더니 말했다.

"아니, 나이가 많네? 있는 집 여자애가 학교를 왜 제 나이에 간 거니?"

식탁 의자에 앉아 우리 이야기를 엿듣고 있던 여동생 혜은이가 피식 웃는 모습이 보였다. 나는 결국 참지 못하고 끼어들었다.

"얘가 나이가 많은 게 아니라 제가 제 나이보다 일찍 간 거죠."

어머니는 나를 흘겨보더니 다시 미현에게로 눈을 돌렸다.

"음력 날짜 맞지?"

"아, 아닙니다. 양력입니다."

"어머, 얘 봐? 어른이 묻는데 양력으로 대답하는 경우가 어딨니?"

"죄송합니다. 음력으로는 모릅니다."

"됐다. 그럼 태어난 시가 몇 시니?"

"모릅니다. 아침이라는 것밖엔…."

"아니, 어떻게 서울대 나온 애가 자기 태어난 시도 모르니?"

나는 참다 못해 끼어들었다.

"저도 제가 몇 시에 태어났는지 몰라요."

순간 어머니가 나를 흘겨보는 서슬에 나는 입을 다물어버렸다. 말해봐야 소용없었다. 부모와 다른 의견을 갖는다는 것 자체가 무례하고 불경한 일이었다. 등에 진땀이 흘렀다. 손님이 올 때만 사용하는 거실 에어컨이 돌아가고 있었지만 별 도움이 되지 않았다. 범죄자 취조 같은 한 시간이 지나고 어머니는 이른 저녁을 차렸다. 불편한 저녁식사를 마친 후 나는 아버지의 차를 빌려 미현을 청주고속터미널까지 데려다주었다. 미현은 말이 없었다. 내가 어색하게 말을 건넸다.

"자고 가면 좋은데…. 빈 방도 있는데…."

미현은 여전히 조용했다. 버스기사가 버스 문을 열었다. 승객들이 버스에 오르기 시작했다. 미현은 아무 말 없이 버스 쪽으로 향했다.

"아직 출발하려면 몇 분 더 있어야 돼."

미현은 어깨만 으쓱할 뿐 뒤도 돌아보지 않고 버스에 올라탔다.

"집에 도착하면 전화해."

미현은 오른쪽 창가에 자리 잡고 앉아 내 쪽을 향해 의례적으로 손을 흔들더니 곧 고개를 돌렸다. 그리고는 마침내 버스가 출발할 때까지 나를 다시 쳐다보지 않았다.

불안했다. 답답했다. 나는 자정이 넘도록 거실 전화기 옆에 앉아서 기다렸지만 미현은 끝내 전화하지 않았다.

간신히 잠이 들었나 싶었는데 이내 습기와 열기에 불쾌해져 잠에서 깨고 말았다. 이른 새벽이었다. 다섯 시쯤 되었을까? 창 밖은 이미 밝아오고 있었다. 나는 모로 누워 한동안 창 밖만 바라보았다. 내가 어릴 때부터 여름날이면 식구들은 다 같이 거실 바닥에 누워 창문을 열고, 집안에 한 대밖에 없던 선풍기를 돌리고 잠을 청하곤 했다. 세월이 흐르면서 많은 것이 달라졌다. 나보다 세 살 어린 성준이는 군에 입대했다. 86학번 대학생인 혜은이는 침대를 사준 이후 아무리 더워도 절대 나와서 자지 않는다고 했다.

어머니는 그런 어쩔 수 없는 변화가 못내 싫은 모양이었다.

"저 깍쟁이 같은 년, 이젠 지 에미 몸에 지 살닿는 것도 싫댄다. 성준이도 똑같아. 제 부모 말을 그냥 듣는 법이 없어. 한 마디, 한 마디마다 토를 달아. 아니 도대체 요즘 애들은 왜 그러니? 성준이랑 혜은이가 성식이 너 반만 해도 좋겠다."

그러는 어머니에게 거실에서 자고 싶지 않다고 차마 말할 수 없었다. 어머니는 얼마 전에 아버지와 대판 싸워가며 샀다는 값비싼 화문석 깔개 위에 인견 지지미 요를 깔더니 내 자리로 내주었다. 아버지는 투덜댔다.

"아니, 나헌티는 때 탄다고 맨날 퀴퀴한 냄새 나는 고리짝 돗자리 깔아주더니, 성식이 왔다고 고이 모셔 뒀던 화문석을 꺼내서 깔아?"

어머니는 아버지와 나 사이에서 누워 가늘게 코를 골고 있었다. 골목길 방범등에서 새들어오는 빛에 벽시계는 새벽 다섯 시를 가리키고 있었다. 화문석 위에 얹힌 까슬까슬한 여름용 차렵 지지미 요는 카투사 내무반의 침대보다도 더 불편하게 느껴졌다. 딱딱해서도, 더워서도 아니었다. 화문석에서 나는 마른 풀 냄새 때문도 아니었다. 더위를 핑계로 온 가족이 거실바닥에 누워 자는 걸 즐기기에 이미 나는 너무나 나이가 들어버린 것만 같았다. 굳은 얼굴을 한 채 서울로 떠난 미현의 표정이 자꾸만 눈앞에 어른거렸다.

80. 가문의 급수

다음날 아침 내가 일어나 이부자리를 치우자마자 어머니는 오이지무침과 가지찜, 그리고 어머니가 가장 자랑스레 생각하는 나박김치로 상을 차

려 거실로 내왔다. 서울에서 소파와 함께 가져왔다는 값비싼 새 식탁은
여전히 장식장 선반 노릇밖에 하지 않았다. 허리가 아프다며 신음을 내지
르며 자리에 힘겹게 앉은 어머니에게 나는 말했다.

"저 오늘 서울에 올라가야겠어요."

어머니가 미간을 찌푸리며 푸념을 시작했다.

"아니, 왜 벌써? 며칠 더 있다 간다더니, 이 더운데 뭣 하러 그 비좁은
하숙집엘 가 있겠다는 거니? 여기서 내가 해주는 밥 먹고 쉬고 고등학교
동기들도 만나고 그래야지, 너 서울대 다닌다고 고등학교 친구들 무시하
고 그러면 못 써."

버럭 치밀어 오르는 화를 간신히 억누르며 나는 퉁명스레 대꾸했다.

"무슨 무시를 한다고 그래요. 어차피 친한 애들은 다 군대 가거나 서울
에 있고, 집에 제가 있을 데도 마땅치 않고…."

어머니가 발끈해서 목소리를 높였다.

"너 왜 말대답이니? 네 방에다 잡동사니 넣어뒀다고 지금 에미한테 시
위하는 거니? 방 쓰고 싶으면 물건들 좀 한쪽으로 밀어두고 쓰면 되지, 진
짜 넌 왜 그렇게 까탈스럽니?"

아버지가 버럭 소리를 내질렀다.

"아, 왜 아침부터 애는 잡고 그려? 다 큰 놈이 어련히 알아서 할까 봐?"

나는 고개를 푹 숙인 채 밥을 먹기 시작했다. 어머니는 잠깐 뚱한가 싶
더니 내가 밥을 먹는 모습을 보곤 금방 마음이 풀린 모양이었다. 늘 그러
듯 흑칠 자개상 위 반찬들을 자기 젓가락으로 밀어 내 쪽으로 당겨 놓으
면서, 가지와 무와 고추의 출처에 대해 설명하기 시작했다. 시장과 타인을
섣불리 신뢰하지 않는 자신의 고집스러운 신중함을 어머니는 여전히 자

랑스럽게 생각하고 있었다.

겸상을 하던 아버지가 구시렁댔다.

"거, 성식이 입만 입이여? 이 집은 어른도 없어?"

어머니는 진심인지 장난인지 알 수 없게 입꼬리를 늘어뜨리며 한껏 얼굴을 찌푸리며 비죽대더니 내 쪽을 바라보며 당부했다.

"성식이 너, 걔 태어난 시 받아오는 거, 잊지 마라."

"교회 다니시면서 그런 건 왜…."

"얘가 왜 또 이래? 왜 어른 말에 토 달고 따지고 들어? 그거 알아보는 게 뭐가 어려워서?"

나는 아버지에게 도움의 눈길을 보냈지만 아버지는 밥상에 코를 박고 모른 척했다.

아버지와 어머니에게 미현이 탐탁치 않은 건 분명했다. 미현이 나와 같은 학과를 다닌 것도, 나보다 먼저 학부를 졸업하고 대학원에 진학해 마지막 학기를 남기고 있는 것도, 미현의 아버지와 어머니가 대대로 서울 사대문 안에 살며 벼슬을 했던 '진짜 양반' 가문 출신인 것도, 미현의 아버지가 서울고등학교와 서울대학교를 졸업한 외무부 고위공무원인 것도, 미현의 어머니가 이화여자대학교 출신인 것도 다 못마땅한 기색이었다.

내 부모들은 세상 사람들의 평판을 얻는 것을 제로섬 게임처럼 생각했다. 누군가를 칭찬하고 그의 평판이 높아지면 상대적으로 자신들의 평판이 낮아지고, 그들의 평판이 떨어지면 자신들의 평판이 올라간다고 생각했다. 상을 물리고 욕실 문을 열어놓은 채 양치질을 하고 난 아버지가 수건으로 입가를 닦으며 말했다.

"거, 걔 아버지가 외무부 무슨 실장이라고 혔지? 실장이면 1급인디."

어머니가 물었다.

"당신은 몇 급이야?"

아버지가 퉁명스레 대꾸했다.

"아니, 마누라가 돼갖구 서방이 몇 급인지도 몰러?"

어머니가 발끈해서 쏘아붙였다.

"내가 그걸 어떻게 알아?"

아버지가 뜻밖에 더 이상 아무 반박도 하지 않자 금세 풀이 죽은 어머니가 다시 중얼거렸다.

"여자 집안 쪽이 좀 기울어야 잘 사는 법인디…."

아버지가 버럭 소리쳤다.

"우리집이 기운다는겨, 시방?"

어머니는 어깨를 으쓱하더니 다시 중얼댔다.

"여자가 서울대 나오면 어른 무시하고 잘난 척해서 못 쓰는디…."

아버지는 별다른 반응을 보이지 않고 입꼬리를 턱까지 늘어뜨린 채 연신 헛기침을 하며 현관을 나섰다. 나는 대문 밖으로 아버지를 따라나갔다.

"아버지, 저 오늘 서울 올라가요."

"아니, 왜 벌써?"

"외무고시 학원 등록하려고요. 내일부터 시작해요."

"그려, 그려!"

아버지는 별안간 환하게 웃으며 내 팔을 두들겼다.

"고시 붙으믄 한 방에 4급이지! 그려, 잘 생각했다."

아버지는 반짝반짝하게 윤이 나는 검정색 스텔라 승용차에 올라탔다.

아버지 얼굴이 그렇게 환해 보이는 건 오랜만이었다.

81. 국민윤리

국민윤리 담당강사로 야학교실 칠판 앞에 설 때마다 나는 부끄러웠다.

처음 대학에 갔을 때 나는 실망했다. 강의의 절반 이상을 차지하는 교양과목들은 따분해 보였고, 그나마 기대가 컸던 전공기초과목은 고등학교 시절에 배웠던 것을 좀 더 상세하게 기술한 데 지나지 않았다. 공부라는 건 남의 경험을 자기 경험처럼 만드는 일이었다. 하지만 한 번도 가보지 않은 먼 나라의 낯선 인물들이 펼친 논거들을 우리 기억에 오래 머물 일화적 기억으로 만들어주는 교수들은 거의 없었다. 그리고 그 때문에 아이들은 더더욱 대학공부 자체를 우습게 생각했다. 제대로 이해하지 못한 지식은 별로 중요해 보이지 않기 마련이었다.

교련만큼이나 아이들이 터무니없게 생각하던 교양필수과목은 국민윤리였다. 아이들은 국민윤리라는 과목의 이름과 내용을 바꿔야 한다고, 아니 과목 자체를 철폐해야 한다고 말했다. 이 학과목은 어린 학생들을 자본주의의 노예로 교육시키기 위한 세뇌 과정일 뿐이며, 우리는 거기서 배울 것이 아무 것도 없다고 했다. 대학에 오자 국민윤리를 두 학기 동안 교양필수로 이수해야 했다. 거의 대부분의 시간이 마르크스주의 비판에 할애됐다.

하지만 야학에서 국민윤리의 위치는 조금 달랐다. 국민윤리는 그 나름대로 중요한 과목이었다. 기초가 부족한 검정고시 응시자들은 영어나 수학, 과학처럼 이해가 필요한 과목은 그저 과락만 넘길 수 있을 만큼만 공부했다. 단지 이해하거나 암기하기 쉬운 자연어로 기술됐고 별다른 기초가 없어도 이해할 수 있다는 이유로 국민윤리는 검정고시 응시자들의 평균 점수를 높일 '전략 과목' 중 하나로 통했다.

1년 남짓 내가 야학 수업에서 한 일이라고는 그저 기출문제들을 모아서 복사해서 같이 읽어보고, 정답을 알려주고 문제 푸는 요령을 알려준 것뿐이었다. 내가 고등학교 3학년 때 학생지도부장으로 별명이 '미친 개'였던 국민윤리 교사가 했던 그대로 답습하고 있었다.

국민윤리 기출문제의 답을 맞히는 건 간단했지만, 왜 그게 정답인지 해설하는 건 쉽지 않았다. 인간, 개인, 국가 등과 관련된 모든 가치판단들은 이미 내 머릿속에 더 이상의 설명도, 옳고 그름을 따질 필요도 없는 공리의 형태로 저장되어 있었기 때문이다. 고교 국민윤리 책에 적혀 있던 언뜻 간단해 보이는 내용 이면에 있던 역사적, 철학적, 이론적 논의를 나는 이해하지 못했다. 내용의 옳고 그름을 떠나서, 적어도 우리가 중고등학교에서 배운 대부분의 과목은 결론을 도출해내는 과정이 거의 없거나, 있어도 무시했다는 점에서 선전선동과 다를 바 없었다.

외무고시 준비를 구실 삼아 야학을 떠나기로 했을 때 그래서 나는 기뻤다. 더 이상 내가 세상일 다 아는 것처럼 굴지 않아도 된다고, 나 자신과 수강생들을 속이지 않아도 된다고 생각하니 그렇게 홀가분할 수 없었다. 여전히 일주일에 두 번씩 이종사촌의 영어공부를 지도해야 했지만, 이종사촌 아이의 영어실력이 그다지 뛰어나지 않아 별로 부담이 없었다.

"뭐?"

한여름의 뜨거운 오후 햇볕을 피해 인문대 건물 그늘 벤치에 앉아 커피우유를 마시던 미현은 내 말을 듣자마자 눈을 동그랗게 뜨고 이맛살을 찌푸리며 되물었다.

"외무고시?"

미현이 내 결정을 대견하게 여길 줄 알았던 나는 당황해서 고개만 끄덕였다.

"왜 하필 외무고시야?"

나는 머뭇머뭇 입을 열었다.

"너희 아버지도 외무고시 보신 거 아니야?"

미현은 나를 외면하며 쏘아붙였다.

"우리 아버지랑 너랑 무슨 상관인데?"

"왜 상관이 없어? 장인어른 되실 건데."

미현은 어깨를 으쓱하더니 입술을 앙다문 채 크게 숨을 내쉬고 잠시 침묵을 지켰다. 나도 크게 한숨을 쉬었다. 8월의 막바지를 내달리는 태양이 관악산 계곡 전체를 찜통처럼 달궜다.

"너무 덥다. 나가서 어디 시원한 데 찾아 앉아 있자."

미현이 벤치에서 일어나 앞서 걷기 시작했다. 나는 일 미터쯤 떨어져 미현의 뒤를 좇았다. 방학 중의 학교 캠퍼스는 한적했고, 아는 얼굴도 보이지 않았다. 우리가 서로 붙어서 걷거나 손을 잡고 걷는다 해도 볼 사람이 별로 없었지만 우리는 언제나 그렇게 했다. 그리고 그런 우리의 자중 혹은 위선은 도리어 우리 사이의 성적 긴장감을 언제나 필요 이상으로 팽팽하게 당겨 놓곤 했다.

우리는 지난해 봄 이후 신림사거리 근처에 여간해서 가지 않았다. 어쩌다 야학을 마치고 술을 한 잔 할 때도 남부순환도로 북쪽으로는 넘어가지 않았다. 신림역 북쪽은, 말하자면 번제를 바치던 제단이 있는 곳이었다.

언젠가부터 봉천사거리마저 여관과 모텔들로 채워지는 모습을 보고 미현이 이죽댔다. 전시행정, 관제행정, 진짜 군사독재정권답네. 올림픽 핑계로 숙박업소를 늘려서 애들이 섹스에 환장하게 조장하는 거지. 근데 올림픽 끝나면 저 여관들 다 망하는 거 아니야? 그 애에 대한 내 욕정도 함께 매도당한 느낌이었지만, 나는 고개를 끄덕이고 있었다.

스무 살이 넘어도, 아니 서른, 마흔 살이 넘어도 결혼하기 전까지 우리 모두는 정조를 보호받아야 할 어린애들이기 때문이었다. 이유가 무엇이든 부모와 살지 않는 사람들은 언제나 그들의 행실과 정조를 의심받았다. 여자애들의 경우에는 더했다. 내 부모는 서울에 올라와 자취하는 지방 여학생들을 사귀지 말라고 늘 내게 조언 아닌 조언을 했다. 남자인 나도 남의 눈치를 보고 사는 건 매한가지였다. 하숙집에서, 혹은 자취방에서 집주인이 보호자, 아니 부모라도 되는 것처럼 눈치를 봤다. 어쩌다 남의 눈을 피해 용케 내 여자를 방에 들이면, 포식자의 눈을 피해 허겁지겁 짝짓기 하는 들짐승처럼 숨죽여가며 서둘러 방사했다. 우리들에게 학교 부근 숙박업소들은 어떻게 보면 진정한 해방구였다.

버스에서 내려 우리는 길가 구멍가게에 들어가 맥주 두 캔과 과자 한 봉지를 샀다. 그리고 아무런 말도 없이 여관과 모텔 간판으로 가득한 골목길로 향했다. 미현은 한 발 떨어져 뒤에서 나를 따랐다. 나는 그리 비싸 보이지도, 너무 지저분해 보이지도 않는 여관 간판을 찾아냈다. 나는 앞장서 현관 안에 들어섰다. 미현을 위해 문을 열어 잡아주는 건 생각조차 할 수 없었다. 그리고 카운터에 있던 중년여자와 되도록 눈을 마주치지 않으려 애쓰면서 대실비를 치른 후, 계단 옆에서 조용히 고개를 숙이고 있던 미현과 함께 재빨리 계단을 올랐다.

객실에 들어서는 순간 나는 더 이상 참을 수 없었다. 마지막으로 미현을 안았던 게 아마도 열흘도 전 일이었을 것이다. 열흘은 만 스물세 살 사내에게 견디기 힘들 만큼 긴 시간이었다. 나는 방문을 잠그자마자 누구의 살이 닿았었는지, 누구의 체액이 묻었는지도 모를 얼룩덜룩한 침대 이불 위에 미현을 쓰러뜨렸다. 두 평도 되지 않는 좁은 공간을 가득 메운 에어컨의 소음이 우리가 내는 소리들을 묻어버렸다. 서두를 필요가 없는데도 나는 서두르고 있었다. 시끄럽기만 하고 찬바람은 거의 나오지 않는 에어컨이 아니었으면, 그래서 잠깐 멈추어 흐르는 땀을 몇 번씩 닦아내지 않았더라면, 언제나 그랬던 것처럼 포식자에게 쫓기는 들짐승같이 아주 급하게 마쳐버렸을 것이다.

찬물에 몸을 씻고 나와 침대 위에 벌렁 드러눕자마자 침대 위에 앉아 있던 미현은 들고 갔던 검정 비닐봉투에서 물이 뚝뚝 듣는 맥주 캔을 꺼내 내 앞에 내밀었다. 미현은 들릴 듯 말듯 나직하게 한숨을 쉬면서 침대 맞은편에 꺼림칙하게 칙칙한 인조가죽 소파 쪽으로 고개를 돌리고 언제나 하는 그 말을 또 뇌까렸다.

"우리 아직 결혼도 안 했는데… 툭하면 이런 데나 드나들고…"

나는 치밀어 오르는 염증에 얼굴이 찌푸려지는 걸 감추려고 얼른 빼물고 있던 담배에 불을 붙였다. 미현이 자기 아버지의 외도를 고백한 이후로 나는 마음 깊은 곳에서 묘한 우월감을 느끼고 있었다. 내 아버지와 내 어머니는 미현의 어머니처럼 조용하게 낮은 목소리로 교양 있게 말하는 건 고사하고, 할 말 못 할 말 가리지 않고 아무 때나 아무렇게나 생각나는 대로 허투루 말을 뱉았다가 주워담지 못해 허둥대기 일쑤였다. 서울에 있는 명문대를 졸업하지도 못했고 신문이나 시사월간지를 정기구독 하지도 않았다. 공무원 급수로 따져도 내 아버지가 더 아래였다. 하지만 내 부모에게는 도처에서 들려오던, 그래서 영화소재나 텔레비전 드라마 소재로도 진부한 그런 간통과 부정, 혼외자식과 관련된 이야기 같은 건 없었다. 적어도 내가 아는 한은 그랬다.

"내가 정말 아빠를 닮은 거면 어떡하지."

미현은 또 다시 울먹이고 있었다. 내가 잠시 즐기던 도덕적 우월감은 금방 사라지고, 언제나 억눌러 왔던 미현의 첫경험에 대한 의구심과 불쾌감이 다시 들끓기 시작했다. 다행히도 내게는 그런 감정을 드러낼 용기가 없었다. 그렇다고 미현에게 우리가 갖고 있는 그 모든 육욕과 정욕이 당연한 거라고, 자연스러운 거라고 설득할 언변도 확신도 없었다.

나는 그저 말없이 들고 있던 맥주 캔을 내려놓고 다시 미현을 내 몸으로 바짝 끌어당겼을 뿐이다. 내 불안을 해소할 방법은 그것뿐이었다. 내가 미현의 몸을 관통하면 미현의 눈에는 곧잘 눈물이 고였다. 그리고 우리 둘의 몸이 섞이고 섞여 어디가 누구의 살인지 분간이 안 될 때면 그 눈물이 마침내 주르륵 흘러내렸다. 그렇게 흘러내린 눈물은 미현의 머리카락을 적시고, 싸구려 인견 이불을 적셨다. 그리고 나는 곧 총에 맞기라도 한 듯 미현의 몸에 엎어져서 고통스러울 만큼 큰 자극에 몸을 떨었다.

정신을 차렸을 때는 끽음만 내는 줄 알았던 에어컨에서 제법 찬 바람이 나오고 있었다. 한동안 말없이 숨만 내쉬던 미현이 내 몸에 깔린 채로 물었다.

"너희 부모님은 나 안 좋아하시지?"

나는 이마 위로 쏟아진 머리를 땀과 함께 쓸어올리며 나도 모르게 고개를 끄덕이다 말고 황급히 외쳤다.

"아, 아냐!"

미현이 다 안다는 듯 흥, 하고 콧방귀를 뀌더니 중얼댔다.

"괜찮아."

왜 괜찮다고 하는지 물을까 말까 망설이는데 미현이 나직이 말했다.

"너 고시공부 하려면, 국민윤리 강사 새로 구해야겠네."

몸을 굴려 미현에게 떨어진 나는 반듯이 침대에 누워 천장을 바라보며 물었다.

"그럼 나 외무고시 봐도 되는 거야?"

"내가 이래라 저래라 할 일이 아닌 것 같아."

멀지 않은 공사장에서 또 다른 모텔을 짓는 모양이었다. 레미콘이 돌아가는 굉음 속에서 미현이 말했다.

"어차피 야학 와서 오래 있다 가는 사람, 별로 없어."

미현은 4년째 야학을 하고 있었다. 불과 6개월 만에 기어이 그만두고만 나 자신이 초라하게 느껴졌다. 에어컨 바람에 조금 몸이 식자마자 나는 다시 미현의 어깨를 안았다. 부끄러움은 또 다른 부끄러운 일로 덮어버려야 했다.

83. 자학(自虐)의 모성

몇 년 동안 신림9동 도림천 부근에는 제법 큰 건물들이 꾸준히 들어서고 있었다. 군복무를 마치고 신림동으로 돌아왔을 때는 이미 큰길 주변의 허름한 건물들이 거의 다 사라지고 벽돌이나 인조대리석으로 마감된 철근콘크리트 건물들로 채워져 있었다. 상가건물 대다수는 철우의 말투를 빌자면 '간이음식점'이거나 독서실이었다.

고시원은 고시생들이 주로 있는 독서실을 부르는 장소일 뿐, 본래는 법적으로 숙박장소를 제공할 수 없었다. 그저 따로 고시원 비용과 자취방 월세를 이중으로 부담할 여유가 없는 아이들이 가장 저렴한 고시원에 등록한 후 밤마다 책상 아래서 최소한의 덮을 것을 덮고 피난민처럼 잠들곤 했을 뿐이다.

그랬던 고시원은 곧 최소한의 거주공간을 갖춘 감옥처럼 진화했다. 고시원에 등록하는 사람에겐 얇은 합판으로 둘러싸인 한 평 겨우 넘는 공간이 주어졌다. 제대로 된 침대 같은 것도 없었지만, 이부자리를 펴고 간신히 책상 아래까지 발을 뻗으면 눕는 시늉이라도 할 수 있었다. 남들에게 잠자는 모습이나 옷 갈아입는 모습을 보이지 않을 수도 있었다. 자발적으로 임대료까지 내고 들어가는 그 감옥에서는 십 수 명이 세면대 한 개와 변기 한두 개를 함께 써야 했다. 밤에는 외부로 통하는 출입문이 잠겼고, 새벽이 되면 열렸다. 아이들은 말했다. 그래도 군대 내무반보다는 낫다고.

대개의 고시원이 그렇듯 그 곳에도 간단한 취사시설과 공용냉장고가 있었다. 국과 밥과 반찬을 먹지 않으면 끼니로 치지 않는 아이들은 인근 가장 싼 식당에서 식권을 한꺼번에 구매해서 끼니를 해결했다. 천오백 원 남짓하던 식권을 주고 먹던 밥은 학생회관 식당 밥보다 아주 조금 나았지만 아이들은 여전히 불평했다. 그 시절에는 자기 어머니의 요리, 혹은 자기가 살던 지역의 음식이 아니면 아예 입에도 대기 싫어하는 아이들을 흔히 볼 수 있었다. 어쩌면 자기 아들은 남의 음식을 못 먹는다고 믿는 어머니들이 흔했던 것인지도 모르겠다. 때문에 고시원의 공용 냉장고 안은 언제나 짜고 매운 김치와 밑반찬들이 담긴 스테인리스 찬합으로 가득했다. 그 찬합들은 김칫국물이나 김치 냄새가 새지 않게 하려고 시커먼 비닐봉투로 둘러싸여 있기 마련이었고, 대개는 누군가의 어머니가 정성스레 또박또박 적은 아들의 이름표가 스카치테이프로 단단히 붙어 있었다. 그 반찬통의 주인들은 고시원의 대형 밥통에서 푼 밥을 그 짜고 매운 반찬들과 함께 먹곤 했다.

고시원 한 달 등록비용은 대개 다 비슷했다. 새 건물의 경우 10퍼센트 정도 더 비싸긴 했지만, 그래봐야 10만 원 내외였다. 내가 사촌을 가르치고 이모에게 받는 돈이 한 달에 15만 원이었다. 개강을 앞두고 나는 녹두거리 근방에 있는 고시원 다섯 군데를 둘러보았다. 둘러볼 때마다 나는 행여 선태가 실장이라고 나타나기라도 할까 봐 두려웠다. 다행히 선태는 보이지 않았다. 나는 큰길 부근에 있는 고시원을 골랐다. 지은 지 몇 년이 지나 조금 더 저렴했기 때문이다. 바로 옆 건물 1층에는 오락실과 식당이 있었고, 또 그 옆 새로 올린 건물 1층에는 서울대 동문이 경영한다는 서점이 있었다.

가을학기 개강 직후, 아직 햇살이 꽤나 뜨거운 어느 목요일 오후였다. 고시원 책상에 앉아 내년도 외무고시 일정표를 보고 있는데 실장이 들어와 내게 속삭였다.

"어머니 오셨어요."

어머니의 방문을 전혀 예상하지 못했던 나는 어안이 벙벙해서 자리에서 일어나 1층으로 내려갔다. 1층에는 식당 겸 간이조리실로 쓰는 홀이 있었다. 그리고 그 홀에는 테이블이 몇 개 있었다. 한 번에 열 댓 명 정도 앉아 식사를 할 수 있을 정도의 규모였다. 어머니는 그 중 한 테이블 위에 커다란 보따리를 올려놓고 앉아 득의양양한 표정으로 나를 기다리고 있었다. 내가 다가가자 어머니는 내 인사는 듣는 둥 마는 둥하더니 보따리를 풀고 반찬통을 하나씩 열어가며 설명하기 시작했다. 고추부각무침, 멸치조림, 배추김치, 깍두기, 구운 김, 말린 오징어 무침…. 당황한 나는 나도 모르는 새 퉁명스레 내뱉었다.

"아니, 뭘 이렇게 많이 가져오신 거예요? 고시원 냉장고를 저 혼자 쓰는 것도 아니고…."

순간 어머니의 표정이 변했다. 그제서야 나는 실수한 것을 깨달았다. 어머니는 목소리에 잔뜩 힘을 주고 짜증스레 눈물을 짜내면서 신세타령을 하기 시작했다. 허리도 아픈데, 여기저기 안 아픈 데 없는데, 너 이거 해준다고 어제 열두 시까지 잠도 못 잤는데, 내가 지금 얼마나 고단한지 아니…. 나는 금방 풀이 죽고 말았다.

"그러니까, 왜 힘드신데 이렇게…."

어머니 나이는 고작해야 만 46세였다. 사람들은 어머니가 나이에 비해 곱다고들 했고 어머니 자신도 그렇게 믿었다. 그러나 어머니의 행동만큼은 칠순 노파들과 별로 다를 게 없었다. 일어나고 앉을 때마다 입에서는 '아고고' 하는 신음이 새나왔고, 계단을 똑바로 오르내리지 못했으며, 언제나 엉치뼈와 무릎이 아프다고 호소했다. 그리고 그렇게 어머니의 몸이 망가진 것은 모두 우리 가족 때문이라고 했다. 가족들을 위해 어머니 자신을 희생했기 때문이라고 했다. 병원에 가보라고 하면 가지 않았다. 의사들은 다 돈 받을 궁리만 한다는 거였다. 어머니는 대신 아는 사람이 소개해준 한의원에 침을 맞으러 다녔다. 침을 맞으러 가서는 나와 동생들과 아버지를 위한 한약을 지어왔다. 아무리 봐도 일반 병원에 다니는 게 훨씬 싸게 먹힐 것 같았다.

어머니는 여간해서는 하던 일을 바꾸려 들지 않았다. 아니, 바꾸는 능력을 잃어버린 것 같았다. 아버지가 무릎이 아프니 세탁소에 다림질을 맡기라고 해도 듣지 않았다. 대전에서 자취하던 여동생이 아무리 밑반찬을 그만 가져오라 말해도, 평택 공군기지에서 단기사병으로 군복무를 하던 남동생이 아무리 면회를 그만 오라고 말해도 어머니는 일주일이 멀다 하고 반찬통을 들고 나와 동생들을 번갈아 찾아오곤 했다. 어쩌면 어머니는 자신의 몸을 혹사하는 것만이 자신의 존재감을 과시할 유일한 방법이라고 생각했는지도 모른다.

고시원 식당에는 고시원생들을 위한 공용 냉장고가 두 개 있었지만 어머니가 가져온 반찬통이 들어갈 자리는 없었다. 어머니는 미간을 잔뜩 찌푸리고 냉장고 앞에 쪼그리고 앉아 이리저리 자리를 내가면서 가져온 반찬통의 절반 정도를 억지로 밀어 넣었다. 그리고 연신 한숨을 쉬면서 몇 가지 반찬을 다시 보자기에 쌌다.

"느이 이모한테나 갖다 줘야겠다."

무어라 어머니께 치사를 해야 할 텐데 딱히 떠오르는 말이 없었다. 감사합니다, 고맙습니다 같은 건 공익광고 같은 데서 강요하는 표현이었을 뿐 내 입으로 뱉어본 적이 별로 없었다. 가족끼리 그런 말을 하는 건 여전히 어색하고 불편했다.

"잘 먹을게요."

나는 어머니에게 택시를 잡아주려고 큰길로 나섰다. 하지만 어머니는 올 때보다 짐이 많이 가벼워졌다며 한사코 택시를 타지 않으려 했다. 나는 압구정동으로 가는 약도에 갈아타는 버스정류장과 버스 노선 번호를 적어줘야 했다. 어머니가 버스에 올랐다. 나는 멀리 선태가 일하던 고시원 쪽을 잠시 바라보다 하릴없이 다시 고시원 건물로 들어섰다. 늦은 오후 눈부신 햇살에 망막이 그을기라도 한 듯 잠시 앞이 보이지 않았다.

"선생님!"

간신히 어둠에 조금 눈이 익어 계단 쪽을 향해 발걸음을 떼는데, 통로 한쪽에서 여자 목소리가 들렸다. 야학을 시작한 후로 나는 그 선생님이라는 호칭에 익숙했다. 나도 모르게 고개를 돌렸다. 낯익은 얼굴이 환하게 웃고 있었다.

"어디 멀리 나가신 줄 알고 그냥 갈 뻔했어요!"

미자였다. 언제나 시퍼런 형광등 아래에서 창백하게 바랜 듯 보이던 미자의 얼굴이 유리로 된 출입문에서 번져 들어오는 석양에 불그레하게 물들어 있었다.

"아니, 어떻게 여길 알고?"

미자는 수줍게 웃으며 내게 검정 비닐봉투에 든 꾸러미 하나를 내밀었다. 박카스 음료수 상자였다. 미자는 아직 나를 자기 교사로 생각하는 게 분명했다.

"저, 합격했어요. 검정고시."

"어, 그래? 정말? 잘했네! 축하한다!"

짐짓 수선스럽게 축하의 말을 하긴 했지만, 나는 과연 그게 그렇게 축하할 일인지 확신이 없었다. 제 나이에 고등학교에 입학해서 졸업하고 대학에 갔다면 미자는 아마 85학번이었을 것이다. 5년이라는 세월을 미자는 창백한 형광등 아래에서 먼지를 들이마시며 미싱을 돌렸다. 그리고 공부의 기쁨이나 깨달음의 즐거움 같은 걸 느끼지 못한 채 낱낱이 흩어진 파편적인 지식들을 뜻도 제대로 모른 채 억지로 머리에 욱여넣었다. 어쩌면 미자와 나에게는 한 가지 공통점이 있는지도 몰랐다. 배움의 기쁨이나 즐거움을 오직 합격이라는 결과에서만 기대할 수 있었다는 점에서.

미자가 말했다.

"다 선생님들 덕분이에요."

나는 뻘쭘하게 웃으며 대꾸했다.

"우리가 한 게 뭐 있냐, 네가 열심히 한 거지…."

"아뇨, 선생님들 아니었으면 겁나서 생각도 못 했을 걸요. 참, 저 이번에 회사 옮기려고요."

미자는 환하게 웃으며 영등포역 근처 고급 의류만 다루는 봉제공장에 자리가 생겼다고 했다. 중고등학교 교복이 없어지고 청소년들의 의류가 잘 팔리기 시작하는 통에 경력 있는 봉제사들을 많이 뽑기 시작했다는 것이다.

"잘됐다. 그럼 이제 보기 힘들겠구나. 아버진 좀 어떠셔?"

미자는 아주 스스럼없이 대답했다.

"돌아가셨어요."

나는 무어라 할지 몰라 잠시 입을 벌리고 멍하니 있다 가까스로 한 마디 했다.

"아, 그랬구나, 찾아가지도 못하고."

미자가 말했다.

"차라리 잘 됐어요. 솔직히 홀가분해요. 이제 엄마도 간병한다고 병원에 붙잡혀 있지 않고 나가서 돈 벌 수 있게 됐고…."

말은 그렇게 하지만 언뜻 미자의 눈가에 물기가 비쳤다. 오십이 다 되어가는 촌 아낙이 무슨 일을 해서 돈을 버는지 궁금했지만 묻지는 않았다. 아버지의 때이른 죽음이 차라리 잘 된 일이라고 치부할 수 있는 삶을 나는 살아보지 못했다. 그저 어색한 표정으로 고개만 끄덕일 뿐이었다.

에어컨 바람이 돌지 않는 현관 홀은 서쪽에서 꾸물대며 지지 않는 초가을 햇살에 잔뜩 달아올라 있었다. 미자의 주근깨 있는 뺨도 덩달아 발그레했다. 미자는 잠시 머뭇대더니 내 얼굴을 쳐다보지도 않은 채 수줍게 물었다.

"저, 선생님, 제가 저녁 사드리고 싶은데, 시간 되세요?"

"응? 네가? 사려면 내가 사야지, 왜 학생이?"

"이제 저 학생 아니잖아요."

나는 불현듯 미자가 몹시 부러웠다. 무엇이든 삶에서 한 단계를 마치고 다음 단계로 전이할 때의 그 설렘과 기쁨이 부러웠다. 군복무를 마치긴 했지만, 그건 내가 계획을 세워서 이룬 일도, 뜻했던 일도 아니었다. 따지고 보면 고등학교 졸업이나 대학교 입학도 내 뜻을 이룬 게 아니었다. 나는 그저 휩쓸려갔을 뿐이었다. 하지만 나는 부럽다고 말할 수 없었다.

"그러면 앞으로 날 오빠라고 불러. 나도 이제 선생님 아니니까."

"네, 오빠…."

미자가 수줍게 웃으며, 하지만 선선히 대답했다. 친여동생이나 친척 아닌 여자애가 오빠라고 부르는 건 언제나 참 듣기 좋았다. 미자의 웃음진 눈가에 칠해진 옅지만 고운 보랏빛 분도 생경하지만 보기 좋았다. 언제였더라, 미현이 화장한 모습을 보았던 게? 미자가 수줍지만 단호하게 말했다.

"제가 사게 해주세요."

식당 저쪽 간이 부엌에서 저녁밥 짓는 준비를 하는지 덜그럭대는 소음이 들려왔다. 어머니가 냉장고에 쟁인 맵고 짠 그 익숙한 반찬들이 떠오르며 잠깐 군침이 돌았다. 그러나 미자라는 낯설다면 낯선 여자에게 느끼는 쾌활한 긴장감이 그보다 훨씬 강하게 나를 끌어당겼다.

"잠깐만 기다려. 바지 좀 갈아입고."

나는 어쩐지 들떠서 내 방을 향해 계단을 뛰어올랐다.

84. 권태

나는 콩나물이 몇 올 들어간 비릿한 해장국의 국물만 연거푸 숟가락으로 떠서 들이키고 있었다. 식권을 팔고 고시원 아이들에게 밥을 주는 식당이었다. 벽에는 달력말고 아무런 장식도 없었고, 아랫단에는 짙은 회색, 그 위로는 옅고 탁한 노란색 페인트가 칠해져 있었다. 싸구려 합판을 목재 문양이 인쇄된 멜라민으로 덮고 가장자리를 함석으로 둘러싼 자그마한 식탁들이 대여섯 개 있었고, 역시 가죽을 흉내낸 싸구려 플라스틱 원단으로 좌판을 덮은 의자들이 식탁마다 네 개씩 있었다.

식당의 이름은 진명식당이었다. 고시원 아이들은 그렇게 식권을 받는 식당들을 곧잘 '함바집'이라 불렀다. 어떤 아이들은 공사장의 임시 밥집을 일컫는 이 표현이 '고목나무'나 '역전앞' 식으로 불필요하게 중첩된 표현인 데다가 일본어까지 뒤섞인 천박한 표현이라며 경멸했다. 또 다른 아이들은 그런 아이들의 젠 체하는 모습을 비웃기라도 하듯 짐짓 그런 말을 골라 쓰기도 했다.

벽에 걸린 텔레비전에서는 대통령 직선제 개헌에 대한 후속 소식이 전해지고 있었다. 나는 애써 그 뉴스를 무시하는 척했다. 혹시라도 미현이 내 의견을 묻는다면, 나는 분명 고등학교 국민윤리 교과서와 외무고시 1차 과목 교재에 기술된 대의민주주의의 정의를 들먹이며 대통령 직선제 시행 여부가 민주주의와 독재를 가르는 기준이 되어버린 그 상황을 비웃을 것만 같았다. 미현이 달가워할 리 없었다. 미현이 마침내 입을 열었다.

"그나저나 너 공부를 하긴 하는 거야?"

겸연쩍은 척 웃어넘기려고 했지만 미현은 그냥 넘어가지 않았다.

"주말엔 도대체 누구랑 마시는 건데? 철우는 아니겠고."

그렇게 미현이 따지고 들 때마다 나는 몹시 불쾌했다. 누군가에게 잘 못을 지적당한다는 건 곧 내 서열이 그 사람보다 낮다는 걸 의미했다. 남의 잘못을 지적하는 건 오로지 상대방이 나보다 아랫사람일 때만 가능했다. 그 때까지 내가 살아온 세상에서는 그랬다. 나는 퉁명스레 대꾸했다.

"왜 그래, 정말? 힘들어서 마시는 건데."

"힘들어? 뭐가 그렇게 힘든데? 공부하는 게 무슨 벼슬이야?"

순간 기분이 확 상해 들고 있던 숟가락을 내려놓았지만 미현은 아랑곳하지 않았다.

"너 고시공부 한다고 야학까지 그만두고 여기 들어온 후로 제대로 공부한 날이 며칠이나 돼? 전공과목 보고서 쓰는 것도 제대로 안 쓰고 술 푸다가 제출 마감 전날 나한테 도와 달라고 했지? 그나마 술 안 마시는 날은 압구정동 이모댁 간다고 사라지고…. 기타는 치지도 않으면서 툭하면 기타 서클 애들이랑 술 마시느라 저녁 때 사라지더라? 이렇게 해서 1차나 붙겠어?"

민망하게도 미현의 말은 모두 옳았다. 아무런 말도 할 수 없었다. 그래서 더 부아가 치밀어 올랐다. 늦은 점심 때라 식당 안에는 우리뿐이었다.

카운터에 앉아 있다가 우리에게 식권을 받고 음식을 내왔던 중년여자마저도 주방에 들어가 저녁거리 준비를 거들고 있었다. 미현은 낮은 목소리로 그러나 매우 공격적으로 나를 을렀다.

"이러려면 도대체 고시원에는 왜 들어갔어?"

나는 묵묵히 멀건 국물만 떠먹었다. 미현이 재차 캐물었다.

"어젠 도대체 뭐 했는데?"

나는 마침내 입을 열었다.

"너 고시원에 있는 게 얼마나 힘든지 아냐?"

미현은 할 말을 잃은 듯 입을 딱 벌리고 나를 바라보았다. 하지만 나는 물러서지 않았다.

"불문학과가 고시 본다고 하면 다들 얼마나 우습게 보는지, 그건 아냐? 특히 정치학과 경제학과 그런 애들, 걔들은 내가 별 도움 안 된다고 스터디에 끼워주지도 않아. 고시공부에 스터디가 얼마나 중요한지나 아냐?"

나는 짐짓 처연하고 비장한 표정을 지었다. 나는 경제학이나 정치학 등을 전공한 아이들에 비해 내가 얼마나 불리한 위치에 있는지, 그들이 얼마나 배타적인지, 고시생들의 세계가 얼마나 약육강식의 정글인지 설파했다. 미현은 여전히 불신하는 표정으로 뾰로통하더니 마침내 입을 열었다.

"왜 그렇게 핑계가 많아? 뭐가 그렇게 어렵고 힘든데? 야학에서 우리 더 어렵고 힘든 사람들 많이 봤잖아? 이를 테면 미자처럼."

미현의 입에서 미자라는 말이 나오는 순간 나는 가슴이 덜컥 내려앉았다. 나는 애써 태연한 표정을 지으며 남은 국물을 들이켰다. 약국에 가서 진통제라도 먹어야 숙취가 가라앉을 것 같았다. 미현이 다시 입을 열었다.

"그저께였던가, 미자가 우리집에 전화를 하더라?"

"아, 아니, 왜…?"

"그냥 나 잘 있는지 궁금하다며 전화하더라? 그러면서 묻더라. 성식이 오빠랑은 잘 돼 가냐고."

"뭐? 아, 그, 그거야, 너랑 나랑 만나는 거 야학 사람들은 다 아니까…."

"걔가 언제부터 널 오빠라고 불렀는데?"

나는 말문이 막혔다. 합격 턱을 내겠다며 불쑥 찾아온 그날 이후 미자는 일요일 오후마다 나를 찾아왔다. 올 때마다 무언가 들고 있었다. 순대국이나 부침개 같은 시장 음식들이었다. 나는 미자가 들고 오는 그런 음식들이 못내 반가웠다. 한 번은 미자가 스테인리스 밀폐용기에 올갱이 국을 담아왔다. 이따금 어머니가 끓여주던 것과 흡사한 충청도식 다슬기 된장국이었다. 너무나 반가워 도대체 어디서 찾았냐고 묻자 미자는 눈을 가늘게 뜨고 웃으며 말했다.

"출퇴근길 시장 식당 메뉴에 내걸린 걸 우연히 봤어요! 올갱이가 뭔가 했는데, 대수리였네요."

미자는 자기가 살던 곳에서는 그 작은 민물고동을 대수리라 부른다고 했다. 미자는 수줍게 웃으며 종알댔다.

"서울 사람들은 이걸 잘 안 먹는가 봐요. 저 어릴 때 개천에 나가서 잡아다 먹었는데…"

"서울 개천은 다 하수구나 다름없는데, 설사 있더라도 더러워서 먹겠어?"

"그러네요…."

미자는 이런저런 음식을 건네주고 나면 으레 주춤대며 물었다.

"정미현 선생님 오늘 안 만나세요?"

그러면 나는 늘 고개를 가로저었다. 미현은 여전히 일주일에 두 번 야학 수업을 하느라 언제나 바빴다. 그나마도 일요일에는 자기 어머니에게 이끌려 성당에 나갔다. 내가 고개를 저으면 미자는 얼굴을 발그레하게 물들이며 기어 들어가는 목소리로 그러나 분명하게 내게 제안했다.

"저, 제가 맥주 한 잔 사드리면 안 되나요?"

그러면 나는 고시원 식당 벽에 걸린 시계를 올려다보고, 다시 손목시계를 내려다본 후 크게 선심 쓰듯 크게 숨을 내쉬며 말하곤 했다.

"그래, 한 잔 하지 뭐. 계산은 내가 할게. 돈은 네가 내."

그럴 때마다 미자는 그 실없는 말장난에 까르르 웃으면서 자리에 일어났다. 나를 찾아오기 전에는 늘 머리를 감는 모양이었다. 미자가 자리에서 일어날 때는 늘 샴푸 냄새가 탁자 건너편까지 풍겨오곤 했다. 그렇게 우리는 네다섯 번쯤 함께 술을 한 것 같다. 처음 생맥주 한 잔으로 끝나던 자리가 회를 거듭할수록 길어졌다. 미자는 내가 말할 때 말꼬리를 잡지 않았다. 나와 다른 생각을 한다는 이유로 혹은 내 말의 오류를 지적하기 위해 내 말을 가로막지도 않았다. 바로 그 전날에도 미자가 찾아왔다. 그리고 우리는 아주 오랫동안 세 번이나 자리를 옮겨가며 술을 마셨다.

미현이 다그쳐 물었다.

"걔가 연락한 적 있지? 만난 적도 있지?"

"어, 얼굴 본 적은 있지…."

차라리 딱 잡아떼야 했는데, 적당히 얼버무리려고 했던 게 잘못이었다. 미현은 집요하게 꼬치꼬치 묻기 시작했다. 전날 혹시 미자와 술 마셨냐는 질문에 나는 고개를 가로저었다.

"어이가 없다. 계집애, 그 주제에 어딜 넘봐? 진짜 당돌하네? 착한 척, 순진한 척은 혼자 다하면서."

얼굴이 화끈거렸다. 민망하면서도 억울했다. 언젠가부터, 아마 결혼 이야기가 나온 후부터 미현은 더 이상 내 마음을 설레게 하지 못했다. 그저 내 몸만 습관처럼 반응할 뿐이었다. 더 이상 미현을 행여 잃을까 싶어 힘들어하지 않아도 된다는 건, 분명 좋은 일이었다. 하지만 기묘하게도 나는 미현과 만나기 전에 가졌던 그 영영 해소되지 않을 것만 같던 애절한 갈망을 그리워하고 있었다.

미현을 따라 함바집에서 나온 나는 동네 약국에서 두통약과 소화제 등을 임의로 조합해 파는 '술 깨는 약'을 샀다. 미현이 내 운동복 바지와 슬리퍼를 내려다보더니 새침하게 쏘아붙였다.

"밖에 나올 땐 바지 좀 갈아입지, 옷차림이 그게 뭐야?"

85. 미자의 이름

미자는 노래를 잘했다. 나는 생전 들어보지도 못한 트로트 가요를 젓가락으로 상을 두들겨 가며 아주 구성지게 불렀다. 다른 테이블에 앉은 사람들이 힐끔힐끔 쳐다보다가 이따금 '잘한다'며 추임새를 넣을 정도였다. 미자가 노래를 마치면 나는 으레 과장된 몸짓으로 박수를 쳤다. 그러면 미자는 언제 그렇게 흥겹게 노래했냐는 듯이 곧 얼굴이 귀밑까지 발갛게 달아오른 채 눈을 가늘게 뜨고 수줍게 웃곤 했다.

"아니, 일하면서 공부하면서 언제 그렇게 노래를 배운 거야?"

"공장에서 맨날 틀어 놔요. 가뜩이나 기계 소리 시끄러운데 맨날 뽕짝

나오는 라디오 틀어 놓거든요. 처음엔 시끄럽고 정신 사나웠는데, 나중엔 안 틀어 놓으면 심심하더라고요. 히트곡은 하루에도 몇 번씩 나오니 절로 배우게 돼요."

"아, 그래…."

생각지도 못했던 대답에 나는 어쩐지 당황스러웠다. 미자가 자기 잔을 홀짝이는 척하더니 슬그머니 다시 입을 열었다.

"정미현 선생님이랑 결혼 언제 하실 거예요?"

나는 그 말을 듣고 나서야 내가 결혼에 대해 구체적으로 생각해본 적이 없다는 걸 알았다. 그저 내 부모에게 신부감을 보였으니 나머지는 부모들이 알아서 할 문제라고 생각했을 뿐이다. 내가 우물쭈물하자 미자가 또 물었다.

"정미현 선생님네는 잘사니까 오빠 시험 합격하면 결혼할 때 열쇠 세 개 해주고 그러겠네요?"

"열쇠 세 개?"

"서울에서 판검사, 의사 사위 맞으려면 아파트 열쇠, 차 열쇠, 사무실 열쇠 그렇게 해줘야 한다고…."

"그런 소린 어디서 들었어?"

"공장 애들끼리 그런 얘기 많이 해요. 다들 좋은 데 시집 가고 싶어서 돈은 열심히 모으는데, 아무래도 저희 처지가 이렇다 보니…."

"미자 너 이제 만 나이로 스무 살 아냐? 그 나이에 벌써 결혼 생각을 해?"

"어휴, 그럼요! 저희 엄만 스물한 살에 저 낳으셨어요!"

따져 보니 내 어머니도 나를 만 스물세 살에 낳았었다.

"너도 시집 가고 싶어?"

미자의 얼굴이 또 다시 귀밑까지 발갛게 달아올랐다. 내가 다시 물었다.

"어른들이 시집 가라고 그러셔?"

미자가 별안간 픽 웃더니 내 눈길을 피하며 잠시 머뭇대다가 말을 돌렸다.

"오빠, 제 이름 한자로 어떻게 쓰는지 아세요?"

"어? 아, 알지, 아름다울 미, 아들 자 아니야?"

미자는 어깨를 으쓱하더니 자기 가방에서 볼펜을 꺼내어 탁자 위에 있던 성냥갑 여백에 글자를 썼다.

未子.

"이게 뭐야?"

미자가 씁쓸하게 대답했다.

"제 이름이에요. 아닐 미, 아들 자."

미자는 웃지 않았다.

"아, 그, 그래?"

"네. 주민등록증 보여드려요?"

나는 손사래를 쳤다. 미자가 말을 이었다.

"저희 엄마가 결혼하기도 전에 절 임신했을 때, 할머니가 그렇게 싫어했대요. 못 배운 년이라고…. 뭐 저희 아버지도 내세울 거 하나도 없었는데 말이죠. 고등학교 졸업 간신히 하고, 대처에서 직장 못 잡아서 집에서 농사일이나 하고 있었거든요. 그런데도 할머니는 저희 엄마가 국민학교밖에 못 졸업했다고 아주 싫어했대요."

내가 살던 작은 도시에서도 이따금 국민학교밖에 다니지 못한 어른들이 가끔 있긴 했다. 내 외할머니는 학교라 불리는 데를 전혀 다녀본 적이 없었다. 내 친할머니는 소학교까지 졸업했다고 들었다. 그러나 불과 5, 6년 남짓한 시간 동안 나는 그런 세상이 존재했다는 사실 자체를 까맣게 잊고 있었다.

"그런데 엄마가 그만 저를 배고 말았어요. 화가 난 할머니가 무당을 찾아갔대요. 애 떨어지게 하는 비방을 얻으려고요. 그런데 무당이 그러더래요. 아들이네, 아들이야. 그 각시 팔자에 아들 셋이 있어."

미자가 홀짝거리며 소주잔을 비우더니 웃는 것 같기도 하고 우는 것 같기도 한 묘한 표정으로 말을 이었다.

"그래서 더 이상 반대하지 않고 결혼을 시킨 거래요. 그런데 태어나고 보니 계집애였던 거죠. 할머니 노발대발하고… 출생신고를 해야 하는데, 할머니가 자꾸 미루라고 하더래요. 언제까지 살지도 모르는데 귀찮게 또 사망신고하러 가야 되니까 기다리라고. 우리 할머니도 애 다섯을 낳았지만 둘이 죽었거든요. 근데 결국 돌이 될 때까지 멀쩡하게 살아있으니까 그제서야 하는 수 없이 출생신고를 했나 봐요. 이름도 짓지 않고 있다가, 아들이 아니라며 미자라고 지은 거예요. 전, 시집 가는 것보단, 얼른 돈 모아서 웬만한 아들보다 낫다는 거 사람들한테 보이고 싶어요."

어쩐지 몹시 부끄러운 생각이 들어 나는 아무 말도 하지 못했다. 나는 나보다 불운한 사람들 앞에서 내 행운을 감추고 부끄러워하도록 훈련되어 있었다. 미자가 표정을 바꾸더니 내 잔에 소주를 채우며 짐짓 들뜬 목소리로 말했다.

"우리 딴 얘기해요!"

내가 고개를 끄덕이자 미자가 물었다.

"오빠는 어떤 여자가 이상형이예요?"

내가 피식 웃자 미자가 배시시 웃으며 종알댔다.

"아, 그러네, 오빠 이상형은 정미현 선생님이겠네요."

나는 어깨를 으쓱하며 긍정도 부정도 하지 않은 채 미자의 잔을 채워주었다. 나는 어떤 여자를 만나고 싶다는 소망을 구체적으로 가져본 적이 없었다. 만 열여덟 살이 되던 해 처음 내 눈길을 사로잡은 여자가 미현이었을 뿐이었다. 나는 소주잔을 단숨에 비우며 중얼댔다.

"나는 잘 웃는 여자가 좋아."

미자는 입가에 비어져 나오는 웃음을 억지로 삼키려는 듯 입꼬리를 씰룩거렸다.

"남자 존중할 줄 알고."

내가 그렇게 덧붙이자 미자는 수줍게 웃으며 내 빈 소주잔을 채웠다.

"저 오늘 취할 때까지 마실 거예요!"

*

한기에 정신이 들었을 때 나는 낯선 방에 누워 있었다. 어지럽게 펼쳐진 요 위에 겨우 상체만 눕힌 채였다. 볼썽사납게 발가벗은 내 하체 위에는 아무 것도 덮여 있지 않았다. 그제야 놀란 나는 자리에서 벌떡 일어났다. 내 옆에 미자가 누워 가늘게 코를 골고 있었다. 좁은 간유리 창으로 새어든 희미한 골목길 가로등 빛에 미자의 벗은 어깨와 가슴이 보였다. 황망해진 나는 급히 담요를 끌어 미자의 몸을 가렸다.

미자의 자취방인 모양이었다. 어떻게 그 곳까지 갔는지 잘 기억이 나지 않았다. 술집이 문을 닫는다고 사람들을 내보냈던 것까지는 기억이 났다. 문을 닫으려는 구멍가게에 들어가 소주 두 병을 샀었다. 신대방역에서 멀지 않은 동네 주택가를 걸었었다. 그리고 술자리를 펴기도 전에 우리는 느닷없이 누가 먼저라고 할 것 없이 입을 맞추고 서로의 몸을 더듬었다. 머리가 욱신거렸다. 나 자신에 대한 환멸감에 속이 메슥거렸다. 나는 급히 어둑한 방을 더듬어 방바닥에 흩어진 옷가지를 찾아 입기 시작했다.

"오빠…"

잠이 설 깬 듯 미자가 나를 불렀다. 나는 아무런 대답 없이 벨트를 여몄다.

"아직 어두운데, 벌써 가셔요?"

무슨 말을 해야 하는지 알 수 없었다. 나는 문을 열고 잠시 멈춰서 뒤도 돌아보지도 않고 말했다.

"아무래도 내가 실수한 것 같다."

나는 얼른 신발을 신고 문을 닫은 후, 대문을 나서서 방향도 제대로 모른 채 무작정 달리기 시작했다. 머리가 깨질 것 같았다. 저 멀리 개천이 보였다.

86. 선거감시인단

사회대학 앞 학생식당에 앉은 미현은 몹시 지쳐 보였다. 얼굴은 파리했고, 입술은 허옇게 각질이 일어나 까칠해 보였다. 해도 뜨지 못한 무거운 11월 오후의 하늘이 그 애의 모습을 더욱 음울하게 만들었다.

언젠가부터 미현은 평소에도 안경을 쓰기 시작했다. 그 전에는 오직 강의시간에 교수의 판서가 잘 보이지 않을 때만 이따금 쓰는 게 전부였다. 미현은 거듭 힘주어 말했다. 정말 중요한 선거야. 정말 중요해. 사람들의 피로 산 선거야. 이 기회를 헛되게 날릴 수 없어. 피로 산다는 그 고대 종교제의 같은 표현이 나는 언짢았다. 나는 퉁명스레 물었다.

"이 선거가 그렇게 중요하면, 왜 갈라져? 서로 자기가 하겠다고 갈라진 야당도 문제 아니야?"

말을 마치자마자 나는 후회했다. 미현이 발칵 화를 냈다.

"너는 왜 그렇게 매사 회색분자처럼 굴어?"

회색분자가 어때서? 의심을 품고 신중하게 판단하려고 판단을 보류하는 게 왜 나쁜데? 왜 우리는 늘 누군가의 편이 되어야 하는데? 그러나 나는 목구멍으로 치밀어 오르는 그 질문들을 애써 꾹 삼키고 나지막한 목소리로 사과했다.

"미안하다."

미안한 기분이 있었던 건 사실이었다. 미현은 며칠째 날마다 학교에서 버스로 20분 거리에 떨어진 봉천5동 동사무소에 나갔다. 투표명부에 있는 이름들이 실제 주민들인지 확인해야 한다는 것이었다. 아니면 자유당 부정선거 때처럼 존재하지도 않는 사람들이 투표인 명부에 오르고, 그 사람들 명의로 유령 투표가 이뤄질 것이라는 거였다. 전국의 동사무소나 읍·면사무소에 전국의 대학생들이 자발적으로 나가 투표명부를 일일이 조사하고 있었다.

여론조사로는 야당의 두 김씨 중 누구도 여당의 노태우를 앞서지 못했지만, 아이들은 부정선거만 막으면 '우리'가 승리할 것이라고 굳게 믿고 있었다. 아이들은 '우리'가 어느 당의 어떤 후보인지도 미처 정하지 못했다. 한 김씨를 지지하는 아이들은 그 김씨가 처음부터 야당의 후보이기에 합법적이며 정당하다고 했다. 또 다른 김씨를 지지하는 아이들은 그가 더 많이 탄압받았기에 더 적합한 후보라고 했다. 여론조사 숫자를 보면 두 김씨 중 누구도 여당 후보를 이길 가능성이 없어 보였다. 아이들은 말했다. 여론조사, 다 거짓말이야. 어용언론들을 믿지 마. 불리한 여론조사 결과는 모두 거짓이나 조작으로 치부하고, 오직 부정선거만 막으면 결국에 가서 '우리'가 승리하리라는 아이들의 믿음은 거의 신앙으로 보였다.

그 어지러운 시간 동안 고시원은 안전한 보루가 되어 나를 숨겨주었다. 카투사로 군복무를 마친 복학생들에게 아이들은 큰 기대를 하지 않았다. 수업을 마친 후 철우나 나보다 1년 정도 늦게 복학한 다른 82학번 남자애들과 함께 녹두거리에서 당구를 치거나 어둑한 오락실에 들어가 전투기 게임 1942를 하는 게 내 유일한 여가활동이었다.

며칠 전 대한항공 항공기가 북한 간첩에 의해 폭파되었다는 끔찍한 소식 이후 미현은 늘 화가 나 있었다. 군부에서 여론을 조작하기 위해 우리 노동자들이 탄 항공기를 폭파시켰다는 소문을 믿는 눈치였다. 그 때부터 미현은 아직 벌어지지도 않은 부정선거를 기정사실로 받아들이기 시작했다.

전날 저녁에 내가 늦게까지 근처 당구장에서 당구 치며 시간을 보낸 걸 알아챈 미현은 내 오후 마지막 강의가 끝나자마자 나를 붙잡아 한산한 식당에 앉히고 전날 내 행적을 취조하듯 캐묻고 나서 한참을 나무랐다.

"어쩜 그럴 수가 있어? 고시공부하면 모든 세상 일에서 면제된다고 생각해?"

미현은 논문준비를 시작하려던 참이었다. 교수도 아이들도 인문대 석사논문 대개가 다 '짜깁기'라며 자조한 건 사실이었다. 그러나 그런 짜깁기 논문조차도 도서관에 눌러 앉아 몇 주고 몇 달이고 이 문헌, 저 문헌을 뒤적이며 꽤나 많은 시간을 들여야 쓸 수 있었다. 미현은 도서관에 붙어 있어야 할 시간에 인문대 여학우회 아이들을 데리고 동사무소에서 투표인 명부를 확인했다. 그리고 그 시간에 나는 녹두거리 부근에 기거하는 82학번 동기들과 고시원 옆에서 당구를 치고 있었다.

미현은 기가 막힌다는 표정으로 나를 한동안 바라보더니 옆에 둔 가방을 주섬주섬 챙기며 일어났다.

"논문 때문에 도로 들어가야 돼. 내일 지도교수한테 들고 갈 게 없어. 오늘은 고시원에 있을 거지?"

"아, 나 압구정동 이모네 가는 날인데…."

미현은 일어서다 말고 도로 앉아 어처구니없다는 표정으로 나를 잠깐 바라보더니 한숨 쉬며 되물었다.

"하루는 당구 치고, 하루는 과외하러 가고…. 도대체 공부는 언제 할 거야? 과외 끝나고 또 철우 불러내서 강남에서 술 마시는 거 아냐?"

"아, 아냐, 철우 요즘 주중에 바빠."

"그래? 그럼 요즘 일요일 저녁에 철우랑 술 마신 거야?"

"아, 응, 아니…. 뭐 그런 건 아니고."

"도대체 일요일마다 어디로 가는 건데?"

나는 더듬대며 변명했다.

"하필 나 잠깐 자리 비울 때만 네가 전화하는 거 아닌가."

"지난번엔 실장이 면회 온 친구랑 나갔다고 하던데?"

"아, 기훈이 왔을 땐가…."

"한두 번이 아니었는데?"

"이상하네…."

미현은 내 눈을 뚫어져라 바라보더니 자리에서 벌떡 일어났다.

"나 집에 늦어도 여덟 시까진 들어갈 거야. 너 과외 끝나고 돌아오는 길에 잠깐 들르든지."

그 시간에 미현의 집 앞에서 만나면 끝은 뻔했다. 우리는 순진무구한 어린애들처럼 조잘대며 반포 아파트촌을 가로질러 저류지로 연결된 개천을 건널 것이다. 그리곤 방배동 카페촌 입구 쪽을 향해 걷다가, 가로등 불빛이 닿지 않는 곳에 멈춰 서서 서로의 몸을 탐할 거였다. 그리곤 어느 한 여관으로 들어가서 허겁지겁 부끄럽고 성급한 정사를 벌이고 자정이 되기 전에 서둘러 그곳에서 나와 머쓱하게 서로를 배웅할 터였다. 미현과 나 모두 그 사실을 알면서도, 언제나 그렇게 해왔으면서도 우리는 끝까지 위선적이었다. 우리는 서로의 몸을 갈구한다는 사실을 여전히 입으로 시인하지 못했다.

나는 대답하지 않았다. 불현듯 미현이 한숨을 쉬며 말했다.

"우리가 이렇게 간절히 바라는데, 설마 정권교체, 되겠지?"

문득 미현의 그 종교 같은 믿음이 부러웠다. 바라는 대로, 생각하는 대로, 보고 싶은 대로 세상 일이 이뤄지리라 굳게 믿는 건 얼마나 근사한 일인가? 내 바람과 생각이 너무도 간절해 눈 앞의 현실마저 왜곡할 수 있다면, 그래서 추악하고 불쾌한 현실이 영원히 내 앞에 모습을 드러내지 않을 수만 있다면 얼마나 우리 마음이 평화로울까?

87. 라스트 크리스마스

"와, 진짜 가는 거냐?"

"그래, 간다, 가. 도대체 몇 번째 묻는 거냐?"

철우와 나는 철우의 고등학교 동창 두 명과 함께 방배동의 한 카페에 앉아 있었다. 크리스마스를 두 주 앞둔 저녁 여덟 시, 유리창 밖으로 보이는 거리에는 제법 많은 사람들이 오가고 있었고, 상점마다 내건 장식물들이 울긋불긋하거나 금은색으로 반짝였다. 카페 안에서도 귀에 익은 팝송이 '마지막 크리스마스'를 노래하고 있었다.

나는 주저하다 물었다.

"너 다닐 학교가 어디라고?"

"미네소타 주립대."

당황스러웠다. 미네소타가 어디지? 이름은 귀에 익었지만, 도무지 감이 잡히지 않았다. 서부? 남부? 나는 서울대까지 졸업하는 철우가 왜 굳이 그렇게 이름도 생소한 학교에 다니려 하는지 잘 이해할 수 없었다. 내가 물을까 말까 망설이는 사이 철우의 서울고등학교 동창 길태가 끼어들었다.

"거기 MBA 순위 꽤 높을 걸? 아마 50위 안에 들 걸?"

잠자코 있었어야 했는데 그만 나는 입을 열고 말았다.

"그게 높은 거냐?"

길태가 피식 웃으며 대답했다.

"야, 그럼, 높은 거지. 미국에 대학이 몇 갠데."

또 다른 철우의 고등학교 동창 승민이 북어를 씹으며 말했다.

"거기 춥다던데. 왜 하필 그렇게 추운 델 가냐?"

철우가 어깨를 으쓱하며 대답했다.

"사실 캘리포니아 주립대 같은 데서도 어드미션이 나오긴 했어."

"아니, 근데 왜 하필?"

"미네소타 가면 장학금도 좀 준다고 하고, 생활비도 싸다고들 하고…. 무엇보다도 한국 사람들 없는 데 가서 깨지고 부서져봐야 한다고 아버지가 윽박지르시는 바람에…. 돈 주시는 양반이 하라는 대로 해야지, 내가 힘이 있냐?"

"방위 갔다 왔으면 고생은 할 만큼 했지, 무슨 고생을 더하라고 하시는 거야?"

길태가 끼어들었다.

"아이고, 승민아, 맞는 말이긴 한데, 방위산업체 특례 갈 네가 낄 자리는 아닌 것 같다."

"뭐? 육 개월 방위가 어디서 감히!"

"아직 군번도 안 받은 게 어디서 감히!!"

승민과 길태가 낄낄대며 툭탁대기 시작했다. 나는 나지막이 철우에게 물었다.

"미네소타가 어딘데?"

"아, 오대호 옆, 서쪽, 알지?"

고개는 끄덕였지만 감이 잘 오지 않았다. 다시 물었다.

"서울대 나오고 학점도 좋은데, 왜 아이비리그 같은 데 가지 그랬냐?"

철우가 피식 웃었다. 툭탁대던 승민과 길태가 장난을 멈추고 저마다 끼어들기 시작했다.

"아이비리그? 그런 덴 학비 장난 아니지? 생활비며 집세며 전부 하면 일

년에 오천만 원도 더 들 걸?”

내가 다시 물었다.

“그래도 서울대 나왔는데 아이비리그는 가야 하지 않냐?”

아이들이 일제히 웃음을 터뜨렸다. 얼굴이 화끈거렸다. 하지만 어린 시절부터 죽 들어왔던, 닭의 볏은 될지언정 소꼬리는 되지 말라던 말을 마음 속에서 지워버릴 수 없었다. 서울대라는 철우의 학벌이 대한민국 사람들이라면 이름도 들어보지 못한 미네소타라는 이름에 가려질 것이 나는 진심으로 걱정이었다.

길태와 승민은 미국 대학들에 대한 이야기를 계속했다.

“아이비리그 비즈니스 스쿨 같은 데 가면 돈만 탈탈 털리는 게 아니라 학점까지 탈탈 털리지 않을까?”

“근데 길태 넌 미국 MBA 생각한 적 없냐?”

“야! 내 영혼은 뿌리까지 프랑크푸르트 학파야. 그런 이 몸에게 미제국주의의 MBA를 따라고?”

“어휴, 이 빨갱이 새끼.”

“어휴, 이 부르주아 새끼.”

길태와 승민이 또 다시 툭탁대며 장난스레 싸우기 시작하자 철우가 내게 말했다.

“저 둘이 국민학교 6학년 때부터 고1 때까지 한반이었거든. 그래서 만났다 하면 정신연령이 국민학생으로 돌아가는 것 같다. 어떤 땐 저러다 진짜 싸우는 거 아닌가 싶어서 조마조마하다니까?”

“재미있는데, 뭘.”

내 무지를 드러내는 바람에 민망한 순간을 겪었지만 마음은 편했다.

그 자리에서는 아무도 정치 이야기를 꺼내지 않았다. 지난 여름 육이구 선언 이후, 함께 투쟁하며 서로를 동지로 여기던 아이들이 반목하고 다투기 시작했다. 결국 야당 지도자들의 분열로 표가 분산되면서 아이들이 그토록 증오하던 군인 출신 여당 후보가 대통령으로 당선된 게 불과 며칠 전이었다. 더 크게 탄압당하고 더 선명하다는 후보를 지지했던 미현은 격앙했다. 마치 세상이 끝나기라도 한 것 같았다. 대통령선거 다음날 미현은 울부짖듯 소리쳤다. 이제 끝이야! 사람들이 어쩌면 이렇게 무지하고 사악할 수 있지?

철우와 친구들은 그런 이야기를 하지 않았다. 그저 여자, 진학, 취직 같은 이야기뿐이었다. 나는 그런 이야기들이 못내 편하고 즐거우면서, 또 한편으로 죄의식을 느꼈다. 이따금 철우와 강남이나 방배동의 안락하고 아늑한 카페에 앉아 맥주를 마시다 보면 미현의 목소리가 환청처럼 귓가에 맴돌았다. 지금 때가 어느 땐데, 썩어빠진 부르주아처럼 굴지 말아.

길태가 물었다.

"성식이 너, 신문사는 어떻게 생각하냐? 공무원은 좀 따분하지 않냐? 신문사 연봉이 꽤 세다고 하던데?"

나는 짐짓 무심한 척 어깨를 으쓱하며 대꾸했다.

"글쎄, 생각 안 해봤는데. 신문이고 방송이고 어용들이라."

나는 아무 생각 없이 야학 강사 아이들의 상투어를 따라하고 있었다. 철우가 낄낄댔다.

"외무고시 합격하면 어용 그 자체가 되는 거잖아?"

길태가 말했다.

"나는 행시 일차 떨어지면 그냥 신문사 시험 보려고 했는데. 내가 마음은 빨갱이인데 몸은 어용인가봐."

길태는 상투적이지만 자칫 모욕적일 수 있는 내 대답을 대수롭지 않게 여긴 모양이었다. 길태가 말을 이었다.

"솔직히 서울대 졸업장 있으면 대기업 어딘들 못 가겠냐? 그래도 좀 행세하는 델 가려면 신문사가 제일 나을 것 같더라."

철우가 물었다.

"방송국은?"

길태가 피식 웃으며 대답했다.

"그게, 방송은, 왠지 좀 딴따라 같아서."

그 누군가에게 모욕적일 수 있는 길태의 상투적인 대답은 나를 안심시켰다. 상투적인 표현과 생각을 공유하는 것만큼 우리를 하나로 묶어주는 건 없었다. 학과에서나 서클에서나 야학에서나 심지어 가족끼리 있을 때도 우리는 늘 그렇게 상투적인 표현을 교환했다. 어쩌다 그런 상투어들에 의문을 제기하거나 반론을 펼치려 하다 보면 무리에서 떨어져 나가 외톨이가 되기 십상이었다. 상투어를 많이 아는 사람은 배운 사람 혹은 어울려 살 줄 아는 사람이었다. 사람들은 자기가 이미 아는 말을 하는 이를 보고 똑똑하다고 했다. 언젠가 들은 적은 있지만 자기가 채 기억하지 못한 말을 하는 이에게는 현명하다고 했다.

우리는 열 시가 넘어서 자리를 파했다. 서로 돈을 내겠다고 의례적으로 옥신각신하던 끝에, 결국 길태가 돈을 냈다. 제법 큰 돈이었다. 한 달 비밀 불법과외를 하고 받을 돈의 사분지 일, 한 학기 인문대 등록금의 십이분지 일에 해당하는 돈이었다. 등록금 카페에서 나온 길태와 승민은 철우를 몇 번이나 끌어안고 얼어 죽지 말고 무사히 돌아오라고 농담을 되뇌었다. 길태는 승민이 안주를 다 집어먹는 바람에 술만 마셔서 많이 취했다고 투덜대더니, 이내 승민과 어깨동무를 하고 앞장서 큰길가로 나갔다. 길태와 승민은 택시가 앞에 서자 기사가 어서 타라고 재촉할 때까지 또 다시 철우를 몇 번이나 얼싸안고 작별인사를 했다.

그들이 떠나자 사방에 크리스마스 캐롤이 울려퍼지는 방배동 거리가 별안간 적막하게 느껴졌다. 내가 철우에게 물었다.

"짐은 다 쌌냐?"

"뭐, 갖고 갈 것도 별로 없다."

나는 담배를 빼서 입에 물고 다시 입을 열었다.

"난 비행기 타는 사람들 보면 괜히 걱정된다."

철우가 피식 웃었다.

"나 미국 비행기 타고 간다. 북한이고 소련이고 그 종간나 새끼들이 아무리 미친 놈들이라지만, 미국 비행기는 감히 못 건드리니 걱정 마."

나는 피식 웃었다. 철우가 물었다.

"고시원으로 갈 거냐?"

"응, 그래야지."

"집에 안 내려가냐?"

"너 출국하는 거 보고, 크리스마스 지나서 내려가려고."

철우도 담배를 물더니 길게 연기를 내뿜었다.

"미현이랑 언제 결혼할 거냐?"

나는 대답하지 못했다. 철우가 말했다.

"꼭 결혼해라."

나는 고개를 돌려 철우를 바라보았다. 철우가 겸연쩍게 웃더니 나지막이, 그러나 분명하게 털어놓았다.

"실은 나도 미현이 좀 좋아했었잖아. 다른 놈이 데려간다면 싫은데, 너는 괜찮다."

짐작은 하고 있었지만, 막상 철우 입에서 그 말이 나오자 나는 당황했다. 철우는 아무렇지도 않다는 듯 태연히 이야기를 계속했다.

"난 사실 좋아한 것도 아니지. 너 1학년 때 보니까, 야, 진짜 저게 좋아하는 거구나 싶더라. 너 미현이 먼 발치에서 볼 때마다 그 덩치에 얼굴이 귀밑까지 벌개지는 게 얼마나 웃기고 귀여웠는지 아냐?"

"야, 쪽팔리게 옛날 얘기는 왜…."

철우가 한숨 쉬듯 연기를 내뿜더니 말을 이었다.

"그러니까 둘이 꼭 잘 돼라. 그만 싸우고. 미현이랑 너 앞으로 둘이 싸우면 어디 가서 하소연할 데도 없다."

나는 아무 대답 없이 피식 웃었다.

"너희 둘이 계속 연애 상담한다고 번갈아 나 괴롭히는 바람에 나는 연애도 해보기 전에 질렸다, 이 웬수 같은 놈들아!"

철우가 장난스레 나에게 덤벼들었다. 우리는 낄낄대며 방배동 거리를 뛰었다. 카페들의 반짝이는 조명과 떠들썩한 캐롤 소리에서 멀어진 곳에 다다르자 어두운 허공에 하얀 눈꽃송이들이 나풀대며 떨어지기 시작했다.

"첫눈이다!"

나와 철우가 동시에 나직이 외쳤다. 빈 택시 한 대가 우리 앞에 다가와 속력을 줄였다. 철우가 택시를 멈춰 세웠다. 철우는 문을 열더니 내게 외쳤다.

"눈 그치기 전에 미현이한테 전화해라!"

나도 택시에 대고 외쳤다.

"화요일날 김포공항에서 보자!"

철우가 탄 택시가 시야에서 사라질 때까지 나는 한동안 멍하니 눈을 맞고 서있었다. 사방을 둘러보자 철우가 사라진 방향과 반대편에 공중전화부스가 보였다. 언젠가부터 첫눈이 오는 날에는 연인을 만나야 한다고 사람들은 말했다. 나는 그 기원도 의미도 알지 못하는 관습을 지키기 위해 주머니에서 동전을 찾아 꺼내 공중전화기에 넣고 거의 기계적으로 다이얼을 돌리기 시작했다. 그러나 막상 신호가 울리자마자 나는 겁이 더럭 났다. 얼른 수화기를 내려놓은 나는 떨어진 동전을 받아 주머니에 넣고 공중전화부스에서 나왔다. 굵어진 눈발이 어느새 함박눈으로 변하더니, 담뱃재와 껌이 오가는 사람들이 내뱉은 타액과 담즙에 섞여 거무튀튀하게 더께 낀 시멘트 블록 보도를 하얗게 뒤덮기 시작했다. 감옥 같은 고시원으로 돌아가고 싶지 않았다. 그렇다고 우울한 미현을 만나서, 못나고 못배우고 무지한 탓에 또 다시 군부세력에게 정권을 내준, 그래서 더 딱하고 가엾고 한편으로 가증스러운 민중에 대한 한탄을 또 다시 듣고 싶지도 않았다. 이제 확인할 수도 없게 된, 그래서 순전히 믿음의 영역이 되어버린 부정선거 의혹에 대해 거듭되는 이야기를 듣고 싶지도 않았다. 언제나 그랬던 것처럼 지저분한 여관에서 몸을 섞은 후 죄의식과 수치심에 불편해하고 싶지도 않았다. 아직 떠나지도 않은 철우가 벌써부터 그리워졌다.

철우 덕분에 잠시나마 연장됐던 내 어린시절은 그날 끝나버렸다.

1988

88. 용두사미 - 3월

현대프랑스문학 교수는 불친절했다. 퉁명스럽고 매력 없는 초로의 남자였다. 낯선 이름들과 생소한 용어들을 주워섬기며 아주 천천히 말을 이었는데, 듣고 있자면 몹시 답답했다. 무엇보다도 한 문장도 제대로 된 문장이 없이 모두가 비문이거나 완성되지 않은 문장들이었다. 한국어 구조에 프랑스 어 용어가 섞였지만 한국어 어휘나 프랑스 어 어휘 중 어느 것도 아름답거나 정확하게 들리지 않았다. 어느 언어를 말하든 경상도 억양이 압도했다. 교수가 입에서 '에에', '스읍'하는 비언어적 소음을 내며 어떻게 다음 문장을 이어가야 할지 망설이는데, 내 앞자리 사내애가 별안간 손을 들었다.

"질문 있습니다."

교수가 돋보기 안경 위로 사내애를 꼬나보았다. 학생들은 대개 질문 같은 건 하지 않았다. 질문이 단순할 때는 하찮게 들릴까 봐 묻지 않았다. 심오한 질문인 경우에는 건방져 보이거나 아는 척하는 것처럼 보이는 게 두려워 질문을 삼갔다. 이따금 수업 말미에 질문이 있는지 묻는 교수들도 있긴 했다. 하지만 그건 그저 본래 의미를 상실해버린 의례적인 맺음말에 지나지 않았다. 대개 그렇게 묻고는 5초도 기다리지 않고 곧장 강의노트와 출석부를 챙겨 강의실 밖으로 나가곤 했다. 그런데 수업 중에, 그것도 교수가 말하다 잠시 숨 고르는 사이 질문이라니, 그건 거의 불경(不敬)이었다. 교수는 치밀어 오르는 짜증을 지긋이 삼키는 듯 보였다.

"교수가 말하는 도중에 질문하는 버릇은 어디서 배웠나?"

앞자리 아이의 뒤통수가 멋쩍어 보였다. 사내애는 올렸던 손을 내리고 고개를 숙였다. 교수는 헛기침을 하고 나서 잠깐 말 없이 강의노트를 들여다보다 말고 별안간 되물었다.

"그래, 질문이 뭔가?"

앞자리 남자아이는 머뭇거리며 기어들어가는 목소리로 대답했다.

"저, 푸코가 말하는 계몽주의의 폭력이라는 게 무슨 뜻인지 잘 모르겠습니다."

교수가 스읍 소리를 내며 이 사이로 숨을 들이쉬어 상체를 부풀렸다가 숨을 내쉬더니 핀잔했다.

"4학년 과목인데 이제 와서 그런 질문은 곤란하지 않나?"

그러더니 그는 다시 강의노트를 한참 내려보다가 마침내 자기가 하려던 말을 기억한 모양인지 수업을 재개했다.

세 시간 연강은 언제나 그렇듯 두 시간이면 끝났다. 교수가 나가자마자 아이들은 삽시간에 흩어졌다. 내 앞자리 사내애만 자리를 뜨지 않았다. 적적했던 나는 그의 등을 슬쩍 건드리며 의례 그러듯 이름 대신 학번을 먼저 물었다.

"처음 보는 것 같은데…. 몇 학번이셔요?"

가무잡잡한 얼굴의 그 사내애는 외투를 입고 있는데도 다부진 체격이 도드라져 보였다. 당시 유행과 달리 머리 모양은 어설프게 짧았다. 이목구비의 선이 굵고 특히 눈이 부리부리했다. 대학생이라기보다는 공사장에서 일하는 인부 같은 느낌이었다.

"83요."

"아, 그래, 나는 82야."

나는 이름을 묻지 않았다. 급우의 이름을 묻는 건 마치 형제나 자매의 이름을 묻는 것만큼이나 우스꽝스럽고 심지어 부끄럽게 느껴졌다. 이름표를 달고 학생으로서 12년을, 군대에서 27개월을 보내는 동안 우리들의 이름은 언제나 식별부호처럼 우리 왼쪽 가슴에 달려 있었다. 그러기에 이름을 묻는 건 물론이고 자기 이름을 소개하는 건 늘 묘하게 불편하고 낯설었다. 앞자리 사내애가 중얼댔다.

"나도 재수해서 사실 82 나이인데…."

기분이 떨떠름했지만 나는 태연을 가장하며 되받았다.

"형이라고 부르기 싫으면 그냥 이름을 부르든지. 난 이성식이야."

힐끗 본 그 애 공책 표지에는 임승준이라는 이름이 적혀 있었다.

"아, 아니요. 학교에선 학번이 우선이죠."

"그런데 어떻게 한 번도 못 봤지? 군대 갔다 왔어?"

승준은 잠시 고개를 떨구었다. 민망하고 부끄러운 눈치였다. 그는 하지만 곧 고개를 들고, 애써 아무렇지도 않다는 듯 어깨를 으쓱하며 대답했다.

"꼴통이라 학사경고 두 번 받고 잘려서 해병대에 끌려갔는데, 다녀와보니 위대하신 대통령 각하께서 황송하게도 복학을 시켜 주시네요."

그의 비아냥이 스스로를 향한 것인지, 전 대통령을 향한 것인지 분간

하기 힘들었다. 개강하기 한 달 전 일이었다. 별안간 정부는 제적학생들이 원하는 경우 모두 복학할 수 있게 조치를 취한다고 발표했다. 수강신청기간 학과사무실에서 불어불문학과에도 예닐곱 명이 복학 대상이라는 말을 얼핏 들었던 것 같다. 대부분의 아이들은 반겼지만, 나는 내심 의아했다. 학생들로 하여금 공부에 몰두하게 한다며 이런저런 부작용을 무릅쓰고 도입한 졸업정원제를 스스로 무효화하는 당국의 행태가 우스꽝스러웠기 때문이다. 반길 줄 알았던 미현마저도 비난했다. 미현은 그 조치가 학생운동의 동력을 와해시키기 위한 음모라고 말했다. 어째서 그렇게 생각하는지 나는 묻지 않았다.

나는 조심스레 물었다.

"운동… 했어?"

"아뇨."

승준은 어이없다는 듯 어깨를 으쓱하며 대답했다.

"그냥, 학교가 싫고 공부가 싫었어요. 그야말로 학력고사 점수랑 공부 머리랑 별로 관계없다는 산증거예요, 내가. 진짜 나 같은 게 어떻게 서울대에 올 생각을 했나 몰라. 간신히 공부에서 해방됐나 싶었는데, 군 복무 마치니까 다시 부르네? 세운상가에서 앰프나 수입하고 고쳐서 팔면서 살고 싶었는데… 부모님 돌아가시기 전 소원이 막내아들 서울대 졸업장이라니, 어쩌겠어요. 내가 늦둥이로 태어난 막내거든."

나는 무어라 할 말을 찾지 못해 가만히 듣기만 했다. 승준이 다시 말을 이었다.

"어차피 서울대학교에 합격할 때 머리는 증명된 거 아닌가? 왜 굳이 하고 싶지도 않은 공부를 더해야 하지? 오늘 배운 것도 그래요. 포스트모더니즘인지 뭔지 그게 먹고 사는 데 왜 필요해? 아니, 그리고 그게 뭐냐고 물었으면 대답을 해주든지 해야지, 도대체 고등학교 때 아무 뜻도 모르고 그냥 달달 외우게 하던 거랑 뭐가 달라? 등록금 내고 배우러 왔는데 왜 그냥 다 알아서 공부하라고 그래? 아, 씨, 수강 취소해 버릴까?"

제적생 구제는 그 때가 처음이 아니었다. 1980년에도 있었다고 했다. 한국에서는 만사가 운전자 벌점제 같았다. 어떻게 해서라도 벌점을 받지 않으려 조심조심 운전해봐야, 어느 날 별안간 광복절 대통령 대사면으로 모든 운전자의 벌점을 없애면 평생 난폭하게 운전한 사람이나 조심해서 운전한 사람이나 결과적으로 다를 게 하나도 없었다. 사람들은 자기 행동과 무관하게 모두 다 같은 결과를 얻기 원했고 그게 정의라고 생각했다. 대학의 학사운영도 똑같았다. 교수들은 수업에 나오지 않거나 기말고사에 응시하지 않은 아이들에게 끊임없이 또 다른 기회를 주었다. 그나마 그게 여의치 않은 공과대학이나 자연대학과 같은 이과 단과대에서는 지난 1987년 수업거부와 시험거부 때 제적자가 속출했지만, 나라에서 나서서 그 아이들마저 구제해준 것이다.

나는 문득 궁금해졌다. 제적생 구제 조치가 취해진 지금 그 이과 교수들은 어떤 마음일까? 자신들의 원칙이 허물어져서 허탈할까, 아니면 혹시 학생의 인생에 치명적인 영향을 끼쳤다는 죄책감에 벗어나 마음이 편할까? 나는 승준과 함께 강의실에서 나와 정문 쪽을 향해 걷기 시작했다. 승준이 물었다.

"형은 언제 졸업해요?"

"이번 학기 마치고."

"아, 코스모스 졸업?"

봄 학기를 마치고 코스모스가 필 때쯤 졸업한다고 해서 아이들은 여름 졸업을 코스모스 졸업이라고 불렀다. 여름에 졸업하는 아이들은 선수과목을 이수하지 않은 채 상위 강의를 들어야 할 때가 많았다. 2학년 1학기를 마치고 휴학계를 내버린 통에 나는 나머지 다섯 학기 내내 그렇게 절름대듯 전공과목을 수강해야 했다. 그러나 그 누구도, 조교도 지도교수도 수강신청에 대한 지도를 제대로 해주지 않았다. 하긴 누군가 수강신청 지도를 해준다 하더라도 우리는 들으려 하지 않았을 것이다. 서울대에 합격했다는 것만으로 우리는 이미 우리 자신이 완성된 지식인이라고 믿었으니까. 차고 건조하고 모래가 서걱서걱한 봄바람이 계곡을 휘몰아쳤다. 순환도로로 들어서자 저만치 철제 교문이 보였다. 문득 승준이 뇌까렸다.

"교문 지나갈 때마다 떠오르는 사자성어 하나가 있어요."

"뭔데?"

"용두사미."

나는 피식 웃었다. 합격은 영광스러웠다. 하지만 6년이 지난 지금 나는 무엇 하나 제대로 이루지 못한 채 지지부진하게 시간에 끌려가고 있었다. 어차피 전공공부에 몰두하는 아이들은 문화교육부의 자랑, 고시공부를 하는 아이들은 군사정권의 노예였다. 캠퍼스의 영광은 오로지 민주와 민중과 민족에게 개인의 삶을 바친 아이들만의 것이었다. 그 외의 모든 아이들은 비겁한 회색 지식인이었다. 지식인이라는 말이 우리 같은 학부생에게 가당치 않다는 건 아무도 지적하지 않았다.

"용두사미, 그건 내 얘긴데."

"에이, 그래도 나처럼 학사경고 받고 잘린 적은 없잖아."

승준은 어느 사이 존칭 어미를 생략하고 있었다. 승준이 다시 물었다.

"형은 취직준비 어떻게 하고 있어?"

나는 피식 웃으며 애써 무심한 척 어깨를 으쓱했다. 그 해 봄에 있을 1차 시험 준비는 거의 손을 놓고 있었다. 고시원에 자리만 두고 허송세월하는 나 자신이 무참했다. 승준이 무심하게 질문을 던졌다.

"고시 준비하는 애들 많다던데, 형도?"

나는 헛웃음을 지으며 대답을 피했다. 승준이 말했다.

"와, 진짜, 사시든 행시든 외시든 고시 시험과목 목록만 봐도 난 머리가 지끈지끈한던데, 법대도 아니고 사회대도 아닌 인문대 다니면서 고시 준비하는 애들 대단해. 나만 빼고 다 천재인가 봐. 역시 난 서울대 오는 게 아니었어."

89. 내 머리는 너를 잊은 지 오래

사일구가 다가오며 학교는 점점 더 소란스러워지기 시작했다. 수업을 마치고 1동 건물 쪽을 향해 내려가는데 승준이 구름다리 옆에서 담배를 물고 있는 게 보였다. 승준은 기다렸다는 듯 바닥에 던져놓았던 가방을 들어 어깨에 메고 나를 따라 걷기 시작했다.

"형, 오늘 과외 안 가는 날이지?"

"어? 어…. 어떻게 알았냐?"

"지난주에 그랬잖아. 월, 수, 금에만 과외 있다고."

승준은 나를 친구로 선택한 것 같았다. 나는 무엇이든 나 스스로 선택해본 적이 없었다. 대학에 입학하기 전까지는 얌전한 모범생이었기에 급우나 교사들에게 선택됐다. 대학에 와서는 선배들 말을 귀기울여 듣기에 선택됐다. 철우와 단짝이 된 것도 늘 내게 다정하던 철우 덕분이었다. 그리고 미현. 내게 먼저 다가온 것도, 내게 먼저 안긴 것도, 내게 먼저 입맞춘 것도 미현이었다. 어느 날 밤 함께 있고 싶다는, 차마 하지 못하던 말을 내 입에서 나오게 유도한 것도 미현이었다. 인생에서 내가 선택했다고 말할 수 있는 건 어문계열학부와 불어불문학 전공이었지만, 그 선택을 나는 비밀스럽게 후회하고 있었다.

내가 선택하든 선택되든 친구는 있어야 했다. 나는 내 친구 목록에 무제한으로 사람들을 욱여넣었다. 고등학교 동창, 클래식기타 서클 아이들, 어문계열 같은 반 아이들은 물론이고, 지긋지긋하던 군대 동기들까지 수십 명이 단지 같은 학번이거나 같은 나이라는 이유만으로 그 허울뿐인 친구 목록에 들어 있었다. 철우가 미국으로 떠난 후에 비로소 나는 내게 친구가 철우뿐이었음을 알아차렸다. 고시공부를 시작하며 내 친구 목록은 급속히 줄어들었다. 승준은 나와는 너무 달라 어쩐지 불편했음에도 그가 나를 친구처럼 여기는 것이 싫지 않았던 건 그런 이유였다. 어차피 나는 내가 좋아하는 사람, 내가 좋아하는 것을 선택할 줄 몰랐다.

"형, 나랑 스터디 한 군데 가보자."

"스터디? 무슨 스터디?"

승준이 씩 웃으며 되물었다.

"형도 나처럼 스터디 소리만 들어도 경기 나?"

"아니, 그런 건 아니고…. 무슨 스터딘데 그래?"

"언론사 준비 스터디."

내가 아무런 대답도 하지 않자 승준이 물었다.

"왜? 형도 언론은 어용이라 좀 그래?"

"아니, 아니야."

나는 외무고시를 준비하는 중이라고 털어놓지 못했다. 3월 초에 치른 1차 시험 합격자 발표를 기다리는 중이지만 불합격이 거의 확실하다는 말은 더더욱 하지 못했다. 어깨를 으쓱하며 웃어넘기려 해도 승준은 물러나지 않았다.

"어용이라 싫으면 민중신문인지 거기 가면 되잖아. 전두환 때 해직된 기자들이 새로 신문사 만든다는 말 들었지? 작년부터 애들 모금하고 그랬잖아? 곧 창간된다던데?"

"그래…. 들었지."

지난 겨울 어느 날, 미현이 들고 온 군고구마를 고시원 식당에서 나눠 먹던 게 생각났다. 나는 버릇처럼 군고구마를 싼 신문지의 오래된 기사를 읽기 시작했고, 미현은 그런 나를 나무랐다. 하루 종일 고시원에서 책 들여다보다가 또 글자야? 지겹지도 않아? 그러다 문득 생각났는지 별안간 눈을 반짝이며 의자를 당겨 앉았다. 해직기자들이 만드는 그 신문 나오면 엄마한테 보던 신문 끊고 그거 보자고 할 거야. 나 창간기금에 돈도 좀 냈다. 미현은 오랜만에 기분이 좋아 보였다. 미현은 그 후에도 만날 때마다 연거푸 나도 창간기금에 돈을 보태야 한다고 종용했었다. 매번 똑바로 대답하지 않고 어물대던 나는 어느 날 결국 분명히 거절해야 했다. 부모님한테 돈 타 쓰는 고시생 주제에 그럴 여유가 어디 있냐? 결국 미현은 단단히 토라져서 다시는 그 얘기를 꺼내지 않았다.

승준이 작은 종지 쪽지 하나를 내게 내밀었다. 시간과 장소, 그리고 참가자격이 적혀 있었다.

"민입스?"

"민중신문 입사준비 스터디의 줄임말."

"그런데, 너 공부하기 싫다더니, 취직 준비하는 건 괜찮냐?"

승준은 끔찍한 이야기라도 들었다는 듯 손사레를 쳤다.

"어휴, 공부라면 다 싫지. 그런데 나도 졸업해서 밥벌이는 해야 할 거 아냐? 그냥 어디 돈 많고 명 짧은 사모님 애인이나 하면서 용돈 받아 살면 딱 좋겠는데."

우리는 남는 시간을 때우기 위해 도서관 가는 길 양지 바른 통로를 향해 걸었다. 길 한 쪽을 예닐곱 명이 메우고 서서 노래를 하고 있었다.

오직 한 가닥 타는 가슴 속

목마름의 기억이

네 이름을 남몰래 쓴다

지나가던 아이들이 이따금 발걸음을 멈추긴 했지만 노래하는 아이들 앞에 놓인 4·19 기념 행사 안내 전단을 집어가거나 옆에 걸어 놓은 격문을 읽는 아이들은 별로 없었다. 나는 불현듯 폴 엘뤼아르의 싯귀를 기억했다. 자유여, 나는 네 이름을 쓴다. J'écris ton nom, Liberté.

87년의 봄이 지나며 캠퍼스에는 호헌철폐, 군부독재타도 대신 조국해방이라는 구호가 걸리기 시작했다. 헌법이 바뀌었다. 군복을 벗은 법적 민간인이 대통령이 되었다. 그래도 아이들은 여전히 아프고 서럽다고 했다. 울고 떼쓰며 여기저기 감정을 배설하고 싶어했다. 우리를 울게 하는 가해자가 없을 땐 가해자를 지어내기라도 해야 했다. 도대체 누가 시작했는지도 모르는 민족해방이니 민중민주주의니 하는 몇 마디 구호에 그 뜻도 제대로 생각해본 적 없으면서 그토록 우리 가슴이 벅찼던 건, 누추한 세상을 기적처럼 구원해줄 구원자가 구호 속에 존재하는 양 생각했기 때문인지도 모른다. 우리는, 아니, 나는 18년 이상 한 번도 '나'로 살아보지 못했다. 그러다 어느 날 대학이라는 낯선 세상에 던져져서 스스로를 책임지고 보살펴야 한다는 게 너무도 버거웠다. 나처럼 그들도 그저 구원자의 이름으로 서로가 서로를 책임지고 보듬던, 그러나 누구도 자기 자신에 대한 책임만은 없던 어린시절로 돌아가고 싶었던 게 아니었을까?

승준과 나는 도서관 아래 벽에 빼곡히 붙은 대자보들을 의례적으로 훑어보기 시작했다. 올림픽 구실 삼아 노점상 탄압하는 정부는 각성하라. 재개발로 철거되는 달동네 주민들에게 투쟁을 계도하려면. 정부는 남북학생회담 성사를 가로막지 말라. 관악인 모두 민중신문의 창간주주가 되자. 대자보를 쓴 익명의 저자들은 각자가 세상을 다스리기라도 하는 듯 온갖 세상 일에 대해 훈계하고 간섭하고 명령했다. 승준이나 나처럼 확신이 없어 주저하던 아이들은, 그 별세계에서 아무런 권한도 자격도 없는 주변인(周邊人)이었다. '1987년의 봄은 프롤레타리아 독재의 서막이었나'라는 제하의 한 대자보 앞에 아이들 두어 명이 서서 격렬하게 토론하고 있었다. 승준이 들릴 듯 말듯 혀를 차더니 내게 고갯짓을 하고 서둘러 대자보 앞을 벗어나기 시작했다.

"형, 민인스 같이 갈 거지?"

"글쎄…."

"뭐가 '글쎄'야? 그냥 한 번 가보자니까?"

승준의 독촉을 받으며 나는 깨달았다. 나는 나도 모르게 누군가에게 허락을 구해야 한다고 생각하고 있었다. 그게 내 부모든, 미현이든, 나는 언제나 내 뜻보다 남들의 말에 귀 기울이고 그에 따라 행동했다. 고등학교 3학년 때 담임은 신흥 고등학교에서 서울대 입학정원을 한 명이라도 더 늘리기 위해 '그래도 간판이 중요하지' 하면서 서울대학교 인문학부를 권했다. 고등학교 동문 선배들은 가서 영어 한 마디라도 배우려면 카투사에 가라고 했다. 외무고시를 준비하겠다고 생각한 건 미현의 집안에 대한 열등감과, 고시합격이 세상에서 가장 큰 출세라고 생각하는 부모 때문이었다. 부모의 허락 아래 고시공부를 시작했으니 포기하는 데도 부모의 허락이 필요하다고 나는 무의식 중에 생각하고 있었다. 미현 역시 내가 야학을 그만두라고 '허락'했다. 그러니 신문사를 지원하려면 최소한 내 아버지, 어머니와 미현의 승인이 필요하다고 생각했던 것 같다. 어쩌면 나는, 남들에게 의견을 묻거나 허락을 받으면 훗날 일이 잘못되는 경우 남에게 그 탓을 돌릴 수 있으리라 생각했는지도 모른다. 승준은 잔뜩 들떠서 떠들고 있었다.

"신문이나 방송 보면 기자가 최고 직업 같지 않아? 자기가 뭘 직접 하는 건 없고 그저 남들한테 대고 이래라, 저래라, 똑바로 해라, 하고 훈수 두고 참견하는 거잖아? 그거 일종의 앙가주망 아닌가? 아, 그리고 보니 대자보랑 학보 쓰는 거랑 똑같네?"

나는 대수롭지 않다는 듯 피식 웃으며 끝내 사양했다.

"야, 그냥 민입스인지 뭔지, 너 혼자 다녀와서 어땠는지 말해주라. 내가 요즘 좀 일이 있어서…."

"무슨 일? 뭔데? 여자 만나? 몰래바이트 해?"

서로의 신상을 캐묻고 일상을 거의 강제적으로 공유하는 건 친구가 되는 첫 걸음이었다. 나는 그저 웃기만 했다.

90. 연옥

그 때까지 나는 실패라는 걸 해본 적이 없었다. 아니, 실패를 해볼 기회가 없었다.

고등학교 입시는 내가 고등학교에 입학하기 전에 사라졌고, 고액과외를 받지 않는 이상 절대 합격할 수 없다는 서울대학교 본고사도 내가 대학에 입학하기 전에 사라졌다. 국가에서는 우열반을 없애서 잘하는 아이들끼리 모여 공부하지도 못하게 했다. 덕분에 내 학업성과는 언제나 실제보다 훨씬 더 우월해 보였다. 카투사 시험의 난이도는 매우 낮았다. 군대에서 운전병으로 복무한 덕분에 운전면허시험조차 단 한 번에 합격했다. 내 부모님은 언제나 나를 가리켜 '한 번도 떨어져 본 적이 없는 아이'라고 했다.

실패해본 적 없다는 오만은 나 자신을 향한 저주가 되어 버렸다. 나는 치열하게 공부하는 법을 잊었다. 수업거부와 시험거부로 학교가 온통 마비됐던, 그래서 교수가 한 말 몇 마디 만 기억했다가 끄적거려도 A를 받곤 했던 1987년 내내 그랬던 것처럼 나는 안이했다. 서구 철학에 기초를 둔 그 방대한 정치, 문화, 경제 과목들을 불과 7개월 남짓한 시간 동안 제대로 이해하는 건 불가능한 일이었다. 그럼에도 나는 그 때까지 그래 왔던 것처럼 실패는 면할 거라고, 적어도 1차시험은 합격할 거라고 막연히 기대했다. 마침내 합격자 명단에 내 이름이 누락된 것을 확인하는 순간, 나는 그 실패를 받아들이기 힘들었다. 그리고 내 인생에서 한 번도 없던 실패의 기록을 완전히 삭제하고 싶었다. 포기하고 싶었다. 두 평 남짓한 감옥 같은 방에서 하루라도 빨리 도망치고 싶었다.

고시원이라는 곳은 제 발로 찾아 들어가는 연옥이었다. 그곳에서 나가는 사람들은 두 부류로 나뉘었다. 시험에 합격한 사람들, 그리고 시험을 포기한 사람들로. 합격했든 합격을 포기했든, 그곳에서 나올 때는 그 전과 완전히 다른 사람이 되어 있게 마련이었다. 그 전으로 돌아갈 수 없었다. 실패한 자 아니면 성공한 자였다. 실패한 자라는 불도장에 찍히지 않으려면 그 연옥에 더 머물러야 했다.

아들이 수감된 고시원의 면회실 겸 간이식당으로 사용되는 그 자리에 앉아 내 어머니가 울고 있었다.

"내가 정성이 부족해서 이렇게 됐나 보다. 수철이네 엄마, 절에 가서 백일 동안 천 배 올리고 수철이 합격했다는데, 내가 새벽기도 좀 더 일찍 다니기 시작해야 했는데…."

도대체 수철이가 누구인지, 무슨 시험을 봤는지 불현듯 궁금했지만 나와 아무런 상관도 없는 사람인 건 분명했다. 어쩌면 어머니는 그저 우는 시늉만 하는 것 같기도 했다. 그걸 알면서도 내 가슴은 무너지는 것 같았다.

내가 기억하는 한 어머니는 모든 상관관계를 인과관계로 혼동했다. 눈에 보이는 일회성 현상들을 얼토당토않은 인과율로 만든 후 세상만사에 적용했다. 여기에 사람들이 주고받는 어설프고 당위성 없는 속설들까지 더해지면서 어머니는 미신의 세계에 갇혔다. 어머니가 내 할아버지 할머니와 사이가 좋지 않은 것은 사주팔자의 오행이 서로 맞지 않기 때문이었다. 어머니가 마흔 살 넘어 뜻하지 않게 임신했다가 계류유산이 되면서 일찍이 자궁절제술까지 받게 된 것은, 어머니의 사주팔자를 풀면 깨뜨릴 파(破) 자가 나오기 때문이었다. 내 동생들의 학업성적이 그리 좋지 않은 것은 전에 살던 집의 터가 장남에게 모든 운이 돌아가는 자리라 나머지 형제와 자매들에게 그리 좋은 자리가 아니었기 때문이었다. 어머니가 미현을 탐탁치 않게 여기는 것은 많이 배운 여자는 팔자가 드세고 부유한 집안 딸은 버릇이 없기 때문이었다. 아버지가 최근 장로로 임직하자마자 골프연습장에서 발을 헛디디며 발목을 삐고 곧이어 교통사고를 일으킨 것은 주님의 역사가 우리 가정에 이뤄지는 것을 시기한 마귀의 훼방이었다.

어머니가 신봉하는 미신의 핵심은 문제의 원인을 외부로 돌리는 데 있었다. 그게 어머니가 세상을 관조하고 이해하는 방식이었다. 내가 충분히 노력하지 않아서, 혹은 내 능력이 부족하거나 적성에 맞지 않아서 시험에 불합격했다는 너무나 기본적인 일차적 추론이 어머니 머릿속에서는 일찌감치 배제된 모양이었다. 어머니는 눈물을 훔치는 시늉을 마치더니 별안간 나를 바라보며 눈을 반짝이기 시작했다.

"얘, 너 포기할 거 아니지? 내년에 다시 볼 거지?"

내가 아무런 대꾸도 하지 않자 어머니는 목소리를 낮추고 내게 속삭였다.

"점쟁이가 그러는데 내년에는 꼭 된다더라. 한 번에 합격할 거래. 올해 네 토정비결이 워낙 안 좋다고, 특히 정월이랑 이월에 안 좋았다는 거야. 그러니 떨어지지 않을 도리가 있니? 내년에는 네 운이 아주 좋대."

어머니가 믿는 하나님은 양들이 낮은 목소리로 속삭이면 계명을 어기는 것도 불충한 것도 알아차리지 못하는 모양이었다. 어떤 문제에 외부적인 요인이 개입됐다는 말을 들으면 어머니는 모든 논리를 깡그리 잊어버렸다. 문제의 원인이 자기 자신 혹은 우리 자신에게 있음을 인정하는 것보다 그런 미신에 의지하는 게 훨씬 더 위안이 되는 건 확실했다. 그저 입을 다

물고 있어야 했는데, 나도 모르게 불쑥 한 마디 내뱉고 말았다.

"아버지가 장로신데 점 같은 거 보러 다니셔도 되는 거예요?"

어머니는 미간을 잔뜩 찌푸리고 황급히 고개를 저으며 나를 을렀다.

"쉿!"

어머니가 낮은 목소리로 덧붙였다.

"그런 소리 말어. 느이 아버지랑 같이 간 거야."

어머니는 짐짓 힘겹게 몸을 움직여 공용 냉장고로 가더니 냉장고 문을 열고 쪼그려 앉아 내 이름이 붙은 반찬통들을 찾아 꺼낸 후 새로 가져온 반찬통으로 교체했다. 어머니는 한 달 전에 가져왔던 반찬들을 고스란히 다 기억하고 있었다. 손도 대지 않은 반찬, 반도 채 비우지 못한 반찬통을 하나하나 열어보면서 어머니는 울상을 지었다.

"에고, 이거 어떡하니, 아까워서."

나는 잠자코 있었다. 반찬을 만들어 나르는 건 나를 위해서가 아니라 어머니 자신을 위해서임을 그 무렵이 되어 나는 서서히 깨닫기 시작했던 것 같다. 어머니는 언제나 어딘가 아프다고 했다. 무릎이 아프다고 했고, 발목이 붓는다고 했다. 혈압이 높다고도 했고, 피가 탁하다고도 했다. 매일처럼 소화가 안 되고 더부룩하고 나날이 체중이 불어가는 게 모두 자궁절제술을 받은 탓이라며 의사를 원망했다. 자기 어머니의 절제된 생식기관에 대한 푸념은 스물여섯 살 아들을 몹시 불편하게 했다. 하지만 어머니는 그게 나와 직접 관련된 일이라고 굳게 믿는 모양이었다. 어쩌면 어머니 생각이 그리 틀리지 않았는지도 모른다. 어머니는 여전히 나를 눈에 보이지 않는 탯줄로 옭아매고 있었으니까.

어머니는 버릴 반찬과 도로 가져갈 반찬통을 모두 꾸렸다. 그리고는 압구정동 이모네서 빨아온다며 내 빨래꾸러미까지 집어들었다. 나는 어머니가 곧 떠날 줄 알고 내심 안도했다. 그러나 어머니는 나를 두고 갈 생각이 없어 보였다.

"얘, 같이 가서 느이 이모네서 저녁 먹자."

나는 고개를 절레절레 저었다.

"중간고사 기간이에요."

어머니가 마뜩잖다는 듯 입술을 비죽대며 이맛살을 찌푸렸다. 어머니는 대입시험이나 고시시험 공부 외에 모든 것을 쓸데없다고 생각했다. 대학에서 무엇을 하는지, 무엇을 배우는지도 몰랐다. 어머니가 생각하는 대학이란 곳은 그저 4년 동안 돈을 치르고 시간을 보내는 대가로 졸업장을 발급받는 곳이었다. 졸업장을 받을 자격은 이미 입학시험으로 모두 결정됐다고 믿었다. 중간고사니 기말고사니 하는 건 그저 숫기 없고 낯 가리는 내가 친척 어른들을 피하려 갖다 붙이는 핑계에 지나지 않았다. 어머니는 구시렁대며 나를 설득하려고 했다. 10분 남짓 실랑이를 하고서야 겨우 어머니는 승복했다. 나는 어머니를 택시정류장까지 배웅했다. 마침내 어머니가 탄 택시가 떠났다. 나도 모르게 큰 한숨이 나왔다. 잠시나마 혼자라는 게 그리 좋을 수가 없었다.

나는 주머니에 손을 꽂고 무얼 할까 망설였다. 외무고시를 한 번 더 치러야 하나? 혹은 아무 회사의 인사부나 영업부 같은 데 일단 취직을 해야 하는 걸까? 봄바람이 실어온 누런 먼지에 몸도 마음처럼 서걱거렸다. 문득 목욕을 하고 싶었다. 널찍한 대중탕 욕조 안에 몸을 담그고 머릿속을 말끔히 비우고 싶었다. 혹시나 평일 오후라 평소보다 좀 덜 붐비지 않을까 하고 기대했지만, 이 새로 생긴 대중탕은 평소와 다름없이 분주했다. 나는 한숨을 내쉬며 빈 자리를 찾아 목욕탕을 둘러보았다. 일주일에 두어 번 벌거벗고 몸을 씻을 때도 내게 프라이버시 같은 건 없었다.

목욕을 마치고 나왔을 때는 봄날의 긴 해가 황사 가득한 하늘을 붉게 물들이고 있었다. 붉게 물든 고시원의 유리 현관문을 열고 들어가는 순간 현관 앞에 미현이 보였다. 나는 애써 태연한 척 미소를 지으려 했지만 나도 모르게 한숨을 쉬고 말았다. 시험을 4개월 정도 남기면서 미현은 나를 가축처럼 몰기 시작했다. 내가 누구를 만나는지, 누구와 저녁을 먹었는지, 고시원에 언제 돌아갔는지, 학교 수업은 제대로 듣고 있는지 매일 다그치고 캐물었다.

"어딜 갔다 오는 거야?"

나는 크게 숨을 들이쉬었다. 그리고 한숨처럼 내쉬며 대꾸했다.

"어머니 바래다 드리고 목욕하고 왔어."

미현은 미심쩍은 얼굴로 나를 훑어보더니 내게 무언가 내밀었다.

"미자 알지? 걔 결혼한대."

나는 미현이 내미는 청첩장을 얼떨결에 받아들었다. 故 차희철 김순녀의 장녀 차미자. 청첩장에는 마침내 세상을 떠나면서 미자의 족쇄를 하나 벗긴 줄 알았던 그녀의 아버지 이름이 그 혼인의 주인으로 이름을 내세우고 있었다. 나도 모르게 중얼댔다.

"돌아가신 분도 혼주가 되는구나. 난 몰랐네."

미현이 어깨를 움츠리며 내게 말했다.

"그러게. 풍습 참 희한해."

미현은 어깨를 움츠리고 자기 팔을 감싸 안으며 내게 말했다.

"낮엔 따뜻하다 못해 거의 덥더니, 별안간 쌀쌀하네. 어디 가서 뭐 좀 먹자."

91. 거세

　김치찌개를 앞에 둔 미현과 나는 소주잔만 연거푸 주고받았다. 그 전까지 우리 단 둘이 하는 술자리의 그 설레면서도 어색한 긴장감은 대개 일종의 비언어적 구애행위였다. 나와 미현은 지난 12월 이후 한 번도 함께 밤을 지내지 못했다. 나에게는 더 이상 주인 아주머니 몰래 숨어들 하숙방조차 없었다. 야학을 마친 후 뒤풀이를 핑계로 늦은 밤 함께 시간을 보낼 수도 없다. 취했다는 구실로 지저분한 여관방에 숨어들 구실도 없었다. 아니, 무엇 때문인지 내 마음이 몹시 불편했다. 이따금 긴장과 스트레스에 짓눌려 숨도 못 쉴 것 같은 기분이 들 때면, 내 한 몸 겨우 누일 수 있는 침대에 누워 옆방에 들리기라도 할까 봐 조바심 내며 홀로 황급히 정체된 욕망을 배설하는 편이 훨씬 더 마음 편했다.

　왜 불편한지 알 수 없었다. 어쩌면 미자 때문일 수도 있었다. 나는 그저 미자와 나 사이에 있던 모든 일을 잊으려고 애썼다. 그날 밤의 기억은 물론 미자의 존재마저 까맣게 잊고 싶었다. 기억할 용기가 없었다는 게 더 옳은 말인지도 몰랐다. 나는 미현에게 술잔을 받아들며 문득 12월 초, 간신히 자책에서 벗어나려던 참에 미자에게 전화가 왔던 일을 생각했다. 그 때 나는 고시원 실장이 혹시나 들을까 봐 목소리를 낮추어 속삭였다.

　"미안하다. 실수였어. 이제 연락하지 마."

　수화기 너머 미자는 낮은 소리로 머뭇머뭇, 그러나 분명히 말했다.

　"오빠는 실수였을지 몰라도, 저는 오빠 좋아해요. 처음 볼 때부터 좋아했어요."

하마터면 나는 그 말에 무너질 뻔했다. 누군가가 나를 동경하고 그리워한다는 게 얼마나 행복하고 짜릿한 경험인지 나는 까맣게 잊고 있었다. 나는 가까스로 할 말을 찾아 입을 열었다.

"그런 말 하지 마라."

미자는 잠시 침묵하더니 다시 말을 이었다.

"좋아한다고 말도 하면 안 돼요?"

나는 말문이 막혔다. 다시 미자가 물었다.

"정미현 선생님 사랑하세요?"

나는 대답하지 못했다.

"네? 사랑하세요?"

사랑이라니, 그 말은 여전히 유행가 가사에나 존재하는 말이었다. 나는 내 입으로 사랑이라는 말을 뱉어본 적이 한 번도 없었다. 나는 기어들어가는 목소리로 간신히 대답했다.

"응."

그게 마지막이었다. 미자는 내 인생에서 사라진 줄 알았다. 내 죄책감도 시간이 지나면 사라질 줄 알았다. 별안간 미현이 내민 청첩장에서 미자의 이름을 보고 나는 그래서 더 당황했다.

내가 생각에 잠겨 아무 말도 하지 않자 미현이 다그쳤다.

"왜 대답을 안 해? 미자 결혼식 갈 거냐고?"

나는 미현의 눈길을 피하며 어깨를 으쓱했다.

"글쎄…. 가야 하나?"

"가지 마."

나는 고개를 들고 미현을 바라보았다. 미현의 눈길은 마치 모든 것을 다 알고 있다는 듯 나를 힐난하고 있었다. 가슴이 철렁 내려앉았다.

"그 여우 같은 계집애, 너 좋아해서 꼬리친 거, 다 알아."

나는 당황해서 더듬었다.

"무, 무슨 말을 그렇게 하냐."

미현은 콧방귀를 뀌더니 말했다.

"내가 그 정도 눈치도 없을 것 같아? 재수없어, 그 계집애. 그 주제에 그 꼬락서니를 하고 어딜 넘봐?"

언제나 민중이나 노동자를 입에 담고 살던 미현의 이율배반이 문득 불쾌하게 느껴졌다. 그럼에도 나는 어떻게 그런 말을 할 수 있냐고 차마 따지지 못했다. 잠시 침묵이 흐른 후 미현이 주저하며 말했다.

"나 오늘 늦게 들어가도 돼."

예전 같았으면 내 온몸의 피를 한순간에 들끓게 했을 그 말에 나는 숨이 막혀왔다. 미자의 목소리가 들리는 것 같았다. 정미현 선생님 사랑하세요? 별안간 갖가지 의문들이 토악질이라도 하듯 치밀어 올랐다. 누군가를 사랑한다는 게 어떤 일인지 내가 알았던가? 내가 미현에게 느끼던 감정은, 그저 스무 살 언저리 어린 사내의 가라앉지 않는 육욕이 소유욕으로 치환됐던 거 아니었나? 정말로 내가 미현을 사랑했다면, 그저 용기가 없다는 핑계로, 사실은 거절당하는 게 두려워 그 긴 시간을 허비했을 리 없지 않나? 내 앞에 앉은 이 여자의 첫 남자가 내가 아니라는 사실을 애써 외면해온 것은 그만큼 이 여자를 사랑해서가 아니라 그저 내 자존심을 다치고 싶지 않기 때문 아니었나? 무엇보다도, 미자와 허름한 신림사거리 시장 순대집에 앉아 소주잔을 기울일 때보다 미현과 함께 있을 때 더 마쯤 편하고 행복했던가? 나는 잠시 망설이다 입을 열었다.

"나 오늘 많이 피곤하다."

술기운으로 발그레하던 미현의 얼굴이 시뻘겋게 달아올랐다. 나는 변명하듯 덧붙였다.

"내일 아침 수업도 있고."

내 입에서 나온 그 구차하지만 확실한 거절의 말에 나조차도 흠칫 놀랐다. 미현이 한숨을 내쉬었다. 그 한숨소리만 들어도 나는 미현이 잔뜩 토라진 걸 알 수 있었다. 미현은 결코 말하지 못할 것이었다. 우리가 함께 잠자리를 한 지 5개월이 다 되어간다고, 내 몸을 원한다고. 나는 반쯤 취해 멍한 상태로 주머니에서 지갑을 꺼내며 자리에서 일어났다.

"일어나자. 나 졸려."

미현은 자리에서 일어나지 않았다. 그리고 그 큰 눈을 더욱 크게 뜨고 내 눈을 뚫어져라 바라보더니 취조라도 하듯 내게 물었다.

"너, 미자랑 무슨 일 있었지?"

한 테이블 너머 아이들이 젓가락 장단에 맞춰 솔아 푸르른 솔아를, 또 다른 테이블에서는 성냥공장 아가씨를 목놓아 부르고 있었다. 그런데도 나는 미현의 말을 알아들을 수 있었다. 나는 자리에 멈춰 섰다. 고등학교를 졸업한 후 꽤나 거짓말에 익숙해졌다고 생각했는데, 그 순간 이상하게도 거짓말을 하고 싶지 않았다. 그렇다고 내 입으로 털어놓고 싶지도 않았다. 내가 입을 다물고 있자 미현이 입을 열었다.

"그래, 그런 것 같더라. 내 그럴 줄 알았어."

미현이 자리에서 일어났다. 얼굴은 여전히 새빨갛게 달아올라 있었다. 미현은 미자의 청첩장을 내팽개치듯 탁자 위에 올려놓았다. 그리고는 뒤도 돌아보지 않고 술집에서 나갔다.

나는 멍하니 미현이 술집에서 나가는 모습을 지켜보았다. 잡을 용기가 나지 않았다. 남은 소주를 잔에 따라 비운 후, 술값을 치르고 술집에서 나왔다. 관악산 기슭 야산에서 내려온 차가운 밤공기에 봄이 묻어 있었다. 젖은 흙 냄새, 나무에 움트는 냄새, 꽃봉우리가 터지는 냄새… 언제나 미현을 생각나게 하던 그 봄 냄새가 녹두거리의 소주 냄새와 꼼장어 냄새, 담배 냄새와 토사물 냄새에 뒤섞이고 있었다.

나는 감옥 같은 독서실로 향했다. 봄 냄새 속에서 나는 미자를 생각하고 있었다. 주근깨로 덮인 콧잔등, 웃을 때면 접히던 눈꼬리살, 광채가 나도록 반짝이던 새카만 머리칼, 언제나 감추려고 애쓰지만 어쩔 수 없이 수시로 드러내던 두 앞니 사이의 틈…. 미자는 내 어설픈 한 마디, 한 마디에 늘 금방 자지러지기라도 할 듯 반응했다. 소리 내어 웃고, 숨죽여 키득대고, 탄성을 내뱉고, 미간을 찌푸리고…. 나는 고개를 저었다. 다음 만남도, 다음 통화도 기약하지 않고 자리를 박차고 떠난 미현보다는, 지난 몇 개월 동안 그저 내 머릿속에서 지워버리고 싶었던 미자가 내 머릿속을 가득 채우고 있었다. 그저 이제는 내 것이 될 수 없다는 이유만으로.

92. 올림픽

고시원 벽에 걸린 텔레비전 속 사람들은 들떠 있었다. 뉴스는 매일처럼 올림픽 준비 진척상황을 알리고 있었다. 귀에 착 와서 붙게끔 만들어진 올림픽 노래들이 군복무 시절 아침마다 듣던 군가처럼 사방에서 수시로 들려왔다. 고시원 식당에 놓인 신문 제목들은 올림픽만 성공하면 나라가 당장 선진국이 될 것처럼 설레발쳤다.

학생회나 운동권에 속하는 아이들은 전혀 달리 반응했다. 그 애들은 올림픽이 남북분단을 고착하기 위한 장치라고 했다. 아크로폴리스 광장, 대자보가 붙은 학생회관 부근, 인문대와 사회대 쪽 게시판 주변에 올림픽을 조롱하는 게시물과 대자보가 보였다. 한 대자보에서는 아웅산 테러와 대한항공 여객기 폭파는 모두 전두환이 꾸몄거나 혹은 유도한 것이라고 주장했다. 그리고 올림픽이 성공하면 군사독재가 정당화된다며 올림픽이 취소되기를, 혹은 실패하기를 기원했다. 아이들이 온갖 그럴 듯한 음모론을 제기하며 분개하는 것을 보면 올림픽을 며칠 동안 계속되는 흥미진진한 대규모 운동회 정도로 생각하던 나 자신이 너무 순진하고 무지했던 건가 싶어 부끄러울 지경이었다.

우리 학교에서도 올림픽 게임이 있을 거라고 했다. 정문 부근 비어 있던 부지에 언젠가부터 보이던 체육관이 그 장소라고 했다. 승준이 잔뜩 들떠서 떠들었다.

"정문 근처에 짓는 체육관, 거기서 올림픽 탁구 한다던데?"

나는 승준이 무슨 의도로 하는 말인지 몰라 고개만 끄덕였다. 어쩌면 모두가 골고루 가루가 되도록 나눠 먹지 않고 국가예산을 불공정하게 명문 국립대에 뭉텅이로 분배하는 것을 한탄하기 위해서일 수도 있고, 또 어쩌면 우리 학교 안에서 역사적인 행사가 벌어지는 것을 기뻐하는 것일 수도 있었다. 승준이 말을 이었다.

"와, 전에 나 탁구 치러 다니면 우리 노친네는 무슨 당구나 장기 같은 잡기 취급하고 불호령을 내렸는데…. 그런 잡기가 올림픽 종목이 되다니, 세상이 좋아진 거야, 아니면 우리 노친네가 시대에 뒤떨어진 거야? 혹시

중국 때문인가? 중국이 탁구 잘하니까, 탁구하면서 같이 사이좋게 놀자
는 미제의 유화정책?"

"뭐, 그럴 수도 있겠지."

"그치? 와, 갑자기 탁구가 막 당기는데? 형 고시원 옆에 탁구장 있잖아?
거기서 이따 한 판, 어때?"

마음이 가벼워졌다.

"그럴까? 그런데 나 하도 오래 안 쳐서…."

"그냥 가볍게 한 판, 응?"

군대 가기 전까지만 해도 대개 한산했던 그 탁구장은 그러나 계단부터
아이들로 바글댔다. 이름도 88올림픽 탁구장으로 바뀌어 있었다. 몇 년
전까지 몹시 지저분하던 시멘트 바닥에는 붉은 비닐 장판이 깔려 있었
고 누렇게 때에 찌들어 있던 벽은 새로 칠해졌다. 입구에는 커다란 벽보
가 붙어 있었다.

'올림픽 탁구장에서는 최근 88 올림픽 탁구 유치로 인하여 탁구를 즐
기고자 하는 고객이 急增(급증)한 관계로 番號票(번호표)를 發行(발행)하
기 시작했사오나 순서가 왔을 때 不在(부재)하시는 고객의 차례는 부득이
하게 뒤로 밀릴 수밖에 없사오니 이 점 良知(양지)하시기 바랍니다.'

나는 그 불필요하게 공손하고 장황한 국한문 혼용 안내문을 보고 피식
웃었다. 마주 칠 때마다 자기가 젊을 때 은행에서 일했다고 밑도 끝도 없
이 되뇌던 압구정동 이모네 집 입구 슈퍼마켓 주인도, 툭하면 가게 유리
창에 한자를 섞어 안내문을 써 붙이곤 했다. 廢棄物 無端 投機 禁止(폐기
물 무단 투기 금지). 그런 중늙은이들은 한자 획을 바르게 쓸 줄 안다는 것
만으로 자신들의 학식이 드러난다고 믿는 게 분명했다.

탁구장에는 모두 다섯 대의 테이블이 있었다. 세 테이블에서는 복식으로, 두 테이블에서는 단식으로 치고 있었다. 여기에 구경하는 아이들까지 더해져서 탁구장 안은 매우 시끄럽고 어수선했다. 누군가 공을 놓칠 때마다 함성과 탄식이 동시에 울려퍼졌다. 나는 자리를 지키던 주인 아저씨에게 대략 얼마나 기다려야 하는지 물었다.

"글쎄, 거진 한 시간은 걸릴 거여."

승준이 내게 물었다.

"기다릴까? 아니면 내일 다시 올까?"

"기다리자. 그 사이 뭐 좀 먹지, 뭐."

번호표를 받고 계단을 내려가다 보니 은회색 알루미늄 재질 화장실 문에도 안내문이 하나 붙어 있었다.

'先進(선진) 화장실 文化 暢達(문화 창달) – 열쇠는 반드시 88올림픽 당구장으로 반환해주십시오.'

승준이 피식 웃으며 말했다.

"저 주인 아저씨 매우 유식한데? 이상하게 학교 주변에 저런 분들 많더라. 여기 터가 이상한가?"

나는 어렴풋이 그 이유를 짐작할 수 있을 것만 같았다. 그건 열등감일 수 있었다. 자기와 다른 환경, 다른 삶을 살아온 젊은 대학생들이 혹시나 자기가 배운 게 없어서 당구장이나 경영한다고 생각할까 봐 두려웠는지 모른다. 그 즈음 서울대에는 한자를 제대로 쓰지 못하는 아이들이 많았다. 신문에서는 이따금 잊을 만할 때마다 한자교육이 제대로 되지 않아 자기 부모 이름도 한자로 쓰지 못하는 대학생들이 허다하다고 한탄했다. 뜻을 분명히 하겠다는 구실 아래 복잡한 한자를 안내문에 쓰는 건,

한자를 쓰는 것은 고사하고 읽기조차 버거워하는 서울대생들에게 자기들의 학식을 자랑할 수 있는 아주 단순하고도 확실한 방법이었을 것이다.

슈퍼마켓에도, 아파트 경비실에도 그런 식의 안내문은 도처에서 볼 수 있었다. 하지만 한자 획을 암기하는 것보다 더 어려운 것은 한국어 문장을 제대로 쓰는 것이었다. 그런 안내문들은 단아한 글씨체에 한자 획도 정확했지만, 여기저기 장황한 비문에 한글 맞춤법이나 띄어쓰기가 엉망이기 일쑤였다. 나는 언젠가부터 그런 안내문을 보고 비웃는 게 묘하게 불편하게 느껴지기 시작했다. 그저 학력고사를 조금 잘 치렀다는 이유만으로 세상의 모든 지식과 지혜를 독점한 양 행세하는 우리 모습이 한자를 잘 안다는 이유 하나로 자신들의 학식이 뛰어나다고 생각하는 그 경비 아저씨나 구멍가게 아저씨들보다 별로 나을 게 없어 보였다.

승준과 나는 탁구장 건물을 나서서 이백 원에 라면을 끓여주는 허름한 분식집으로 들어갔다. 사방팔방 붙어 있던 올림픽 관련 구호가 보이지 않자 겨우 숨을 돌릴 것 같았다. 온 나라에 거대한 잔치가 벌어지려 하는데 오로지 나만 소외되는 기분이었다.

고등학교 시절까지 학교에서나 집안에서 무슨 일이 있을 때마다 나는 전면에 있었다. 체육시간과 교련시간에는 학급 반장으로 구령했다. 집안 행사 때도, 경사가 있을 때도 친인척들은 내 대학입시 성공과 카투사 시험 합격을 화제로 삼았다. 외무고시 1차 합격자 발표가 난 이후 나는 그런 시절이 끝났다는 것을 알았다. 별안간 정상에서 나락으로 추락한 기분이었다.

관제 벽보와 스티커들이 공중화장실 벽까지 들어서서 깨끗한 화장실이 올림픽의 성공으로 향하는 첫 걸음이라고 외치는 것을 보면 나는 숨이 막혔다. 그저 국가의 간섭과 훈계가 가장 개인적인 공간까지 들어섰기 때문은 아니었다. 어차피 난 한 번도 제대로 된 혼자만의 공간을 가져본 적이 없었다. 화장실까지 온통 다닥다닥 붙은 그 올림픽 구호들은 내가 세상에 수많은 장기짝 중 하나라는 걸 새삼스레 깨닫게 했다. 고등학교를 졸업하고 몇 년이나 흐른 뒤 부정하고 부정하던 끝에 겨우 배운 가장 중요하고 뼈아픈 교훈은 이 세상의 주인공이 내가 아니라는 것이었는데, 그걸 그 화장실 칸이라는 혼자 있어야 할 공간까지 따라와 애써 소리지르며 상기시키는 것만 같았다.

승준이 나무젓가락을 쪼개 잔가시를 털다 말고 별안간 내게 물었다.

"형, 여자 있다며? 우리 과 대학원생이라며?"

"누가 그래?"

"애들이 그러던데?"

나는 어깨를 으쓱하며 대답을 회피했다. 사귄다고 말한다고 해도, 얼마 전 헤어졌다고 말한다고 해도 미현에게 누가 될 터였다. 여자가 연애 경험이 있다고 하면 사람들은 그 여자의 가치가 감가상각된다고 했다. 때로는 아예 아무런 가치도 없다고도 말했다. 승준은 의아한 표정으로 나를 빤히 바라보며 내 대답을 기다리다가, 마침 탁자 위에 올라온 라면 그릇 위에 고개를 박고 먹기 시작했다. 미현을 작별의 말도 없이 보낸 지 2개월이 지났다. 나는 대학원생들이 다닐 만한 길목과 복도를 피해 다녔다. 도서관 건물 아래 통로에서 마주치기라도 할까 봐 본부건물 앞 잔디밭 쪽으로 돌아서 다녔다. 그러면서도 처음 이별을 경험했던 1983년만큼 힘들지 않았던 것은 아마도 내가 세상의 주인공이 아니라는 걸 배웠기 때문일 것이다. 내 아픔이라는 건 그저 손톱 밑 가시 같은 것에 불과하다는 걸 알았기 때문일 것이다.

그게 아니라면, 나는 그저 나 자신을 더 사랑했기 때문인지도 모른다. 깨지고 부서진 줄 알았던 내 유아적 세계가 여전히 굳건하게 나를 둘러싸고 있었기 때문인지도 모른다.

93. 오작교

아이들이 빠져나간 캠퍼스는 마치 물이 빠진 갯벌 같았다. 보이지 않았던 것들이 눈에 들어오고, 걸리적거리지 않았던 것들이 발에 밟혔다. 게시판과 건물 벽에 붙은 벽보와 대자보들은 볼썽 사납게 바람에 흔들렸다. 학기 중 사람들 사이에서 이리저리 밀려다닐 때는 그 구호와 격문과 선언들과 나 사이에 어쭙잖은 농담, 딕테, 중간고사, 과제물과 같은 일상적인 일들이 완충재처럼 놓여 있었다. 그러나 아이들이 없는 캠퍼스에 서자 그 공격적이고 거친 구호들이 날린 표창처럼 내 마음에 날아와 박히는 걸 느낄 수 있었다.

전날 밤 내린 비로 도보는 아직 축축했다. 7월 아침의 태양이 그 물기를 맹렬하게 말리며 아지랑이가 피어오르고 있었다. 산자락 아래 놓인 내 학교는 마치 구름 속처럼 습했다. 두 명의 중년 혹은 초로의 남자들이 사회대학 앞 게시판에서 벽보를 떼어내 끌고 다니던 수레에 담는 모습이 보였다. 아웅산 테러도 여객기 테러도 근본적으로는 모두 미국 제국주의자들의 사주 하에 분단을 고착하려 든 남한의 잘못이라고 말하는 벽보들이 찢겨 리어카에 실렸다.

문득 저 청소부들이 벽보나 대자보의 문구나 제목을 보고 무슨 생각을 할지 궁금했다. 우리의 벽보나 대자보는 마치 감상적인 일기 같았다. 누군가 읽어주기를 바라고 쓰지만, 읽는 것은 우리뿐이었다. 누군가 공감하길 기대하지만, 그걸 보는 것도, 공감하는 것도, 공감하지 못하고 겉도는 것도 결국 우리뿐이었다. 그런데 우리는 세상 모두가 우리만 바라보고 우리 말만 들어야 한다는 양 행동했다.

자하연 가까이 이르자 사위는 더욱 습하게 느껴졌다. 신입생 시절 기타 서클의 최영규가 자하연에 놓인 다리에 대해 말했던 기억이 났다.

"저 다리 이름이 뭔지 알아?"

"아니요."

그 때 영자오빠 영규는 낄낄대며 대답했다.

"오작교."

"하얀색인데, 왜요?"

"그릇할 오, 지을 작, 다리 교."

내 눈에 그리 잘못되어 보이지 않았기에 나는 다시 물었다.

"어딜 잘못 만들었는데요?"

선배는 한숨을 쉬더니 되물었다.

"네 눈엔 저게 제대로 되어 보여?"

나는 대답할 말을 찾지 못하고 우물댔다.

"콘크리트잖아, 서양놈들 식으로 무식하게 콘크리트를 들이부어 지었잖아!"

집도, 빌딩도, 다리도 모두 다 철근과 시멘트, 자갈로 짓고 있는데 왜 새삼스레 그 다리만 잘못인지 알 수 없었지만 나는 그냥 고개를 끄덕였다. 그리고 알아차렸다. 우리는 그저 새로운 컬트에 입문한 것뿐이었다. 마치 처음 자의식이 생긴 어린아이들처럼 우리는 순진하게 모든 새로운 것과 서구에서 온 것에 악이 깃들어 있다고 믿었다. 그리고 이 컬트 교리에 의문을 갖는 건 금지되어 있었다.

아이들은 남녀가 그 자하연 오작교를 함께 건너면 이별한다고도 했다. 아이들이 무작위하게 지어낸 속설에 이유를 물어서는 안 됐다. 그런 속설에 연유가 있으리라 기대해도 안 됐다. 그러나 적어도 그 오작교 속설에 대해서 만큼은 나도 설명할 수 있었다. 우리는 첫사랑의 경험을 스무 살까지 미뤄뒀다. 마침내 스무 살이 되어 적어도 사랑이라는 걸 할 자유가 주어졌을 때 우리에게는 아무런 경험도 없었다. 그래서 그 강렬하고 잊히지 않는, 환희보다는 고통에 가깝던 그 감정을 제대로 즐기지도 누리지도 못하고 낭비하다가 헛되게 실패하고 말았다. 첫사랑은 실패할 수밖에 없다는 신화는 그렇게 만들어졌다. 단 둘이 있을 자리도 찾지 못해 캠퍼스 이곳저곳을 부랑자처럼 떠돌아다니다가 기껏 찾는 곳이 자하연이었던 아이들이 어떻게 자기들 사랑을 쉬이 이어갈 수 있었을까?

장맛비가 사납게 내리꽂히던 전날 저녁, 고시원 실장이 내민 메모지에는 자하연에서 보자는 글귀가 적혀 있었다. 나는 메모지를 펼치자마자 미현의 글씨체인 걸 알았다. 여전히 만년필에 잉크를 넣어 쓰는 아이는 내가 아는 한 미현밖에 없었다. 나는 미현의 만년필 필기를 아주 좋아했었다. 획 첫 마디마다 진하게 종이에 스민 그 잉크의 색깔이 얼마나 다정하게 느껴지던지 나는 그만 눈물이 나올 것만 같았다.

나는 한 벤치 옆에 기대어 담뱃갑을 꺼냈다. 벤치 좌석마다 물이 고여 앉을 수 없었다.

나는 변명하고 싶지 않았다. 거짓말도 하고 싶지 않았다. 그러나 가장

하고 싶지 않은 것은 미현을 그대로 보내는 것이었다. 그럼에도 결국 미현을 보내고 만 이유를 세 달이 넘어서야 겨우 깨달았다. 한 사람이 또 다른 사람에게 변명하고 용서를 구하는 것은 곧 둘 사이에 서열이 생긴다는 것을 의미했다. 사람들은 귀에 못이 박히도록 반복해서 말했다. 절대 잘못했다고 먼저 말하면 안 돼. 교통사고가 나든, 설사 폭행치사를 했든, 절대로 자기 잘못을 인정하면 안 돼. 자기 잘못을 인정하면 그 때부터 상대방의 노예가 되는 거야. 고대에 형법(刑法)으로 지켜지던 그 노예의 규칙이 우리 인간관계에 여전히 적용되고 있음을 사람들은 거듭해서 상기시켰다. 그렇게 나는 미안하다는 말이나 잘못했다는 말을 하지 않도록 훈련되었다.

인기척에 도로 쪽을 올려다보았다. 흰 반소매 여름 블라우스에 긴 면바지를 입은 여자가 보였다. 미현이었다. 미현이 조심스레 연못으로 향하는 돌계단을 내려오고 있었다. 내 갈빗대 사이로 무언가 서늘한 기운이 들어오는 것만 같았다. 미현이 내 곁에 멈춰 섰다. 미현은 내 눈을 똑바로 바라보았다. 나는 민망한 마음에 그 눈길을 피하며 담배연기를 내뿜는 척 얼굴을 돌리며 입술을 깨물었다.

나는 미안하다고, 잘못했다고 말하지 않았다. 나는 어색하게 웃으며 담배꽁초를 바닥에 던지고 발로 밟아 비벼 껐다. 그리고 마주 서는 대신 어깨를 나란히 하고 함께 오작교를 바라보았다. 이따금 바람이 불 때마다 어제 내리고 남은 물방울이 나뭇가지에서 후드득 떨어졌다. 안녕? 잘 있었어? 우리는 그런 말을 할 줄 몰랐다. 그런 표현은 한국어에 존재하지 않았다. 초보 영어 교과서에나 나오는 말이었다. 너 없는 동안 힘들었어. 많이 보고 싶었어. 우리 다시 만나자. 그런 말들은 더더욱 할 줄 몰랐다. 우리 사이에 무슨 문제가 있었는지 따지고 복기해보는 건 생각조차 할 수 없었다. 그건 다시 싸우자는 이야기나 다름없을 터였다. 무슨 독심술이라도 익히려는 사람들마냥 우리는 그저 눈치만으로 상대방의 의중을 헤아리려 들었다. 나는 가까스로 입을 열었다.

"오랜만이다."

"응."

그리고 또 잠시 침묵이 흘렀다. 이번에는 미현이 먼저 입을 열었다.

"방학인데, 청주 안 내려가?"

"공부해야지."

"외시, 다시 볼 거야?"

나는 불현듯 부끄러워 얼굴이 달아올랐지만 아무렇지도 않은 듯 되물었다.

"응, 뭐…. 넌 논문 준비 잘 되어가지?"

"그냥 그럭저럭….'

더 이상 어떻게 이야기를 이어가야 할지 몰라 묵묵히 탁한 연못물만 바라보는데, 내 곁에 선 미현의 손이 내 몸에 스쳤다. 나는 충동적으로 그 손을 붙잡았다. 미현이 고개를 돌려 나를 바라보았다. 나뭇가지에서 떨어진 물방울이 그 애 콧잔등에 떨어졌다. 나는 충동적으로 그 애의 작은 얼굴을 두 손으로 붙잡고 입맞췄다. 그 애 어머니가 수입품가게에서 가져온다는 샴푸 냄새가 났다. 그 동안 숨겨왔던 가슴 미어지는 그리움이 그 애를 앞에 두고서 비로소 북받쳤다. 그 순간 나는 소리 내어 울고 싶을 만큼 그 여자를 다시 원하고 있었다.

1993

94. 모리슨과 만델라

좌천처럼 느껴지는 문화부 근무에도 장점은 있다. 특별히 유명한 문화계 인사가 세상을 떠나기라도 하지 않는 이상, 예상하지 못한 취재 때문에 시간에 쫓기는 일이 별로 없다는 점이다. 공연은 대개 예정한 대로 열리고, 책은 대개 예정대로 발간된다. 그건 심지어 일 년에 한 번 있는 노벨상 수상자 발표 때도 적용된다. 외신에서 알려준 대로 유력 수상자들의 인적사항을 조사부에 요청하고 미리 대략의 기사를 작성해 둔 후 발표가 되는 대로 해당 기사를 뽑아 조판하면 된다. 일이 적다고 하긴 힘들지만, 일정이 정해졌으니 마음이 편하다.

두 달 전 문화부로 발령을 받았을 때 나는 사직해야 하는지 잠시 고민했다. 동기 기자들 중 두 명은 이미 발령받은 부서가 마음에 들지 않는다는, 더 정확하게 말하자면 '힘 못 쓰는' 부서로 발령받았다는 이유로 뛰쳐나갔다. 군면제를 받아 남들보다 나이가 어렸던 한 명은 편집부로 발령받자마자 경쟁 신문사의 수습기자 시험을 다시 치러 합격한 후 정치부로 들어갔다. 또 다른 한 명은 문화부 발령을 받자마자 또 다른 경쟁 신문사의 경제부로 옮겼다. 소문에 의하면 그 신문사의 주필이 그의 친척 어른이라고 했다. 사회부에 남을 줄 알았던 나는 그의 빈자리를 메우게 됐다. 그러나 나는 그만두지 못한다. 다른 신문사에 경력기자 이력서를 내밀기엔 경력이 너무 짧고 신입으로 가기에는 나이가 너무 많다. 기업들은 일하는 사람을 뽑는 것 같지 않다. 길고 긴 서열의 목록에 빈 공백이 생겼을 때 그 자리를 메울 사람을 구한다. 나에게는 억지로 회사 내 서열에 공백을 만들어 나를 끼워 넣어줄 권력을 가진 친인척이 없다.

편집부나 국제부, 문화부로 발령되면 사람들은 좌천(左遷)이라고 말한다. 정치부나 경제부에서 일하는 기자들은 알고 보면 거의 다 좋은 배경을 갖고 있다. 판사나 검사 혹은 고위공직자 집안에서 태어난 명문대학의 정치학과나 경제학과 출신인 경우가 허다하다. 그들과 비하면 내 배경은 어정쩡하다. 내 아버지는 지방자치제가 도입되면 곧 퇴임할 지방 소도시의 부시장에 불과하다. 나는 정치학도 경제학도 아닌 불어불문학을 전공했다. 사람들은 내가 불어불문학을 전공했기 때문에 정치부나 경제부보다는 편집부나 국제부, 문화부에 필요한 문화적 소양이나 배경지식 같은 게 있을 거라고 말한다. 4년 동안 무엇을 배웠는지, 과연 배운 게 있기나 한지조차 기억하지 못하는 나는 그저 마음 속으로 실소할 뿐이다.

설사 배운 게 있다고 해도 신문사에서 그런 문화적 소양과 배경지식은 의외로 쓸모없다. 기사 작성은 테크닉의 문제이지 교양의 문제가 아니다. 새로운 것을 배울 필요도 별로 없다. 이따금 국제부나 문화부 기자들이 한국 일반대중에게 잘 알려지지 않은 해외의 지적 성과를 소개하겠다고 하면 부장이나 차장들은 말한다. 그거 유명해? 사람들이 알아? 지면이 남아도냐? 누가 그런 데 관심 갖는다고 그래? 그래도 굳이 쓰고 싶다면 어떻게 해서라도 우리가 배울 점, 우리가 본받아야 할 점을 끌어내야 한다. 유명해지기 전까지는 우리의 것이든 남의 것이든 무엇에도 관심이 없다. 설사 유명한 사상이라 하더라도 대중을 계도할 내용이 아니면 무의미하다고 여긴다.

노벨문학상 수상작의 경우는 특별하다. 노벨문학상 수상작이라는 건 곧 유명해진 것, 혹은 인정받은 것을 의미한다. 유명하고 인정받은 것은 읽지 않았더라도 읽은 척해야 한다. 출판사들은 문학이 죽어간다고 엄살을 부리지만 노벨문학상 수상작이 되면 어느 정도는 팔린다. 한국에서 교양 있는 척하려면 국제세계가 어떻게 돌아가는지, 과학계가 어떻게 돌아가는지 전혀 이해하지 못한다 하더라도 노벨상 수상자들의 이름만큼은 적어도 몇 년 동안 기억해야 한다.

과학이나 의학 같은 분야는 적어도 신문사에서는 곧 잊힌다. 사람들은 누가 어떤 과학적 업적을 세웠는지 관심 없다. 관심을 가질 능력조차 없는 걸 수도 있다. 사람들은 그저 어느 나라가 노벨상 몇 개를 몇 번째 받았는지 거기에만 관심있다. 신문기사도 그 관심에 맞춰 써야 한다. 기사 말미에 노벨상 후보에조차 오르지 못하는 우리나라의 상황을 자조하면 완벽한 노벨상 기사가 된다.

기사편집 단말기에는 토니 모리슨이 수상할 경우에 대비해 써놓은 초벌 기사가 떠 있다. 조사부에서 유력 수상자 후보들의 이름과 이력을 찾아본 후로 나는 어쩐지 토니 모리슨이 상을 받아야 한다고 생각하기 시작했다. 나는 한 번도 그녀의 이름을 들어본 적이 없었다. 시인인지 극작가인지 소설가인지는 더더욱 알지 못했다. 그저 그녀가 흑인이고 여자이기 때문에 받았을 탄압이 그녀에게 진정한 수상자격을 부여한다고 생각할 뿐이다. 혹시 그녀의 문학이 정말로 위대하다고 해도, 문학성만으로는 위대한 문인의 자격이 없다는 말을 나는 대학시절부터 거듭 들어왔다. 문화부장은 넬슨 만델라가 평화상을 받는 경우에는 토니 모리슨이 문학상을 받지 못하리라고 단언했다.

"노벨상이 뭐 그렇게 대단한 건 줄 알아? 어차피 자기들끼리 하는 잔치라고. 언론은 대중에 영합하느라 받아서 쓰는 거고."

이른 저녁을 먹던 식당에서 부장은 노벨상이 철저히 정치적으로 분배된다고, 그러기에 한 번에 두 명의 유색인종에게 노벨상이 돌아갈 일은 없다고 단언하더니 곧 부원들 사이에서 돌다가 어디선가 멈춰 버린 소주잔을 재촉했다. 윗사람들은 도대체 왜 중요한 일을 앞두고 늘 그렇게 술을 강권하는지 모르겠다. 어쩌면 우리가 머리보다는 몸을, 혹은 운동신경을 쓰길 원하는 것 같다. 알코올에 적당히 뇌를 절여서 대뇌를 마비시키고, 그래서 생각하기에 앞서 행동하길, 그저 훈련된 대로, 기계적으로 기사를 써 내리기 원하는지도 모른다.

벽시계가 열 시 이십 분을 가리킨다. 곧 수상자가 발표될 것이다. 다시 한 번 미리 써 두었던 기사들의 목록을 훑어본다. 머리가 띵하다. 부장이 강권한 소주를 곧이곧대로 다 받아 마시는 게 아니었다.

내 책상 위 전화벨이 울린다. 나는 문화부장의 눈치를 힐끗 보며 수화기를 든다.

"문화부 이성식입니다."

"오빠, 나 어떡해요?"

미란이 다짜고짜 울먹이며 외친다. 저녁 일찍 미란이 적을 두고 있는 시립교향악단에서 정기연주회가 있었다. 레퍼토리가 하이든이라고 할 때부터 나는 이미 가고 싶지 않았다. 내 머릿속에 든 도식 같은 것 때문이었다. 입대 전, 아직도 뇌가 말랑말랑해서 선배들이 하는 말이라면 무엇이든 사실로 받아들일 무렵, 클래식기타 서클의 한 선배가 말했다. 초기 고전주의 음악은 좀 유치하지. 무슨 소나타 형식이니 교향곡 형식이니 하면서 틀에 박혔거든. 그런 틀을 해체하고 인간 본연의 감성을 강조한 낭만주의야말로 위대한 음악이야. 낭만주의의 문을 연 베토벤이 그래서 위대한 거고. 나는 그 틀이니 형식이니 하는 것의 정체를 제대로 알기도 전에 막연히 베토벤 전의 고전주의 음악가들을 우습게 보는 법부터 배웠다.

더욱이 조간신문 기자들의 퇴근은 늘 늦는다. 데스크 눈치를 보면서 적당한 핑계를 대고 와리스케만 확인한 채 초판 나오기 전에 퇴근해 1호선 지하철을 타고 저녁 일곱 시 삼십 분까지 수원에 있는 콘서트홀까지 간다는 건 생각만 해도 곤욕스럽고 짜증나는 일이다. 신문사 이름이 금박으로 박힌 기자수첩을 열어 일정을 확인하고 나는 정말 아쉽다는 듯 크게 한숨을 쉬며 말했었다. 어쩌지? 그날 노벨상 발표 나는 날이라 취재해야 하는데. 그렇게 말하면서도 나는 마치 거짓말이라도 하듯 켕기는 기분을 어쩌지 못했다. 통신사 기사를 받아서 베끼는 것도 취재라고 할 수 있을까? 미란은 내 입에서 취재라는 말이 나오면 늘 경탄하는 표정을 짓는다. 그날도 미란은 전혀 언짢은 기색을 내보이지 않고 얼른 싹싹하게 대답했다. 괜찮아요. 매달 하는 건데요 뭐. 다음달에 오세요.

그랬던 미란이, 음악회가 끝난 지 한 시간쯤 지나 전화를 한 것이다. 왜 그런지 궁금하기에 앞서 짜증이 밀려온다. 미란은 울먹이며 상황을 설명한다.

"주차된 차 빼다가 지나가는 차를 살짝 쳤어요. 차는 멀쩡한데, 그 차 운전하던 사람이 목 삐끗했다고, 병원비를 달라는 거예요. 어떡해요?"

나는 한숨을 내쉬며 말한다.

"돈 달라는 대로 주고 보내는 게 제일 나아."

"내가 왜요? 다치지도 않은 것 같은데?"

"그 사람 목 삐긋했다며. 사실이든 아니든 그렇게 우기면 꼼짝 못 하고 가해자 되는 거야. 경찰서 가면 괜히 복잡해져."

미란이 잠시 머뭇대더니 묻는다.

"저, 수원경찰서에 출입하는 기자 이름 좀 알려주시면 안 돼요?"

"그건 왜?"

"아니, 출입기자가 경찰한테 말하면, 어떻게 잘 되지 않을까요?"

더럭 환멸이 밀려온다. 무어라 말해야 할지 알 수 없다. 남들 교통사고 해결해주려고 기자 된 줄 알아? 아니, 그렇게 말할 용기는 없다. 더욱이 기자들에게 과연 그런 권한이 있는지, 있다면 그 권한을 사용해도 되는 건지 그조차도 알 수 없다. 부장이 외친다.

"야, 수상자 떴다!"

부장이 또 다시 외친다.

"모리슨이다!"

나는 다시 수화기로 얼굴을 돌리고 말한다.

"나 얼른 가봐야 해."

그리고 수화기를 내려놓는다.

"으잉? 만델라도? 그럴 리가 없는데?"

문화부장에게는 누가 노벨상을 받았는지 그것보다는 자신의 예측이 틀렸다는 사실을 받아들이는 게 더 급한 문제인 것 같았다.

95. 문과와 잡과

아이들은 내가 사진관에서 인화해 찾아온 나와 미현의 졸업사진들을 한 장씩 돌려가며 구경하고 있었다. 나는 뛰어난 사진사가 아니었다. 이따금 초점이 맞지 않았거나 노출이 부족하거나 혹은 과하고, 이따금 노출 순간 카메라가 흔들린 사진도 있었다. 암실도 없는 일반인들이 방금 필름으로 찍은 사진을 확인하고 인화할 방법은 없었다. 그저 일단 셔터를 눌러 노출시킨 사진들은 일단 인화해야만 제대로 찍혔는지 아닌지 알 수 있었다. 나는 못나게 나온 사진도 잘못 나온 사진도 버리지 못했다. 내가 그 사진을 찍는 순간 본 모습을 기억하고 싶기 때문이었다.

"누나, 여기요!"

해양학과 85가 외쳤다. 나는 고개를 들어 카페 입구 쪽을 바라보았다. 미현이 활짝 웃으며 우리가 앉은 쪽을 향해 걸어오고 있었다. 아이들이 외쳤다. 오, 누나, 죽이는데? 당장 시집 가도 되겠는데? 짙은 자줏빛 모직 코트를 입고 베이지색 핸드백을 들고 굽 있는 구두까지 신은 미현은 완전히 성숙한 여자였다. 흡사 만개해 곧 흩어질 자목련 같았다. 구깃구깃한 목면 코듀로이 바지에 누빔 자켓을 입은 내 모습이 새삼 초라하게 느껴졌다. 내 옆에 앉았던 해양학과 85가 자리를 내주자 미현이 내 옆에 앉았다. 나는 미현과 눈도 마주치지 않은 채 부루퉁하게 뇌까렸다.

"뭘 그렇게 차려 입고 왔냐? 입술은 쥐 잡아먹은 것처럼 칠해 가지고?"

곁눈질해서 본 미현은 도대체 무얼 발랐는지 곱고 은은하게 분홍빛으로 반짝이는 입술을 비죽대곤 아무 대꾸도 하지 않았다. 나는 남을 인정하고 칭찬하는 말에 서툴렀다. 남의 일에 관심을 보이는 법도 배우지 못했다. 미현이 무엇으로 석사논문을 썼는지조차 잘 몰랐다. 미현이 이따금 자기 논문에 대해 이야기했어도 잘 알아들을 수가 없었다. 그저 교수들이나 아이들에게 주워들은 몇 마디, 그리고 한자어로 번역된 용어가 주는 어감을 통해 맥락을 어림짐작할 뿐이었다. 내가 졸업 후 아무 것도 이루지 못하고 어정대는 사이 내 여자가 석사학위까지 취득해버린 게 나는 못내 불편했다. 그러나 그 불편한 마음을 대놓고 내색하면 안 된다는 것 정도는 알고 있었다.

미현은 아이들이 다 돌려본 졸업식 사진 더미를 받아 한 장씩 넘겨보기 시작했다. 사진이 마음에 드는지 안 드는지는 미소 짓다가, 찌푸렸다가 하는 얼굴만 봐도 알 수 있었다. 때로 정말 잘못 나온 사진이 나올 때면 콧등과 미간이 주름지도록 찌푸리며 사진으로 나를 때리는 시늉을 하기도 했다. 종업원이 곧 생맥주 잔을 미현에게 가져왔다. 누군가 제일 먼저 잔을 들더니 흥겹게 외쳤다.

"야야, 건배하자!"

"아, 뭐야? 성식이 형이 해야지!"

나는 아무렇지도 않다는 듯 어깨를 으쓱하며 대꾸했다.

"누가 먼저 하면 어떠냐?"

모두가 왁자지껄하게 웃고 떠들며 건배사를 외쳤다.

"졸업 축하해요!"

수학교육과 83이 외쳤다.

"이제 누나 노처녀 되기 전에 시집 가야지?"

미현이 수학교육과 83을 쏘아보았다. 아이들이 잠시 멈칫했다. 해양학과 85가 짐짓 눈살을 찌푸리며 딱하다는 듯 나무라는 시늉을 했다.

"형, 죽으려고 빽써요?"

아이들은 그 별로 기발하지도 않은 말에 일제히 웃음을 터뜨렸다. 나도 미현의 눈치를 보며 멋쩍게 따라 웃었다. 흔히 하는 그런 성차별적 농담에 미현은 결코 웃어넘기는 일이 없었지만, 그날만큼은 기분이 좋았는지 따지고 들지 않았다. 아이들이 또 다시 잔을 들었다. 농담인지 진담인지 구분하기 힘든 치기 어린 건배사가 오갔다. 민주주의를 위해! 민중을 위해! 노동자들을 위해! 여성상위시대를 위해! 아이들은 여성상위라는 어휘의 야릇한 어감을 좋아했지만 미현 앞에서 내색하지는 못했다. 곧 우리는 연신 맥주를 들이켜며 잡담을 시작했다. 주로 야학에 나오던 아이들의 근황에 대한 이야기였다. 수학교육과 83이 내게 물었다.

"아 맞다. 형 혹시, 미자 소식 들었어요?"

술 때문에 이미 얼굴이 달아올라 있던 게 다행이라면 다행이었다. 나는 고개를 가로저었다.

"아니, 걔 결혼한 지 얼마 지나지도 않은 것 같은데 벌써 애가 백일이라고 그러더라고요."

아이들이 킬킬대며 의미심장한 눈짓을 주고받았다.

"미자가 형 되게 많이 따랐잖아요. 결혼식 때도 형부터 찾던데?"

"아, 그, 그래?"

다행히 해양학과 85가 화제를 돌렸다.

"형, 행시 준비 어때요? 아니 외시던가? 하여간, 공부 재미 있어요?"

"공부를 재미로 하냐…."

해양학과 85가 어깨를 으쓱하며 대꾸했다.

"전 공부고 뭐고 재미없으면 아무 것도 못 하겠더라고요."

"그럼, 대입준비도 재미 있어서 한 거야?"

"재밌더라고요. 말 나온 김에, 누나, 비전공자들이 알아듣게 논문 좀 설명해주세요."

미현은 어깨를 으쓱하며 대답했다.

"글쎄, 뭐라고 해야 할지 모르겠네. 그렇게 한두 마디로 간단하게 설명할 수 있는 게 아니어서."

해양학과 85가 내게 고개를 돌리며 다시 물었다.

"누나는 가방 끈이 너무 길어서 안 되겠다. 형이 학부 수준에 맞게 설명해주시면 안 돼요?"

누군가 추임새를 넣듯 거들었다.

"그래 맞아. 그런 건 학사 선에서 해결해야지."

아이들이 일제히 왁자하게 웃었다. 불쾌했지만 내색할 수는 없었다. 나는 그저 멋쩍게 웃는 척하며 고개를 가로저었다. 그 어지러운 시절, 교수와 학생들은 커리큘럼대로 가르치고 배우기를 거부했다. 무언가 배우지 않을 핑계는 박종철과 이한열의 죽음 아니어도 헤아릴 수 없이 많았다. 제국주의에 뿌리를 둔 것이라, 기성세대에서 온 것이라, 일제시대의 잔재라, 우리 민족과 아무런 관련 없는 것이라…. 사람들은 서구의 진실과 우리의 진실은 따로 있다고 했다. 서구는 우리를 착취하기 위해 자신들의 잣대로 세상을 가늠한다는 것이었다. 서구적인 것은 곧 근대적인 것, 국제적인 것이기에, 근대와 국제화를 거부할 핑계는 완벽하게 마련됐다. 우리는 현대성과 모더니즘을 제대로 겪고 그 가치나 의미를 파악하기도 전에 포스트모더니즘의 가치 전복(顚覆)과 와해(瓦解)라는 개념에 환호했다.

미현은 해양학과 85에게 정신병동에 갇혔던 미셸 푸코의 일화들을 이야기하기 시작했다. 내가 알지 못하는 이야기를 하는 미현에게 또 다시 슬그머니 거북한 열등감이 일어나기 시작했다. 외무고시 준비 때문에 법이나 경제 공부를 하면 할수록, 그 세속적이고 현실적인 내용에 나는 넌덜머리가 났다. 그리고 그만큼 철학과 예술과 같이 숭고한 공부를 나보다 2년 더 한 미현에게 열등감과 박탈감이 느껴졌다. 미현은 시경이나 춘추를 공부하는 대과 급제생 같았고, 나는 잡과를 준비하는 중인이 된 기분이었다. 이미 한 번 실패했던 외무고시 시험이 불과 한 달여 남았다. 나 혼자만 아무 것도 이룬 게 없는 것 같아 초조하기만 했다.

"어? 형!"

별안간 수학교육과 83이 외쳤다. 수학교육과 83이 바라보는 카페 입구에 짙은 회색 슈트 위에 베이지색 트렌치 코트를 입은 한 남자가 보였다.

"우와, 이게 누구야?"

슈트를 입은 사내가 우리 테이블로 다가와 멈춰 서더니 여유 있는 미소를 지었다. 정선태였다.

인류학과 83이 너스레를 떨었다.

"아니, 죽은 줄 알았더니 살아 계셨네요? 여긴 어떻게 알고 오신 거예요?"

선태는 수학교육과 83과 인류학과 83을 번갈아 끌어안고 등을 두들기며 나와 미현 쪽을 힐끗 바라보았다.

"다 아는 수가 있지."

수학교육과 83이 어깨를 으쓱하며 선태에게 자리를 권하고는 아이들에게 선태를 소개했다.

"국문학과 80 선태형. 대학원으로는 85셔. 예전에 우리 야학에서 국민윤리 가르치셨어."

누군가 말했다.

"그러면 성식이 형 선임이시네?"

잠시 멍하던 나는 곧 무슨 의미인지 깨달았다.

화가 치밀어 올랐다. 나 자신이 한심했다. 내가 야학에서 선태의 빈자리를 메웠었던 걸 까맣게 몰랐던 나 자신을, 감히 나를 그 자리에 끌어들인 미현을 용서할 수 없었다. 나는 치밀어 오르는 분을 삭히려고 조용히 숨을 고르며 잠자코 맥주잔만 내려다보았다. 인류학과 83이 신이 나서 떠들었다.

"이 형이 관악 최고의 미스테리 중 한 명이시잖아?"

"왜?"

"주색잡기에 공활까지 하시느라 여념이 없는 와중에, 학점 후한 국문학과에서 2.0 간신히 넘는 저공비행으로 아찔하게 졸업하고, 석사논문도 통과 못 시켜서 수료로 그치고 만 불량학생이 불과 2년 만에 사시에 합격하셨단 말이지."

아이들이 왁자하게 감탄하고 웃으며 제각기 한 마디씩 떠들기 시작했다. 좌석에 등을 기대고 어깨를 편 채 가슴을 내밀고 앉아 있던 선태가 빙글대며 덧붙였다.

"이제 연수원 최저득점 수료 기록만 깨면 된다."

아이들이 일시에 웃음을 터뜨렸다. 옆자리에 앉은 미현마저도 피식 웃었다. 미현은 곧 웃음을 멈추고 탁자 아래 내 무릎 위로 살그머니 손을 뻗었다. 나는 미현의 손을 뿌리쳤다. 누군가 선태의 양복깃을 어루만지며 물었다.

"아니, 이 부패한 서구 부르주아 같은 복장은 또 뭔가요?"

선태가 여유 있게 되받았다.

"아, 이거? 자본주의와 미 제국주의를 타도하기 위해 입는 게릴라 위장복이지."

그 때 종업원이 선태 앞에 맥주잔을 가져왔다. 선태가 나와 미현을 향해 의미심장한 미소를 지으며 잔을 쳐들었다.

"정미현, 석사학위 취득을 축하한다!"

나는 차마 미현의 얼굴을 훔쳐보지도 못했다. 아마 내 얼굴은 미욱하고 못나게 일그러져 있었을 것이다.

언제나 그랬던 것처럼 선태는 당당했다. 언제 어디에 있어도 어깨를 펴고, 배와 가슴을 내밀고, 고개를 약간 꼬고 턱을 약간 쳐든 채 사람들을 빙글빙글 웃으며 바라보았다. 키도 체격도 그리 크지 않았지만 결코 남을 올려보는 자세를 취하지 않았다. 거리를 약간 두고, 고개를 젖히고 눈을 약간 내리깔며 후배들을 바라보았다. 그 때문인지, 아니면 내 성격 탓인지 나는 그보다 거의 10센티 가까이 키가 컸음에도 항상 무의식 중에 어깨를 수그리고 그에게 내 키를 맞추곤 했다.

누군가 소주를 주문했는지 좌중에 소주잔이 돌기 시작했다. 저마다 선태의 뜻하지 않은 성공에 대해 한 마디씩 농담을 하느라 아이들의 목소리는 점점 커졌다. 이 때 선태의 말이 또렷이 좌중을 사로잡았다.

"알고 보니까 권력이란 건 말이야, 저항해야 할 대상이 아니라 쟁취할 대상이거든."

아이들이 순식간에 조용해지며 선태 쪽을 바라보았다. 선태에게는 늘 그런 힘이 있었다. 주변 사람들을 집중시키는 법은 물론, 생각해보면 누구나 할 수 있는 말, 검증되지 않은 자신의 생각, 세간에 떠도는 확인되지 않은 이야기들에 권위와 신빙성을 싣는 요령을 그는 알고 있었다. 무엇보다도 그는 자신의 입에서 나오는 말은 모두 옳다고 굳게 믿는 것처럼 보였다. 그의 확신에는 전염성이 있었다. 혼자 의심하고 홀로 확인해보는 건 외롭고 힘들었지만, 확신에 찬 누군가를 따르는 건 그보다 훨씬 쉽고 편했다. 그가 후배들에게 인기 있는 것도 무리가 아니었다. 선태는 말을 이었다.

"우리가 이리저리 흩어져서 각개전투식으로 민중을 위해서, 통일을 위해서 이것저것 한다고 아무리 애써봐야 권력 앞에선 그냥 바위에다 계란 던지기란 말이지. 뭉치면 살고 흩어지면 죽는다는데, 모래알 뭉쳐서 던져봐야 무슨 힘이 있나?"

몇몇 아이들이 수긍한다는 듯이 진지한 표정으로 고개를 끄덕였다. 선태가 담배를 입에 물자 수학교육과 83이 얼른 두 손으로 라이터를 잡고 그의 담배에 불을 붙여주었다.

"내가 야학 떠날 때 원망한 놈들도 있을 텐데, 내가 꿈에서라도 들풀 야학을 잊은 줄 아냐?"

누군가 건배를 외쳤다. 아이들이 기계적으로 잔을 들었다. 선태가 너스레를 떨기 시작했다.

"하, 근데 니들은 그 사이에 확 군기 빠져 가지고, 생맥주로 호화판 술자리나 벌이고…"

선태의 이 말에 아이들은 다시 왁자하게 웃고 떠들기 시작했다. 미현의 졸업축하파티는 졸지에 선태의 사법고시 합격축하파티가 되어 버렸다. 선태는 한 사람, 한 사람의 이름을 정확히 기억해 부르며 잔을 부딪히고 안부를 물었다. 마침내 내 차례가 되었다. 선태는 빙글빙글 웃으며 나와 미현을 번갈아 바라보더니 내게 물었다.

"잘 지내냐? 취직은 했냐?"

"아, 아직요."

수학교육과 83이 끼어들었다.

"성식이형, 외무고시 준비 잘 되가요?"

선태가 호들갑스럽게 끼어들었다.

"성식이 너 외시 볼 거야?"

"아, 네…"

"하, 외시, 그거 별론데…. 그거 한 마디로 잡과 중에서도 역과(譯科) 아니냐?"

선태가 고개를 옆으로 꼬면서 혀를 차자 아이들이 일제히 하던 말을 멈추고 선태를 바라보았다.

"불어로 외시 되면 어디 갈 거 같냐? 파리나 유엔 같은 데 가서 파리지엔들 꼬시면서 화려한 외교관 생활을 누릴 것 같지? 근데 말이야, 세상에 불어 쓰는 나라는 거진 다 아프리카에 있다고. 아프리카 같은 데 가서 썩기 십상이라 이거야. 풍토병 걸리거나 내전 일어나서 배에 총 구멍 뚫리지 않으면 다행이지."

아이들이 수긍한다는 듯 고개를 끄덕였다.

"꼭 아프리카 아니어도, 세상에 이 한반도처럼 살기 좋은 데가 또 있는 줄 아냐? 먹는 거, 입는 거 하나하나 불편해서 어떻게 밖에 나가 사냐? 난 일단, 김치 없으면 밥 못 먹어."

아이들이 왁자하게 웃었다. 선태는 과장하는 게 아니었다. 밥과 김치가 없으면 끼니로 치지 않는 아이들은 아주 흔했다. 누군가 거들었다.

"그렇죠, 통일만 되면 이 땅만 한 데가 또 있겠어요?"

아이들은 통일만 되면 독재와 압제와 불평등과 불의함과 같은 이 땅의 문제가 모두 절로 사라지리라고 생각하는 것만 같았다. 서울대학교에 입학하면, 고시에 합격하면 세상 모든 문제가 절로 해결되리라고 생각했던 것처럼. 우리는 우리에게 주어진 개개인의 문제 자체를 하나씩 직접 해결하는 법을 배우는 대신 한 번에 모든 것을 변화시킬 마법을 찾아다녔다. 문제의 본질에서 벗어난 거창한 명분의 과제, 사실은 그 누구의 책임도 아닌 의제에 매달린 것은, 각자 해결해야 할 자신들의 문제들로부터 회피하고 싶기 때문이었다. 개인의 힘으로 해결하기 어려운 민주화, 통일, 노조 같은 거창한 문제들과 씨름하는 척하면서 우리 코앞에 놓인 여자문제, 가족문제, 진학문제, 취업문제같이 구체적이고 당장 내 진짜 문제들로부터 회피하고 싶었다.

그 진짜 문제 한 가지를 보기 좋게 성공하고 나타나 나를 한없이 초라하게 만든 선태를 나는 환멸하는 동시에 부러워했다. 하지만 질투심에 얼굴을 일그러뜨리고 싶지도, 피하듯 그 자리를 떠나고 싶지도 않았다. 아이들은 선태가 사법연수원만 수료하면 곧 이 땅의 사법정의를 바로 세우기라도 할 듯이 잔뜩 들떠 있었다. 나는 힐끗 미현을 훔쳐보았다. 미현은 불편한 기색을 감추지 못했다. 한동안 굳은 얼굴로 가만히 생맥주잔만 어루만지더니 화장실이라도 가는 듯 자리에서 일어났다. 그리고는 내게 눈짓을 했다. 나는 우물쭈물하다가 자리에서 일어났다. 누군가 내 등에 대고 외쳤다.

"역시 천생연분이시네요. 화장실도 같이 다니시고."

미현은 화장실로 향하는 계단참에 서서 나를 기다리고 있었다. 미현이 말했다.

"그냥 가자."

나는 머뭇댔다. 몹시 거북하고 불편하긴 했다. 그래도 아무런 말도 없이 그 자리를 떠나버린다는 건 야학 아이들에게 몹시 무례한 짓 같았다.

"그래도 어떻게 간다는 말도 없이…."

"뜬금없이 나타난 인간이 내 모임을 가로챘는데도 다들 좋다고 저렇게 낄낄거리잖아. 내가 왜 예의를 차려야 해?"

미현은 앞장서서 계단을 내려가기 시작했다. 미현을 따라 계단을 내려가다 보니 불현듯 부아가 치밀었다. 몇 발자국 가기도 전에 나는 더 이상 참지 못하고 미현의 어깨를 잡았다.

"나 좀 봐."

미현은 커다란 눈으로 나를 바라보았다. 그 순간 나는 그 눈에서 분노가 아닌 슬픔과 두려움을 느꼈다. 하지만 내 입에서는 생각하고 있던 말이 그냥 튀어나오고 말았다.

"정작 화내야 하는 건 네가 아니라 나 아니야?"

입에서 말이 떨어지자마자 나는 내가 내뱉은 말을 주워담고 싶었다. 정류장에 버스 한 대가 급정거하면서 굉음을 냈다. 거리에 가득한 형광등 간판과 쇼윈도우에서 내뿜는 얼룩덜룩하고도 파리한 빛이 파르르 떨리는 미현의 얼굴을 비췄다. 미현이 한숨처럼 실토했다.

"맞아."

"그럼 정말, 너 정말, 선태 형이랑 그런 관계였던 거야?"

미현은 입을 꼭 다물고 내 눈을 똑바로 바라보더니 고개를 끄덕였다. 나는 말문이 막혔다. 그 전까지 미현과 나는 선태에 대해 떠도는 소문들에 대해 한 번도 이야기해본 적이 없었다. 따라서 미현이 부정할 기회도 없었다. 어쩔 수 없이 묻는 그 순간, 나는 미현이 단호히 부정하기를 바랐다. 선태와 자신은 아무런 사이도 아니었다고, 그저 야학을 같이한 게 전부라고 말하기를 바랐다. 그러면 나는 내 마음 속을 가득 채우고 있는 의구심을 무시하고 그 말을 공식적으로 믿으면 됐다. 어차피 우리가 사는 곳은 선언이나 성명(聲明)이 현실을 좌지우지하는 세상이었으니까.

설령 미현이 선태와 관계를 부정하지 않는다 하더라도, 온갖 페미니즘 논리와 사회구성주의 논리를 내세우며 자신이 당당하다고 강변하길 바랐다. 나는 미현의 변명에 얼마든지 설득될 준비가 되어 있었다. 하지만 미현은 설득도 변명도 하지 않았다. 대신 어눌하게 멈칫거리기만 하는 나를 공격했다.

"넌? 너는 깨끗해?"

미자가, 나를 총각이라 부른 입영 전날 밤 청주의 그 늙은 창녀가, 그리고 나를 오빠라고 불렀던 용산역의 어린 창녀가 떠올랐다. 말문이 막혔다. 화가 치밀어 오른 나는 휙 돌아서서 버스정류장을 향해 걷기 시작했다. 미현이 앙칼지게 나를 나무랐다.

"왜 대답을 피해? 왜 도망가는데?"

나는 걸음을 멈추고 고개를 돌렸다. 네온사인과 간판 불빛과 차량의 헤드라이트가 미현의 얼굴을 얼룩덜룩하게 물들이고 있었다. 미현이 말했다.

"너 선영이 언니랑 수상쩍은 관계라고 소문 파다했을 때도 난 참았어. 그리고 미자, 그래, 말 나온 김에 다 얘기하자. 미자랑 너 어디까지 갔었는데? 겨우 그런 애랑 너 두고 겨루는 것처럼 보이는 게 싫어서 말도 안 했는데, 어디, 그래, 말해보시지? 너 그 못 배우고 가엾은 애한테 무슨 짓을 한 거야? 그것도 나랑 만나는 중에?"

나는 아무 대꾸도 하지 못했다. 미현이 다시 소리쳤다.

"그런 네가 무슨 자격으로 너 없을 때 나한테 있었던 일을 따지는 건데, 응?"

내가 한참을 침묵하자 미현이 다그쳤다. 말해봐, 말해보라고! 내가 마침내 입을 열었다.

"우리 사이, 다시 생각 좀 해보자."

사람들은 툭하면 온갖 감정의 쓰레기들을 거르지 않고 그대로 발설했다. 아무도 자기가 한 말을 책임지지 않았다. 남이 한 말을 지키지 않는다고 지적하면 편협하고 옹졸하다고 공격받았다. 나는 내가 내뱉는 말도 그렇게 책임질 필요 없는 공허한 말이 될 줄 알았다. 그러나 미현은 그렇게 받아들이지 않는 모양이었다. 미현의 눈이 커졌다. 그리고 내게 말했다.

"우리가 서로 안 지 7년이야. 생각할 시간은 그 사이 얼마든지 있었어."

나는 대꾸할 말을 찾지 못해 침묵했다. 미현이 크게 숨을 내쉬더니 분명하게 말했다.

"그래, 우리, 이쯤에서 그만하자."

1993

96. 인륜지대사

신문사에서 일하기 시작한 후로 술을 마시지 않은 날이 며칠이나 될까?

선배들은 술이 없으면 취재가 어렵다고 말한다. 취재원과 진실한 대화를 나누기 어렵기 때문이라고 한다. 취재는 핑계다. 우리는 술 없이는 아무 말도 하지 못하는 자폐아들이다. 친구를 만나도, 동창을 만나도, 그 누구를 만나도 술이 아니면 아무 말도 하지 못한다. 마음을 나누는 대화는 말할 것도 없고, 사소한 정보를 나누는 대화조차 불가능하다. 그래서 언제나 술을 마신다. 나이가 차면 부모와도 술을 나눈다. 여자를 만나면 더더욱 그렇다. 평소에는 남들 앞에서 한 마디도 하지 못하는 사람들도 뱃속에 몇 배 술을 부으면 별안간 말이 많아진다. 하지만 제대로 된 문장으로 진위 확인이 가능하거나 논리적으로 이치에 맞는 이야기를 하는 덴 그 누구도 관심 없다. 어, 그게, 그게 말이야, 아, 그러니까, 그렇지, 그게 아니고, 따위 할 말은 없지만 시간을 끌거나 상대방의 말을 가로막기에 안성맞춤인, 아무 의미 없는 추임새나 감탄사들이 입에서 나오는 소리의 절반을 차지한다. 말하기에 서툴다 보면 오해도 많아진다. 상급자의 말을 조용히 듣고 있어야 할 하급자가 의문이나 이의를 제기하는 순간 위기가 온다. 토론 대신 감정 싸움이 벌어진다. 존대 아니면 하대, 윗사람 아니면 아랫사람이라는 확실한 이분법의 사회에서 의문이나 이의는 곧 불복종이다. 이따금 큰 소리가 오고가기 시작한다. 그러나 취기라는 건 늘 확실한 면죄부다. 술김에 그랬다고 하면 말단기자가 편집국장에게 욕설을 퍼부어도 그냥 넘어가기 일쑤다. 웬만한 일은 다음날이면 잊는다. 아니, 적어도 다들 잊은 척한다. 술자리에서 일어났던 불미스러운 일을 행여 기억이라도 하고 남을 평가하는 사람이 있다면, 바로 그 사람이 속 좁은 소인배가 되고 만다.

신문사에 들어오면서 나는 술에 더더욱 익숙해졌다. 타고난 체질 덕분에 남들보다 취하기도 덜 취했고 숙취도 그리 오래 가지 않는다. 그런 나조차도 신문사의 술자리는 버겁다. 나는 언제나 취기와 숙취 사이를 오가며 산다. 신문사의 술자리는 대개 점심 때부터 시작된다. 차장이나 부장들은 거의 날마다 젊은 기자들을 줄줄이 끌고 나가 점심시간 중 반주를 강요한다. 꽤나 높은 자리에 오르지 않는 이상 대개 그 술값은 자기가 부담해야 한다. 그럼에도 그들은 서로 경쟁이라도 하듯 다투어 후배들에게 밥과 술을 산다.

90년대에 이르러 기자들에게 뒷돈이라는 게 점점 더 줄어가는데도 우리는 여전히 그걸 지켜야 할 관행으로 생각한다. 그것은 일종의 훈련이다. 그들은 후배들에게 그렇게 남의 밥을 얻어먹는 법을 가르친다. 가장이 버는 돈의 대부분을 밖에서 후배에게 쓰는 현실을 받아들이도록 아내들을 길들인다. 술자리에서 그들은 종종 누가 더 가정에 소홀한지 다투듯 떠벌린다. 그들에게 가정이라는 건 언론인으로서 경력을 쌓아서 궁극적으로 정계나 재계로 진출해 출세하기 위해 존재하는 개인 소유의 편의시설이다. 가정에 소홀해도 그 가정이 유지된다는 건, 그가 그만큼 뛰어난 편의시설을 갖추고 있다는 의미이며 따라서 그의 경쟁력을 입증하는 증거로 작용한다.

나 자신에겐 별 경쟁력이 없어 보인다. 한때나마 세상의 전부인 줄만 알았던 문학은 신문 문화면에서도 아주 일부만을 겨우 차지할 뿐이다. 신간 안내를 쓰는 날은 우울하다. 내가 광고 카피를 쓰는 건지 기사를 쓰는 건지 알 수가 없다. 대개 출판사에서 적어준 소개문을 더더욱 간추려 한 두 문장으로 뽑아내는 게 전부다. 매주 수십 권의 책이 내 책상 위에 쌓이지만 몇 달째 한 권도 제대로 읽어본 적이 없다. 어차피 제대로 된 서평은 수십 권도 넘는 신간 중 한 두 권이나 간신히 누릴 수 있는 호사다. 산더미처럼 쌓인 종이 뭉치 너머로 문화부장이 말한다. 거, 신간소개에서 시집 빼고 이거 넣어, 이거. 나는 왜 시집을 빼고 그 책을 넣어야 하는지 함부로 묻지 않는다. 눈치껏 행동해야 한다. 내가 가까이 가자 부장이 책 한 권을 내게 내민다. 이런 경우는 십중팔구 권력 있는 사람, 혹은 부장과 친분 있는 사람으로부터 기사 청탁이 들어온 것이다.

신문지면은 비싸다. 광고는 물론 비싸고, 새로운 상품에 관한 기사를 쓰게 만드는 것은 더더욱 비싸다. 기업들은 그것을 홍보 혹은 피알(PR)이라고 부른다. 간단히 말해 광고비를 내는 대신 기자에게 밥 혹은 그 이상을 지불하고 지면을 산다는 의미다. 독자들은 광고보다 기사를 신뢰하기에, 데스크에서 거르지만 않는다면 기업 입장에서나 기자 입장에서 실속 있는 거래다. 대개는 경제나 정치부 기자들이 이 풍습의 가장 큰 수혜자지만, 문화부처럼 별다른 권력도 영향력도 없어 보이는 부서에도 이따금 청탁은 들어온다. 그 청탁의 대가는 고작해야 오만 원 남짓한 백화점 상품권이나 음악회 초대권처럼 실속 없는 것들이 대부분이다. 문화부장이 변명하듯 한쪽 눈을 찡그리며 목소리를 낮추어 속삭인다.

"나 아는 인사가 자기 딸이 저자라고 하도 부탁하는 통에…"

내 자리 기사입력용 단말기 앞으로 돌아와 책 표지 뒤에 꽂힌 종이를 빼낸다. 책 제목과 저자와 내용이 수기로 요약되어 적혔다.

불화의 페미니즘. ㈜ 해무 출판사.

이 땅의 남성중심적 세계관은 포스트모더니즘적 세계관과 어떻게 충돌하는가? 한국사회의 가부장제가 지금까지 외면해온 노동현장과 생활의 문제들을 여성이자 주변인의 관점으로 새로이 조망하고 그 해결방안을 제시한다. 서울대학교 불어불문학과와 동대학원을 졸업하고 이화여자대학교에서 여성학 석사를 취득한 저자….

여기까지 읽고 나는 숨을 내쉰다. 어지럽다. 때맞춰 내 책상 위 전화벨이 울린다. 나는 마지못해 손을 뻗어 수화기를 든다.

"문화부 이성식입니다."

수화기 너머 잠시 인기척이 들리더니 초로의 사내 목소리가 들린다.

"아, 이 서방인가."

미란의 아버지다. 아랫사람에게 지나치게 정중한 그의 태도가 불편하다.

"많이 바쁘겠지만, 혹시 저녁에 시간 좀 내줄 수 있는가?"

미란은 이미 내게 결별을 선언했다. 자신의 접촉사고를 해결해 달라는 청을 거절했다는 게 이유였다. 회사 앞 찻집으로 나를 불러내더니 몇 년 전 내가 미현에게 했던 것과 같은 말을 했다. 우리 사이, 생각 좀 해봐야 할 것 같아요. 그 때 나는 덤덤하게 대꾸했다. 그래, 알았어. 그 순간 미란의 안색이 굳었다. 나는 못 본 체 말했다. 먼저 일어날 게. 나 초판 보러 다시 들어가야 해. 좋은 사람 만나. 나는 커피값을 치르고 그 자리를 떠났다.

그게 벌써 열흘 전이다. 이제 와서 미란의 아버지와 만날 이유가 없다. 하지만 나는 그의 정중함에 압도되어 거절하지 못한다. 나는 머뭇머뭇 대답한다.

"아, 예, 시간 내겠습니다."

"그래, 내가 광화문으로 여덟 시까지 갈 테니, 조선호텔로 오게."

전화를 끊으며 나는 깨달았다. 결혼이라는 건 나 개인의 일이 아니었다. 호텔에서 결혼식 올리는 것이 법적으로 금지됐으니 약혼식이라도 제대로 해야 한다며 숲으로 둘러싸이고 굽이치는 한강이 내려다보이는 서울 근교의 특급 호텔을 예약한 것도, 서울 명문가 자제들의 예단과 혼수를 전문으로 하는 업소를 알아보고 신혼부부가 살 아파트를 찾아다니고 가재도구를 마련한다며 부산했던 것은 나의 어머니와 미란의 어머니였다. 그리고 모든 비용은 내 아버지와 미란의 아버지의 부담이었다.

그런 상황에서 이별을 하고 말고 결정할 권한은 내게도 미란에게도 없었음을 나는 잊고 있었다. 나는 다시 보도자료를 본다. 저자의 이름이 보인다.

정미현.

1989

97. 실연의 고통을 누릴 자유

　무언가를 시작하겠다고 결심하는 것보다 더 어려운 것은, 무언가 포기했음을 남들에게 밝히는 것이었다. 미현과 덧없이 헤어지고 며칠을 술에 취해 있던 나는 간신히 몸을 추스려 청주에 내려갔다. 다시 치른 외무고시 1차 시험도 불합격한 게 확실하다고, 고시원에서 나오겠다고, 그리고 이모네 집으로 돌아가는 대신 자취생활을 하겠다고 고해야 했다. 내 말이 채 끝나기도 전에 어머니는 미간을 찌푸리며 느닷없는 한탄을 내질렀다.

　"금산 충복이네 아들은 지난번에 공무원시험 됐다는데."

　아버지가 어머니의 말을 가로 막았다.

　"거, 그깟 공무원 9급시험, 무슨 고시 합격한 것도 아니고, 그게 뭐라고 그 얘길 여서 끄집어내?"

　"아니, 왜 그래요? 있는 일을 말도 못 해?"

　어머니와 아버지가 옥신각신하기 시작했다. 어머니는 자기가 꺼낸 이야기가 상황에 적절하지 않는다는 걸 도무지 납득하지 못하며 성냈다. 급기야 아버지가 버럭 소리를 지르자 비로소 어머니는 입을 다물었다. 잠깐 불편한 침묵이 흐르고, 아버지가 겸연쩍은 듯 헛기침을 하더니 다시 물었다.

"그려, 외무고시 안 보면, 어쩔 거냐? 다른 계획이라도 있냐?"

"그냥 취직하려고요."

'그냥 취직'이라는 건 우리에게 거의 하나의 관용어였다. 부기나 회계, 전산, 외국어 같은 기술이 전혀 없어도, 그저 대학 졸업장 하나 만으로 구할 수 있는 일자리는 널려 있었다. 대기업에서 신입사원을 뽑을 때 필기시험을 보곤 했지만 요식행위에 가까울 정도로 난이도가 낮았다. 적어도 서울대 출신 아이들은 그렇게 말했다. 아버지는 연신 헛기침을 하며 울긋불긋하게 자수가 놓인 보료만 내려다보았다. 어머니가 아버지 눈치를 힐끗힐끗 보며 내게 물었다.

"그러면, 그, 미현이네서는 아니? 그 집에선 뭐라고 할까?"

아버지가 버럭 성을 냈다.

"그런 시덥지 않은 소린 왜 혀?"

어머니도 질 새라 쏘아붙였다.

"아니, 사돈 될 집에서 어떻게 생각할지 안 궁금해요? 가뜩이나 1차도 한 번 못 붙어서 남우세스러운데?"

두 사람은 또다시 서로 말꼬리를 잡기 시작했다. 나는 더 이상 참을 수가 없었다.

"그만 좀 하세요! 저 미현이 이제 안 만나요!"

나는 내가 내지른 소리에 스스로 놀라 잠시 멍하니 바닥만 바라보았다. 감히 어머니 아버지와 눈을 마주칠 생각도 하지 못했다. 중고등학교 다니던 시절에 그랬듯 언제라도 아버지의 주먹이 날아올 것만 같았다. 무서운 침묵이 흘렀다. 아버지는 뜻밖에 차분하게 낮은 목소리로 웅얼댔다.

"허, 우리 성식이가, 지금까지 어른들 앞에서 큰 소리 한 번 낸 적 없는디…. 여자 잘못 만나서 그러는가, 애가 아주 변했어."

아버지가 어안이 벙벙한 틈을 타서 어머니가 재빨리 끼어들었다.

"니들 헤어진 거니? 왜 헤어졌는데? 걔가 아주 뱃대지가 불렀구나? 나이도 많은 게 앞으로 어디서 우리 성식이 같은 인물을 만난다고?"

나는 고개를 들어 호소하듯 아버지를 바라보았다. 아버지가 어머니를 향해 그만하라는 듯이 손을 저었다. 어머니는 부루퉁한 표정으로 입을 다물더니 보료 옆에 있던 물걸레를 들어 공연히 니스칠한 종이장판 바닥을 벅벅 문지르기 시작했다. 아버지가 물었다.

"그려, 왜 헤어졌냐?"

나는 무어라 대답해야 하는지 알 수 없었다. 내 부모들은 장성한 아들에게 묻지 말아야 할 일이 있을 수 있다는 걸 도무지 이해하지 못했다. 어머니와 아버지는 연신 내 대답을 독촉했다.

"서로 안 맞는 것 같아서요…."

아버지가 연신 헛기침을 하는 사이 어머니가 냉큼 끼어들었다.

"나도 걔 처음부터 별로 마음에 안 들었어. 부잣집 딸이라 그런지 새침하니 말도 없고 거만하더라. 너 외시 못 붙었다고 그러는 거야. 뻔하지. 아니, 그치만 우리가 아쉬울 게 뭐 있니? 여자가 남자보다 두어 살 어려야 잘 사는 법인데, 쓸데없이 대학원까지 다녀서 나이만 먹어 갖고, 원… 성식이 너 결혼하려면 최소한 2, 3년은 있어야 하는디, 그 때 걔 몇 살이니? 스물여덟 노처녀 아니야? 결혼하자마자 애를 낳아도 스물아홉인데? 애기한테 안 좋아."

어머니는 곁눈으로 아버지 눈치를 보며 덧붙였다.

"아니, 그리고, 그렇게 세상 다 알게 남자 만나다 헤어졌는데, 이제 어느 놈이 그 여자 좋다고 하겠니?"

아버지가 퉁명스레 을렀다.

"그만 좀 혀. 여편네가 무슨 말이 그렇게 많어, 으이?"

그 말에 잠시 머뭇대는 줄 알았는데, 어머니는 이윽고 남의 자식들을 들먹이기 시작했다. 간호대학 나온 처자와 약혼한 의대에 다니는 누구의 아들, 약사와 결혼한 누구의 아들, 사법고시 1차에 합격했다는 어머니 여고 동창의 아들, 판사와 약혼한 교회 장로의 딸… 마치 그들이 행복한 만큼 어머니의 행복이 차감되기라도 하는 듯 어머니는 연신 남의 자식들이 성공한 이야기를 주워섬기며 한숨을 쉬고 한탄하다 급기야 눈물까지 글썽였다. 아버지는 어머니를 나무라지 않았다. 심지어 어머니의 이야기에 추임새를 넣곤 했다.

"그려, 요즘 의대 사위 보려면 열쇠 세 개는 기본이라며. 그 집 아들 거 별로 똑똑해 보이지도 않드만, 우치케 의대엘 갔댜?"

어머니가 별안간 뾰로통하게 쏘아붙였다.

"의대가 별건가? 성식이가 수학만 좋아했으면 의대 가고도 남았지, 아무렴."

남들의 성공을 폄하하는 건 내 아버지와 어머니가 부부애를 굳게 다지는 데 아주 좋은 수단이었다. 내 부모는 자신들의 두려움을 남들에 대한 멸시로 감추려 들고 있었다. 성공한 지역유지이자 모범적인 공무원이며 존경받는 장로 부부가 더 이상 그들의 장남을 남들에게 자랑할 수 없는 게 그들에게는 거의 공포스러운 일이었다.

나는 언제나 그래왔던 것처럼, 타인의 성공에 낙담한 두 사람의 한탄과 시기가 제풀에 누그러질 때까지 가만히 앉아서 견뎠다. 세상에서 가장 아프고 가장 처연한 줄만 알았던 실연의 슬픔이라는 것도 내 부모 앞에서는 그저 남루한 누더기 조각에 지나지 않았다.

1993

98. 인터뷰

나는 졸렬했다. 내 전화를 받았던 출판사 직원은 내가 묻기만 하면 얼마든지 〈불화의 페미니즘〉 저자의 전화번호와 주소를 알려줬을 것이다. 기자 직함이나 대형 신문사 이름에는 그런 권력이 있다.

그러나 나는 졸렬한 그만큼 나 자신을 잘 안다. 설사 내 손에 정미현의 연락처가 들어온다 해도, 나는 10여 년 전 그랬던 것처럼 정미현의 전화번호가 적힌 종이가 마침내 닳아서 그 글자가 희미해질 때까지 망설이고 또 망설일 것이다. 그래서 나는 연락처를 묻는 대신 직원에게 말했다. 저자와 인터뷰를 하고 싶은데, 저자에게 연락해서 시간 좀 맞춰 주시죠. 순간 직원의 목소리가 바뀌었다. 국내 최대 신문사의 문화부 기자가 아무도 주목하지 않는 책의 저자와 인터뷰를 하겠다고 하니 한편으로 놀라고 또 한편으로 황송한 것 같았다. 목소리만 듣고도 수화기를 들고 자기도 모르게 고개를 조아리는 그의 모습이 눈앞에 보이는 것만 같았다. 직원은 내가 원하는 바로 그 시간에 내가 일하는 신문사 앞으로 저자를 보내겠다고 했다. 나는 황급히 그의 말을 가로 막았다.

"기사가 100퍼센트 나간다는 보장도 없는데, 저자한테 여기까지 오시

라고 하긴 좀 그러네요. 토요일에 마침 제가 그 근처 갈 일이 있어요. 마포
귀사 사무실 부근에서 뵙는 걸로 하지요."

거짓말이었다. 지면은 이미 다 정해져 있었다. 신간안내에 다른 책들
소개와 함께 한 줄 소개가 다음 수요일에 나갈 것이다. 여성학에 대한 감
상적 단상들을 파편적인 여성학 아포리즘과 뒤섞어 이 땅의 여성들이 얼
마나 순결하고 거룩한 피해자들인지 불필요하게 윤색된 문장으로 설파
하는 책치고는 좋은 대접이다. 하지만 그 한 줄 소개에 저자 인터뷰는 필
요 없다.

잿빛 구름이 짙게 드리워진 마포 부근은 혼잡하고 어지럽다. 큰길 부
근이고 이면도로 부근이고 이곳저곳 오래된 집을 무너뜨리고 새로운 건
물을 올리고 있다. 나는 간신히 찾아낸 빈 주차공간에 차를 세우고 시계
를 본다. 이미 약속시간이다. 뛰어야 하나, 걸어야 하나? 심장이 미친 듯
이 벌렁댄다. 내 심장이 오래 전 습관을 기억하는 것만 같다. 나는 공사장
옆 낡은 2층 건물 계단을 오르기 시작한다. 오래된 건물의 나무 계단이
금방이라도 무너질 것처럼 삐걱댄다. 카페의 이름이 한껏 멋을 낸 한자로
적혀 있다. 시 詩(시), 향기 香(향).

토요일 이른 오후, 테이블 일곱 개 남짓한 커피숍에는 사람이 거의 보
이지 않는다. 커피 냄새만 자욱하다. 30대 중반으로 보이는 남자가 커피
를 내리면서 건성으로 인사한다. 어서 오세요. 나는 목례를 하는 둥 마는
둥 하고 매장을 둘러본다. 창가에 한 여자가 앉아 있는 게 보인다. 단발머
리에 안경을 쓰고, 무언가 적은 공책을 내려다보고 있는 한 여자가. 아무
런 화장기 없이 잿빛 코트 안에 메마른 몸을 감춘 만 서른 살의 여자가.
심장이 멈춘 것 같다. 발걸음이 떨어지지 않는다. 나는 소금기둥처럼 그

자리에 우두커니 선다. 그냥 나가버리고 싶다.

여자가 손목시계를 내려다보더니 내가 선 입구 쪽을 향해 고개를 돌린다. 나를 보고 고개를 갸웃하며 미간을 찌푸리더니 안경을 추켜올린다. 여자가 입을 딱 벌린다. 자리에서 반쯤 일어나, 더 이상 앉지도 서지도 못하고 엉거주춤 탁자를 짚는다. 내가 한 걸음 한 걸음 다가서자 비로소 여자는 자리에 도로 앉으며 중얼댄다.

"어떻게 여길…."

나는 말없이 미현에게 다가가 주머니에서 신문사 명함을 꺼내 탁자 위에 놓고 미현 쪽으로 밀고 난 후 겨우 입을 연다.

"오랜만이다."

미현이 명함을 받아들어 읽더니 한숨을 쉬며 명함을 탁자 위에 내려놓는다. 커피를 내리던 남자가 다가오더니 커피를 미현 앞에, 메뉴를 내 앞에 내려놓고 내게 묻는다. 뭘로 주문하시겠습니까? 나는 별 생각 없이 가장 값이 높이 매겨진 자메이카 블루마운틴을 주문한다. 미현이 입을 뗀다.

"기자가 보자고 한다기에 무슨 일인가 했더니…."

미현의 낯빛이 실망인지 놀라움인지 기쁨인지 알 수가 없다. 나는 삽시간에 다시 만 열여덟 살 어수룩한 소년이 되어 버린다. 형식적인 인사도 제대로 하지 않는 미현에게 핀잔도 주지 못하고 나 자신 먼저 어른스럽게 의례적인 인사를 던지지도 못한 채 엉거주춤하게 앉아 거짓 변명만 늘어놓는다.

"책이 좋아서…. 처음에 책만 보고 네가 저자인 줄 모르고…."

잠시 불편한 침묵이 흐른다. 미현이 입을 연다.

"너 민중신문 시험 준비한다고 애들한테 들었는데…"

그 말에 부끄럽고 다급해진 나는 그 누구에게도 하지 않았던 이야기를 털어놓는다.

"안 간 게 아니라 못 간 거야. 면접까지 가서 떨어졌어."

미현이 믿기지 않는다는 듯 고개를 갸웃대더니 다시 심문을 시작한다.

"정말? 민중신문 떨어지고 거길 붙었다고? 어떻게 그럴 수 있지? 거기 월급이 민중신문보다 훨씬 더 좋지 않아?"

"그게, 나도 모르겠다."

"그래도 기자시험 보는 애들 양심이 살아 있는 모양이네. 실력 있는 애들이 민중신문을 우선으로 선택했다는 얘기잖아."

나는 그저 어색하게 웃는다. 이게 몇 년 만이야? 그 동안 잘 지냈어? 좋아보이네. 너도 잘 지냈지? 마침내 의례적 인사가 오간 후 잠깐 불편한 침묵이 흐른다. 나는 가방에서 취재노트와 펜을 꺼낸다.

"일단 책 이야기부터 하자."

그리고 나는 말하지 않아도 좋을 말을 한다.

"쓰긴 쓰는데 데스크가 내준다는 보장은 없어."

미현이 흥, 하고 실소를 터뜨린다.

"그래, 내 책 같은 걸 그런 데서 실어줄 리가 없지."

자기 책을 비하하는 건지, 내가 다니는 신문사를 업신여기는 건지 알 수 없다. 책에 대해 물을 것도 별로 없다. 미현의 책은 서문부터 온통 개인적인 상념과 경험으로 얼룩져 있어서 그녀가 그 사이 어떻게 살아왔는지 어렴풋이 짐작할 수 있었다. 불어불문학과 석사과정을 마친 후 취직해서 사회에 참여하려 했으나 운동권 활동 경력이 있는 고학력 여성을 꺼리는 사회에서 마땅히 갈 곳이 없었다. 다시 노동현장으로 돌아갔지만, 성적 착취와 성차별로 신음하는 젊은 여성노동자들을 보고 자신의 능력에 대한 한계를 느꼈다. 그리고 기존의 가부장적 세계관으로 인해 상처받은 자신을 치유하기 위해 반 년 후 이화여자대학교 여성학과 석사과정에 등록했다….

나는 묻는다.

"책에서 취직이 안 됐다고 했는데, 왜 안 됐어?"

미현은 어깨를 으쓱한다. 그리고 책 서문에 적힌 내용을 보다 솔직하게 원색적으로 설명하기 시작한다.

"너 군대 간 사이 나 경찰서에 몇 번 드나들었잖아? 재판이나 실형을 받은 것도 아니고, 그나마도 아빠가 금방 빼줘서 대수롭지 않게 생각했는데, 기업에서 신원조회하면 그런 것도 나오나 봐. 결국 아빠가 줄 닿는 데 몇 군데 손을 써주려 했는데, 내 힘으로 한다고 싫다고 했어. 면접까지 무사히 간 적도 있었는데, 거기선 또 나이를 트집 잡더라? 나이가 많네, 결혼 계획 있냐, 자기네 회사 결혼한 여직원 좀 그렇다고, 결혼하면 그만 둔다고 서약하라고 그러더라? 기가 차서 됐다고 하고 뛰쳐나왔어. 그리고 또 한 군데, 거기선 불어불문학과 석사학위가 자기네 회사에 어떤 도움을 줄 수 있냐고 묻던데? 아, 참 더러워서. 맞다, 입사하면 노조 가입할 거냐고 묻는 데도 있었어."

나는 잠자코 듣기만 한다.

"어느 날 아빠랑 대판 싸우고 집 나와서 다시 공단 쪽방으로 들어갔어. 나 반겨주는 데는 거기밖에 없더라. 뭐랄까, 거기서는 내가 중요하고 필요한 존재라는 느낌이 드니까. 그렇게 주말에는 강남에서 과외교습하고, 주중에는 야학하고. 그 해 이화여자대학교 여성학과 대학원에 지망했어."

"굳이 대학원까지 가서 여성학과 공부를 해야 할 이유라도 있었어?"

"당연한 거 아니야? 대한민국에서 학위 없으면 누가 알아줘? 그리고 공장에서 일하는 여자들 너도 봤지, 어떻게 사는지? 여자들은 노동착취만 당하는 게 아니잖아? 성적 착취가 아주 일상적이야, 그냥. 야학 같은 데서 언니 노릇이나 하는 걸로는 부족하단 생각이 들었어. 뭔가 체계적으로 제대로 이 땅의 여성들에 대해 연구해야겠다 싶었어."

"그런데…."

"응?"

"아, 아니야. 계속해."

미현이 경제적으로 독립했는지, 미현이 생각하는 페미니즘에서는 여성의 경제적 독립을 어떻게 생각하는지 묻고 싶지만 나는 입을 다문다. 미현 앞에서 나는 이미 기자가 아니다.

"그게 다야. 석사학위 하나 더 따느라 어물어물하다 보니 벌써 나이 서른이 넘었네."

미현이 주머니에서 담배를 꺼내 입에 물고 불을 붙인다. 나도 엉겁결에 주머니에서 담배를 꺼내 문다.

"책에 이혼 얘기도 있던데…?"

미현이 웃음을 터뜨리더니 아주 당연하다는 듯 대답한다.

"결혼 한 번 했었지. 혼인신고도 하기 전에 헤어졌지만. 그것도 책에서 암시했는데? 진짜 내 책 읽긴 읽은 거야?"

"어떻게 그렇게… 일찍 끝났어?"

미현이 어깨를 으쓱하더니 담배연기를 길게 뿜으며 대꾸한다.

"글쎄, 이실직고하고 싶어도 커피 앞에 두고 맨정신으로 할 얘기는 아닌 것 같아. 성식이 넌? 넌 결혼했어?"

1990

99. 애기사과꽃

1989년, 외무고시를 포기하고 얼마 지나지 않아 나는 꽤 큰 무역상사에 취직했다. 스포츠웨어 원단 샘플을 차에 싣고 바이어를 찾아다니며 계약을 성사시키는 일이었다. 5년 선배의 사수로 일하기 시작한 나는 원단 이름과 특성보다 바이어들에게 굽실대는 법과 술집에서 접대하는 법부터 배웠다. 마침내 사표를 내는 데 8개월이 걸렸다.

아버지는 몹시 역정을 냈다. 직장이 무신 취미 생활이여? 입맛에 안 맞는다고 그만 두게? 원래 다 그렇게 드럽고 치사한겨. 그냥 꾸역꾸역 다니다 보면 진급하고 출세하는 거여. 도대체 어쩌려고 그만둔겨? 어머니가 조심스레 물었다. 고시 다시 볼 거니? 나는 고개를 저었다. 다른 회사에 취직할 거니? 나는 또 다시 고개를 저었다.

"일반 기업 가면 부장이 되고 국장이 되어도 평생 남한테 굽실대면서 살아야 해요. 그렇게 살기 싫어요."

무역상사의 영업사원이 되어 직접 매출을 올리고 이익을 창출하는 과정은 곧잘 비루하고 때로 수치스러웠다. 한국사회에 대등한 거래라는 건 없었다. 구매자는 시혜자였고, 판매자는 수혜자였다. 오가는 것이 용역이든 상품이든, 구매자에게 꼭 필요한 상품이든 그게 아니든 매한가지였다. 돈을 내는 자는 돈을 받는 자를 종으로 여겼다.

세상 사람들은 어른이 된다는 것이 꿈과 야심을 버리고 현실에 안주하는 것이라고 생각했다. 내가 살던 세계에서 어른이 된다는 말은 거의 언제나 부정적인 의미를 가졌다. 그리고 자기 밥벌이를 한다는 건 거의 언제나 꿈과 상충하는 일로 여겨졌다. 밥벌이가 가장 중요하다는 걸 인정하는 건 순수함을 잃는 것, 기회주의자가 되는 것과 동일한 일이었다.

제 밥벌이가 우선이라고 배운 적도 없었다. 국민학교 다닐 때, 장래 희망으로 의사나 변호사를 말하는 아이들에게 교사들은 종용했다. 그래서? 변호사 돼서 돈 벌면 뭐 할 건데? 그저 부모들에게 주입된 대로 의사나 변호사라고 대답했던 아이들은 교사의 추궁을 받고 정답을 몰라 부끄러워했다. 교사는 마치 당연한 대답을 아이들이 몰라서 답답하다는 듯 계속 다그쳤다. 마침내 눈치 빠른 아이 하나가 먼저 대답했다. 어려운 사람을 돕겠다고. 나머지 아이들도 곧 정답이 무언지 눈치챘다. 아이들은 하나 같이 이렇게 말했다. 의사가 되어서 어려운 사람을 도울 거예요. 혹은, 변호사가 되어서 어려운 사람을 도울 거예요. 무슨 직업을 말하든 남을 돕겠다고 말하는 게 정답이었다. 간호원이 되어서 불쌍한 사람들을 공짜로 치료해줄 거예요. 경찰이 되어서 불쌍한 사람들을 도울 거예요. 그러면 교사들은 흡족한 표정을 지었다. 돈을 많이 벌어서 부자가 되겠다는 건 물론이고 자기 한 몸과 가족을 부양하기 위해 돈을 벌겠다는 것조차 부도덕한 꿈이었다. 모두가 자기 한 몸을 위해서가 아닌 남을 위해 사는 척했다.

서울로 돌아온 나는 언론사 입사시험 준비 스터디 모임에 끼기 위해 다시 관악캠퍼스에 나가기 시작했다.

어쩌면 나는 미현이 내 인생에 다시 나타나기를 바랐던 것 같다. 스터디를 마치면 가장 인적이 많은 도서관 아래 보도 옆 벤치에 하염없이 앉아 있곤 했다. 인문대학 1동 앞 근처에서 어정거리기도 하고, 미현이 자주 가던 녹두거리 초입에 위치한 서점 안에서 책을 구경하는 척 시간을 보내기도 했다. 하지만 군복무 시절의 마지막 휴가 때 같은 우연은 다시 일어나지 않았다.

이미 졸업한 미현이 학교 부근에 나타날 그 희박한 가능성에 매달린 건, 내게 용기가 없었기 때문이다. 돌이키기 힘든 일을 돌이키자고 할 배짱이 없었기 때문이다. 나는 편지지를 한 묶음 샀다. 그리고 미현에게 하지 못한 말들을 쓰기 시작했다. 편지지에 쓴 내 글은 마치 배설물 같았다. 타인에게 보인다고 생각하는 순간 문장 하나하나가 그토록 수치스럽게 느껴질 수가 없었다. 썼다가 찢어 버리기를 반복했다. 때로는 운문을 닮고 또 때로는 산문을 닮았지만 무엇이라 불려도 부끄러운 그 편지들은 다행히 단 한 통도 우체통에 들어가지 못했다.

관악산에서 바람이 내려올 때마다 벚꽃 잎이 후드득 날리던 어느 오후, 나는 승준과 함께 도서관 다과실 자동판매기에서 인스턴트 커피를 뽑아 마시고 있었다. 무언가 복사물을 들여다보던 승준이 별안간 물었다.

"어휴, 뭐 이런 문제가 다 있지? 형, 감사위원장 임명할 때 국회 동의 필요해?"

나는 무심히 대답했다.

"응. 대법관, 헌법재판소재판관, 감사의원장, 국무총리, 장관…. 다 임명 때 국회 동의 필요해."

승준은 어이없다는 듯 입을 딱 벌리더니 다시 물었다.

"와, 어떻게 그리 잘 알아?"

나도 모르게 얼굴이 화끈거렸다. 승준이 탄식을 내뱉었다.

"부럽다."

"뭐가?"

"고시공부 한 덕분에 기자 시험 같은 건 대충 해도 붙을 거 아냐."

"그게 부럽냐? 고시 떨어진 게 망신스러운 건 아니고?"

"나 참, 세상에 고시 떨어지고 포기하는 사람이 형뿐이야? 이거 봐, 3대 언론사 마지막 기출문제들이야."

나는 승준이 내민 복사지를 받아 훑어보았다. 최신 시사상식 몇 문제만 약간 자신 없을 뿐, 다른 문제들은 외무고시 문제들에 비교하면 난이도가 매우 낮았다.

"형한텐 누워서 떡 먹기지?"

나는 멋쩍게 웃으며 머리를 긁적였다. 나는 승준과 함께 깡통식당으로 향하는 길목으로 나갔다. 저만치 높은 곳 약대 쪽 양지 바른 곳에 분홍색 꽃들이 햇살 아래 구름처럼 눈부시게 피어 있었다. 나는 가슴 한 켠이 시려 오는 걸 감추려 짐짓 입을 열었다.

"아, 벌써 애기사과꽃이 저렇게 피었네."

승준이 피식 웃었다.

"애기사과? 그건 또 뭐야? 저거 겹벚꽃이야. 왜놈 벚꽃이라고 할머니가 그러시던데."

"뭐? 그럼 저거 말고 그, 먼저 피었던 그 진짜 벚꽃은? 그게 일본 거 아니야?"

"전부 다 일본 거 같은데?"

나는 잠자코 담배 한 개피를 빼서 입에 물었다. 학교를 다니는 내내 애기사과꽃인 줄 알았던 그 꽃이 겹벚꽃이라는 전혀 다른 이름을 갖고 있다는 걸 쉬이 믿기 어려웠다. 신입생이던 내게 그게 애기사과꽃이라고 말했던 건 아마 기타서클의 선배 중 한 명이었을 것이다. 애기사과라는 게 무엇인지 확실히 모르면서도 나는 그 말을 고스란히 그대로 받아들였다. 꽃이 지고 잎이 푸르러지면 나는 꽃을 잊었다. 꽃이 지고 나면 열매가 맺힌다는 것도 잊었다. 그게 애기사과꽃이든 능금꽃이든 벚꽃이든 어차피 그 꽃이름들의 관념만 받아들인 채 한 번도 열매를 확인해보지 않았다.

나는, 우리는, 세상이 우리가 믿는 대로 돌아가는 줄 알았다. 서울대학교는 아기들의 나라 같았다. 그 나라에서는 누가 이름을 붙이면 그게 이름이 됐다. 다른 세상에서 무어라 부르는지는 알려고 들지 않았다. 마치 아기가 태어나면 온 식구들이 맘마, 지지 같은 유아어를 따라 하는 것과 같았다. 우리 머릿속에 가장 먼저 들어온 생각이 진실이었고, 가장 먼저 사랑했던 여자가 진정한 사랑이었다.

나는 검지손가락으로 담배꽁초를 털며 승준에게 물었다.

"이번 민중신문 시험, 너도 보러 갈 거지?"

"응, 형도?"

"가야지."

1993

100. 소격(疏隔)

결혼했냐는 미현의 질문에 나는 그저 가만히 고개를 가로젓는다.

이틀 전 나는 내 약혼녀의 아버지를 만났다. 내 직장 부근의 한 오성호텔 커피숍에서 나를 기다리던 그녀의 아버지는, 내가 나타나자 얼른 자리에서 일어나 내게 자리를 권했다. 그리곤 자기 딸의 변덕을 너그러이 봐달라고, 큰일 하는 사내에게 철없이 사소한 일로 투정부린 자기 딸을 용서하라고, 계속해서 결혼을 진행하자고 청했다. 나는 묵묵히 듣기만 했다. 그가 내 대답을 다시 한 번 재촉했을 때 나는 털어놓았다.

"아버님, 저 문화부로 발령 받은 지 좀 됐습니다."

만 서른도 안 된 젊은 사내에게 한없이 정중했던 초로의 신사는 별안간 헛기침을 하고 의자에 등을 기대어 잠시 침묵을 지킨 후 입을 열었다.

"자네, 사쓰마와리 끝나면 경제부에 예정됐다고 하지 않았는가?"

경제부로 예정됐다는 건 분명 중매를 섰던 여자나 혹은 내 어머니가 지어낸 말이었을 것이다. 나는 고개를 저었다.

"저는 그런 말 한 적 없습니다."

미란의 아버지는 연신 헛기침을 내뱉더니 하던 말도 마무리짓지 않고 입을 굳게 다물었다. 육이오 때 부모를 잃고 열 다섯 살때부터 금은방에서 일하기 시작해 결국 크게 성공했다는 이 부유한 신사는 상류층 고객들로부터 배운 에티켓과 품위를 지키느라 몹시 애쓰면서 어색하게 그 자리를 떠났다.

나는 그렇게 파혼했다.

내가 대답하지 않고 침묵을 지키자 미현이 탁자를 살짝 내리치며 장난스레 외친다.

"이성식, 어떻게 기자가 되어서도 하나도 변한 게 없어? 여전히 어수룩하고, 순진하고…. 하긴 그게 네 매력이지만."

말을 마친 미현이 부르르 떨더니 어깨를 떨면서 말한다.

"어디 가서 한 잔 하자. 날도 스산하고 어둑한데."

나는 커피값을 지불하고 어둑한 길로 나선다. 사방에 공사장만 보일 뿐 나무 한 그루 보이지 않는데도 여기저기 마른 가랑잎이 바람에 쓸려 다닌다. 2백 미터도 채 걷지 않아 오래 된 2층 콘크리트 건물 2층에 술을 파는 카페가 보인다. 내가 눈짓을 하며 간판을 가리키자 미현이 고개를 끄덕인다.

미현과 나는 소주잔을 앞에 두고 앉는다. 가게 한구석에서 낡은 음반이 돌아가며 프랑소와즈 아르디가 노래한다. 청춘이 가버린다고. 우리는 말없이 연거푸 소주잔만 주고받는다. 문득 미현이 입을 연다.

"나는, 널 내가 원래 세상으로 돌아갈 출구로 남겨두고 싶었던 것 같아."

미현에게 원래 세상이란 무엇일까? 하지만 나는 예전부터 그랬듯 그저 듣기만 한다. 나는 늘 나 자신이 바보처럼 느껴졌었다고 말하고 싶다. 민중, 민주, 노동자 같은 말을 들으면 막연한 죄의식과 부끄러움을 느꼈다고. 군대와 고시준비를 핑계로 제대로 알려 들지도, 제대로 겪으려 들지도 않은 그 시절의 그 모든 일들이 평생 갚지 못할 빚처럼 내 마음을 옭아매고 있다고. 그러나 내 생각은 언제나 그렇듯 내 마음 속에만 갇혀 있다. 나는 미현의 잔에 소주만 채워준다.

예전에 취하면 늘 그랬던 것처럼 고개를 왼쪽으로 꼬고 잔을 잡은 손목을 까딱이며 미현이 뇌까린다.

"나는 네가 그래도 민중신문 같은 데 갈 줄 알았는데."

나는 고개를 들어 미현을 바라본다.

"어떻게 그런 델 다닐 수가 있어? 월급도 좋겠지만, 그런 어용신문에서 일하는 거, 양심에 거슬리지 않아?"

결국 화가 치밀어 오른다. 내 모든 논거와 주장이 미현에게 전혀 먹히지 않을 거라는 것을 알면서도 나는 불쑥 내뱉고 만다.

"넌 네가 듣고 싶은 이야기를 해주고 보고 싶은 거 보여주는 게 저널리즘이라고 생각해? 왜 그렇게 세계관이 유아적이야?"

소주잔에 얼굴이 발갛게 물든 미현이 눈을 동그랗게 뜬다. 그러나 그것도 잠시, 미현은 속사포처럼 쏘아붙이기 시작한다. 듣고 싶지 않은 이야기나 동의하지 않는 이야기를 하는 건 불의인 모양이다. 내가 다니는 신문사는 자본가들을 등에 업고 민중을 착취하는 쓰레기인 모양이다. 살아오면서 몸으로 익힌 깊은 무기력감이 나를 벙어리로 만든다. 모욕과 능멸이 아무리 심해도 나는 그저 묵묵히 듣기만 한다. 반박해야 소용없다. 한 번 때리기 시작하면 멈출 줄 모르던 내 고등학교 시절 교련교사처럼, 한 번 나를 모욕하기 시작한 미현은 멈추지 못하고 점점 더 비난과 모욕의 수위를 높인다. 세상 모든 정의를 독점한 그녀에게 나는 아무런 대꾸도 하지 못한다.

미현이 비틀거리며 자리에서 일어난다. 어느 틈에 미현은 많이 취했다.

"내가 진작에 알았지. 네가 회색분자에 기회주의자란 거."

결국 나는 입을 연다.

"말조심해."

미현이 코웃음을 치는가 싶더니 빈정댄다.

"뭐래, 서울대 간판 하나 달았다고 공순이나 건드리고 다니는 양아치가? 그래, 하긴, 어용언론 기자 수준에는 딱이지, 공순이가."

나는 자리에서 벌떡 일어난다. 무엇에 홀리기라도 한 듯 내 앞에 앉은 서른 살 여자의 얼굴을 손바닥으로 힘껏 내리친다. 여자의 몸이 안락의자 위로 내동댕이쳐진다.

저만치 떨어진 테이블의 사내 셋이 잠깐 우리 쪽을 보는가 싶더니 곧 자기가 마시던 술잔에 코를 박는다. 카운터에 있던 여자도 고개를 빼고 우리 쪽을 보더니 곧 흥미를 잃는다.

내가 어린시절을 보낸 동네에서는 하루가 멀다 하고 저녁마다 이웃집 멀지 않은 어디선가 누군가를 때리거나 악쓰는 소리가 들렸다. 어린 딸을 발가벗겨 대문 밖으로 내쫓는 어머니가 있었다. 아들을 각목으로 두들겨 패는 아버지가 있었다. 학교에서는 선생이 아이들을 때리고, 꿇어앉히고, 모욕했다. 군대에서는 폭력이 없으면 규율도 없다고 했다. 아이들은 경찰에게 화염병과 돌을 던졌다. 사복경찰은 그런 아이들을 몽둥이로 두들겨 패며 연행했다. 그렇게 연행된 아이들은 때로 고문당하고 때로 추행당하고, 때로 살해됐다. 때로 보복이라도 하듯 경찰을 잡아 감금하고 린치하고 고문하는 아이들이 있었다.

내 머리는 듣고 보고 겪었던 모든 폭력을 재생시키면서 내가 방금 저지른 일을 합리화하기 시작한다. 그래, 사람이 살다 보면 그럴 수도 있지. 화나면 그럴 수도 있지. 나는 변명할 기회를 얻기 위해 머뭇머뭇 손을 내민다. 미현이 세차게 내 손을 뿌리친다. 그리고 의자에서 일어난다.

미현은 툭툭 옷을 털더니 맞은 서슬에 흐른 눈물도 닦지 않고, 내 느닷없는 폭력에 한 마디도 항의하지 않고, 너무나 차분하게 입을 연다.

"우리, 다시는 보지 말자."

미현은 잠깐 비틀대더니 카페를 나선다. 나는 급히 카운터로 달려가 돈을 지불하고 미현을 따라 계단을 내려간다.

"미현아!"

빈 택시가 미현 앞에 선다. 미현이 택시 문을 연다. 내 머리는 달려가서 용서를 빌라 하는데, 내 마음이 말을 듣지 않는다. 잘못했다는 말을 하고 싶지 않다. 용서를 구하는 것은 굴종관계에서나 있는 일이다. 더 이상 저 여자 앞에서 열등감을 느끼고 싶지 않다. 길고 힘들었던 첫사랑이 이제 정말로 끝났기를 나는 바란다. 내가 특별하지 않은 존재라고 끝없이 상기시키는 여자, 그 여자를 나는 더 이상 사랑하고 싶지 않다.

-끝-

도림천 연가·하

2023년 11월 20일 초판 1쇄 펴냄

지은이 | 이연수

펴낸이 | 길도형
편집 | 이현수
표지 디자인 | 이현수
인쇄 | 삼영인쇄문화
펴낸곳 | 타임라인(장수하늘소)
출판등록 | 제406-2016-000076호
주소 | 경기도 고양시 일산서구 덕산로 250
전화 | 031-923-8668   **팩스** | 031-923-8669
E-mail | jhanulso@hanmail.net

ⓒ 이연수, 2023

ISBN 979-11-92267-07-4
ISBN 979-11-92267-05-0 (세트)